アルスメリア・
ルーン・ミーティア
戦乱を終わらせるため
『不戦結界』を発動し、
その代償として
命を落とす。
ヴァンス・シュトラール
女帝アルスメリアを
護衛していた守護騎士。
彼女とともに、『転生の儀』を行って
一度目の人生を終えた。
カノン・フィアレス
ロイドの妹。養子としてやってきた
ロイドにはじめは辛く当たっていたが、
やがて彼を「兄様」と
呼んで慕うようになる。

エリシエル・ローゼンクランツ
聖帝国の次期王位
継承者である皇姫。
同じ年代の皇姫たちと
ともに、魔法学園に
入学することになった。
アウレリス・
グランシャルク
魔帝国の皇姫で、
皇族特有の魔法
『血晶術』の使い手。
聖帝国の皇姫である
エリシエルのことを
ライバルとして、
ことあるごとに
突っかかる。
ミューリア・フィアレス
ロイドの義理の母。
そのままでは無意識に
他人を魅了してしまうため、
魔力を抑えるために仮面を
つけていることが多い。
ロイド・フィアレス
ヴァンスの転生後の姿。
転生したアルスメリアの魂を持つ
人物を探すため、
魔法学園に入学する。

「さぁ、踊ってくださいませ。
あの切り取られた空に、
幻の月が浮かぶまで」
——紅き霧は鏡となり、
我が姿を映し出す
紅晶鏡界《クリムゾンパレス》——

六姫は神護衛に恋をする
最強の守護騎士、
転生して
魔法学園に行く
朱月十話
ill.てつぶた
Six Princesses
fall in love with
God Guardian.

# contents




Illust. てつぶた

Design たにごめかぶと（ムシカゴグラフィクス）

Editor 庄司智

# プロローグ

## 1　天帝と護衛

七帝国間の争いは、いつ始まったのか。戦っている当事者でも、もはや誰もが忘れていた。それくらい当たり前に戦争があり、ある国との戦いが終わっても、また別の国が攻めてくる。あるいは国同士が手を組み、三つの勢力に分かれて戦っていた時代もある。

俺が生まれた時代、この大陸には七つの国があり、七人の皇帝がいた。人種は混じり合っているが、統治者は代々一つの種族の血を継いでいるため、七つの国はそれぞれの種族の名を冠し、皇帝もまた同じように呼ばれていた。

俺の生まれた国は「天帝国」という。天に轟《とどろ》くような強力な魔法を使いこなす「天人族」の統べる国で、最も強い魔法使いが皇帝となり、国を統治してきた。

第十七代天帝であるアルスメリア陛下は、天帝国の歴史の中では二人目の女帝だった。彼女は歴代皇帝の中で最も神に近いとされたほどの魔法の力を、これまでの天帝とは違い、戦いを終わらせるために使おうとした。

――私は戦いのない世界が見てみたい。

――戦いがなくなれば、この世界はどう変わると思う？　ヴァンス、君の意見を聞かせてほしい。

二十歳で天帝直属の親衛隊に入った俺は、ひょんなことから陛下の言葉を直接賜った。

まだ十五歳の陛下は、御簾《みす》越しに聞こえる声がどれだけ美しくても、ひとりの小柄な少女でしかなかった。

俺が騎士団に入ったことには大した理由はなかった。自分の力を試すために騎士学校に入り、卒業するときに親衛隊に推薦され、陛下を護衛する騎士の一人となった。

これほど儚《はかな》げな少女が、戦いとは何かということに俺よりもずっと真摯に向き合っている。それは何も考えずに任務を遂行するだけだった俺に、騎士としての矜持《きょうじ》を芽生えさせた。

――僭越《せんえつ》ながら、私は陛下にお答えできるほどの明確な未来像を持ちません。

――戦いが続く限り、陛下を何に代えてもお護《まも》りする。ただ、それを第一に考えるのみです。

俺は自分でも融通が利かない軍人のようだと思いながらそう言った。

御簾の向こうの陛下は、それでも気分を害することなく、小さく笑い――そして言った。

――君は親衛隊の中でも特に優秀なのに、自分の能力を自覚していないようだ。

そこで言葉を区切り、陛下は少し咳《せき》をした。御簾の向こうで侍女に背中をさすられる姿を見て、胸が詰まるような思いがした。

幼少の頃から病弱であるということは聞いていた。それでもアルスメリア陛下は、夭折《ようせつ》した先帝の後を継ぎ、十二歳で玉座に座らなければならなかった。

――君が未来を想像できないなら、私は主君として未来を描こうと思う。

――それが素晴らしいものだと思ってくれるなら、君に頼みたいことがある。

それが、その時俺を近くに呼んだ理由だった。

天帝の居室に入れるのは女性だけ。男の俺が入室を許可されたのは特例中の特例――そのとき俺は改めて、自分がいる場所が天帝国における聖域なのだと自覚し、緊張を思い出した。

――私は戦いがなくなることを想像するだけではない。

――私はいつか本当に戦いがなくなった世界を見てみたい。そのために力を使うというのは矛盾しているが、私の魔法が抑止力となるかを試したい。

途方もない、理想だと思った。

それを考えることが不敬であっても、実現することのない夢想だと考えた。

――皇帝が夢見がちなことを言い、国を傾かせる。そういった懸念を持つのは当然のことだ。私もこれは理想であり、夢想だと思う。それこそ絵に描いたおとぎ話だ。

相手より魔法の力が上回っていると、容易に思考を読み取ることができる。俺は生まれて初めて、天帝によって思考を読まれた──それは当然のことだが、彼女にはどんな嘘《うそ》も見抜かれ、心の中での軽口も読まれてしまう。そう分かると背筋を正さずにいられなかった。

──だが、そのおとぎ話を語る資格が、私にはあると思う。

──君にはそれを信じてもらいたい。魔法で強制するわけでもない、皇帝といえど私情には沿えないというなら、断ってくれてもいい。何も罰を与えたりはしない。

陛下の声は、かすかに震えていた。

俺のようなひよっこ親衛兵に、皇帝陛下が頼み事をしている。どんな命令でも従うために俺はここにいるというのに。

しかしいくらも迷いは続かなかった。本当は、迷ってさえもいなかった。

──私はこの戦いがいつか終わることを想像もしていませんでした。

──しかし陛下が望まれるのなら、それが実現すると信じます。私の選択は初めから決まっています。

祖国を導く天帝に忠義を尽くすこと。騎士の務めを果たすこと。

そこにもう一つ、新たな理由が加わった。俺はそれを、ずっと陛下に伝えることは無いのだろうと思った。

御簾に浮かび上がる彼女の姿を見た時、俺はひとつのことを思った。

それに、陛下も気がついているはずだった。今の俺の考えなど全て見通していて、それでも無礼を咎《とが》めることをなさらなかった。

――君は精悍《せいかん》な顔をしているから、丁寧すぎる言葉は似合わない。

――私の前では、そうだな……自分のことを「俺」と言うことを許そう。いつもそうしているのだろう？

俺に「頼みたいこと」を話す前に、陛下は一つ遠回りをした。

それが俺の緊張を解き、今後の陛下との関係性について一つの方向を定めた。

最も近く、最も遠い。俺は彼女を護り、いつでも彼女の盾となれるように控えて生きていく。

――ヴァンス・シュトラール。

――私が死ぬときまで、君の命を私に捧《ささ》げてほしい。

自分の力はこの広い世界において、どこまで通用するのか。いつか護衛の務めを終えたら、それを知りたいと思っていた。

そんな思いも知りながら、陛下は一介の騎士に過ぎない俺に頼んだのだ。

目標を捨てるという気持ちにはならなかった。命を捧げるという意味の重さにも、全く負の感情は生まれなかった。

思いは一つだった。誰もが思い描き、幼い理想だと切り捨てる、戦いを終わらせるという夢を――。

――私と共に夢を見て欲しい。私には、あまり時間が残されていないから。

誓約とともに、彼女は俺に、いずれ来る別れが避けられないことを告げた。

鼓動が速まり、そして落ち着いていく。天帝の死を想像したあと、彼女がそれだけの覚悟でいるのだと伝わり、自分に何が言えるだろうと考えた。

膝を突き、頭を下げる。御簾の向こうから、陛下が侍女の介添えを受けて『揺り籠』と呼ばれる椅子を降り、こちらに近づいてくる。

頭を上げないままに、俺は目の前に立っているだろう彼女に言った。

――アルスメリア・ルーン・ミーティア陛下。ヴァンス・シュトラール、天帝騎士団の誇りにかけて、任務を拝命いたします。

天帝が代々引き継いできた剣が、俺の肩に当てられる。陛下がその剣を外したあと、小さく「面《おもて》を上げよ」と声がした。

天空宮に差し込む陽の光を背にしたアルスメリア陛下の姿――そしてその微笑を、今も昨日のことのように思い出せる。

その美貌は完璧という表現でも届かない。触れれば壊れそうなほどに繊細で、けれど瞳に宿る光は、俺が今まで見た誰よりも強いものだった。

――これまで何度か任務で護衛を務めてもらったが、君の強さは無茶苦茶だな。常識外と言ってもいい。

ずっと言いたかったというように、楽しそうに彼女は言った。

腕に多少なりと自信のあった俺は、それを嬉《うれ》しく思いながら――自分に対する評価にあぐらをかくわけにいかず、訂正した。

――俺は言うなれば『盾』です。一度戦場に出ると、嵐のように戦う騎士は他にいます。

ここで例に挙げた中には、俺の友人も含まれている。

同じように騎士団内で出世して、最後の最後で所属が分かれた。彼は槍《やり》を使わせたら右に出るものがおらず、大将軍にまで出世することになる。

しかし直接戦って勝てないかといえば――。

――盾が槍より弱いということはない。それを証明したからこそ、君はここにいるはずだ。

――私は君が最強の騎士になると思っている。私の盾になるのだから、そうでなくては困る。

それは控えめながら、確かに陛下から賜った命令だった。

天帝の護衛を任じられた以上は、俺はもう誰にも負けることを許されない。決して敗北することなく、あらゆる脅威から陛下を護り続けよう――そう思った。

## 2　戦友

――天帝国暦1018年　蒼天《そうてん》の月　天空宮中央回廊

俺が陛下と初めて言葉を交わしたあの日から、四年の時が流れていた。

陛下を守る任務を通して、俺は天帝騎士団のナンバー2である白銀大将にまで階級を上げていた。

ナンバー1は、騎士団を率いて先陣で戦い続けた最強の槍騎士――フリード大将軍。強さが重視される天帝騎士団において、歴代最速で俺と共に出世し、今の地位に就いた。

俺は陛下のもとに行くために、天空宮の中央回廊を歩いていた。

天帝国は陛下の主導により、ある作戦を成功させていた――いつか、七つの帝国を一つにするための大計。

天帝アルスメリアの力によって、七帝国の境に『不戦結界』を作る――今まで定めようもなかった国境線を、彼女一人の力で作り出した。

俺もフリードも、多くの人々が『不戦結界』完成のために尽力した。命を落とした者も少なくはない――だが大願は成り、結界の完成から数日、世界ではあらゆる戦争行為が停止している。

だがそれは、恒久的に戦争が止まるというわけではない。一時の凪《なぎ》に過ぎないと、陛下自身が口にしていた。

回廊の途中、前方に一人の騎士が立っている。黄金の装飾を施された鎧《よろい》を嫌味もなく着こなすその赤髪の騎士が、フリードだった。

「アルスメリア陛下のもとに行くんだね、ヴァンス」

「……ああ」

短く答えると、フリードの表情が陰る。

『赤空の嵐』と異名を取る天帝国最強の『槍』が、長い間決して見せることのなかった顔を俺に見せていた。

「……なぜ陛下を止めなかった？　『不戦結界』がどのようなものかを、なぜ僕たちに説明してくれなかった……？」

彼が扱う槍と同じように、鋭い瞳――そんな目で詰問されると、いくら約束とはいえ、簡単に誤魔化すこともできない。

「陛下がそうお望みになった。俺はその意志を尊《たっと》び、従いたいと思った」

「……ヴァンス、それが君の本心なのか？　僕はそれほど鈍くはない。一番陛下をお止めしたかったのは、君であるはずなのに」

かつて、騎士団で駆け上がるために甘さを捨てるとフリードは言った。

そのフリードが、今はどこまでも優しかった。まだ少年の頃、彼と練習用の木槍で打ち合った頃の記憶が脳裏をよぎった。

「陛下自身も、あの魔法を使えば命を縮めると分かっていたはず。それなのに……僕らは何も知らずにここまで……」

「おまえが自分を責めることはない。フリード、陛下が騎士団の皆に知らせることをしなかった理由が、おまえなら分かるだろう」

「……分かっていれば、誰かが止めただろう。もちろん、僕もそうしていた」

拳を握り、フリードは唇を噛《か》む——血が一筋伝うほどに。

その怒りは痛いほどわかる。俺がもしフリードや他の騎士たちの立場なら、彼と同じやるせなさを覚えただろう。

「……主君を死なせるようなものが、戦を終わらせるための手段だと言うなら……僕らは、それを決して認めるわけにはいかなかった……！」

指揮官として振る舞うフリードは、決して激昂《げっこう》することはなかった。

その炎のように赤い髪と、戦場での猛々《たけだけ》しい戦いぶりからは想像もつかないほど、普段の彼は穏やかだった——怒るということを知らないのではないかと思うほどに。

しかし今は、そうではなかった。感情を迸《ほとばし》らせ、背負う槍を今にも構えるのではないかと思うほどの気迫をみなぎらせて立っている。

「もう一度聞く……ヴァンス。いや、護衛騎士ヴァンス。君は陛下を守るものであると、今も迷いなく言えるのか」


『不戦結界』を儀式魔法によって完成させたあと、陛下は病床に伏した。

天帝の後継者は、皇族の中から指名されている。アルスメリア陛下には嫡子がいないため、次代の皇帝は傍系から選ばれた。

陛下は回復すると宰相や大臣たちは信じている。しかし彼らも、陛下が次代の皇帝を指名した――そして自分なきあとの天帝国をどうしていくかの勅を発したことで、事の重大さを認識せざるを得なかった。

第十七代天帝アルスメリアの命が、尽きようとしている。

彼女が健在ならば、天帝国はまた百年を戦い抜ける。そう言われながら、陛下は決して自らの意志を曲げず、自分の命を永らえることを二の次にして、目的に向かって駒を進め続けた。

そして――彼女の寿命を削って『不戦結界』は完成した。天帝国だけでなく、七帝国にも名を残す稀代《きたい》の魔法使いが、文字通り全てを賭けて戦いを止めたのだ。

「……答えられないなら。この先には、僕を倒してから行ってくれ」

フリードが槍を構える。やはりそれでしか、けじめをつけられないと思ったのか。

彼は、真実を知りたがっているだけだ。

だが、俺は答えられない。俺とアルスメリア陛下の間にあった誓いは、誰にも口外してはならないものだ。

たとえ、ここでフリードと戦うことになったとしても。

「……フリード。おまえには、後のことを頼みたい。新しい皇帝陛下を守る、騎士団の長として」

俺はフリードの槍が動くことを覚悟していた。

彼の質問に答えないことは、決別を意味する。そのはずだった——しかし。

フリードは身の丈の三倍もある槍を、音もなく背負い直した。

「いつか君ともう一度戦い、腕試しをしたかった。僕は自分が大将軍の器だとは思っていない。それは君がいたからだよ、ヴァンス」

「……俺もおまえのようにはなれないと思っていた。だから、器じゃないなんて言うな。若いやつは誰もがおまえを尊敬して、その背中を目標にしている」

「……僕なんかより、よっぽど君の方が……」

回廊に、風が吹いた。

フリードは風にかき消えた言葉を、もう一度繰り返すことはせず——ただ、笑った。

「……決意が変わらないのなら。僕は、君を許すべきなんだろう」

「おまえは良《い》い奴《やつ》だよ、フリード」

「こんなときに言われても、皮肉に聞こえてしまうけど……素直に受け取っておくよ。だが、これだけは言っておきたい」

フリードにも分かっていた。分かりすぎるほどに、伝わっていた。

俺たちが言葉を交わすのは、これで最後になるということが。

「僕は君との決着が、まだついていないと思っている。だから、覚えておいてほしい。『次は』僕が勝つ。そうしたら『天帝の槍』を名乗っても許されるだろうからね」

俺は陛下の護衛として『天帝の盾』と呼ばれたが、フリードはその呼び名を意識していたようだった。

小手を付けたまま、俺たちは右の拳を合わせる。フリードは俺の肩を叩《たた》き、回廊を歩き去った。

俺は振り返らずに進んでいった。離れていく具足の音が、やがて聞こえなくなり——そのときようやく振り返っても、フリードの後ろ姿は見えなかった。

## 3　終わりの先

やがて回廊の終端に達し、俺は陛下がいる部屋に通された。

四年前と同じ。御簾の向こうに見える『揺り籠』の中で、陛下は眠っていた——しかし俺が近くと、彼女が起きた気配がする。

「……もう少し続けられると思ったけれど、不甲斐《ふがい》ない。どれだけ魔法が得意でも、命だけは縮めたり伸ばしたりできないものだ」

もう声を発することも難しいと聞いていたのに——彼女は在りし日の生気を取り戻していた。

小さくすすり泣いていた侍女が、席を外す。それを見送った陛下がふっと笑った気配がした。

「ヴァンスに涙は見せたくないと言っていたのに、彼女はやはり気が優しい」

陛下の一つ年下の侍女。物心づいた時から一緒にいた、陛下の紛れもない親友。

彼女は陛下の護衛となり、この部屋に出入りするようになった俺を、初めのうちは警戒していた——実直に見える騎士でも、男女の間には何があるか分からないと。

そんな彼女の物言いを聞いて、陛下は笑っていた。私のような青白い顔の女に興味を示すほど、ヴァンスは不健全ではないと言って——。

　そのとき俺は何も言わなかった。陛下は俺の心を見ようと思えば見られるのだから、俺の真意などお見通しのはずだった。

「これまでずっと付き添ってくれた相手を、素直に労《いたわ》っても良いのでは？」

「彼女は私が死んだら殉死すると言うからね。あまり感謝の言葉を口にするのも考えものだ。最後は、嫌われた方がいいのかもしれない」

「それは、到底無理な話です。陛下を慕わない者は、この国にはいない」

「……戦いを好む人々以外は、ということになるか。しかし『不戦結界』は大規模戦闘魔法を封印するだけのもので、人の行き来はいずれできるようになる」

　天帝陛下による『不戦結界』が七つの国に国境線を引いたあと、他の六皇帝はその力を脅威に感じ、次々に講和を申し入れてきた。

『不戦結界』がどのようなものか、天帝国から情報を引き出そうという思惑もあるだ　の日のこと

　それでも戦うことしかせずにいた皇帝たちを、同じ卓に着かせようとして、

は、永久に歴史に刻まれるだろう——しかし。

「七国皇帝の会談が行われる日まで……陛下は、ご存命ではないとお　しゃられた。それは、変えられそうにありませんか」

　深刻な顔も、悲愴な空気も、陛下は望んではいないと分かっていた。

　死という言葉に向き合って、陛下の姿を正面から見ていられる気がしなかった。

「私の魂魄《こんぱく》が消滅するまで、あと数時間といったところだろう」

「……魂魄を回復させる方法は、無い。それに変わりはないと……それなら私は、今ここに来て正解だった」

少し遅れていたら、陛下の魂は現世から消えていた。

俺は陛下に呼ばれていない。護衛騎士でも、本来なら約束もなしにこの部屋に入ることはかなわない。

「もう四年になるのか。たった四年だったと言うべきかな」

「……あまりにも早すぎました。もう少しゆっくり駒を進めても良かったのではないですか」

「私も遠い理想だと思っていたからね。けれど思っていたよりもずっと、風はそちらに向かって流れていたんだ」

アルスメリア陛下は七皇帝の中で唯一、戦いを終わらせようとした。

その意志に呼応する者が、この国にも、他の国にもいた――だからこそ、稀代の魔法使いである陛下でも一人ではできないことを、実現させることができた。

「けれど、これだけでは戦いは本当に終わることはないだろう。長年の因縁が、結界という壁で隔てられたくらいで消えたりはしない。それは正直を言って心残りだ」

「……それでも、清々《すがすが》しいという声です。そんなふうにやり終えたという姿を見せられては、やはり泣く者もいるでしょう」

陛下が次代の皇帝を指名したあと、政務の中枢はこの天空宮ではなく、帝都に移されている。

この天空宮に残っているのはごく少数の人間だけ。護衛となる騎士は、俺だけだ。

フリードは、俺にこれからのことを聞きに来たのだろう。陛下亡き後のことを。

俺の意志は四年前から一片の揺るぎもなく、変わっていない。それを確かめて、フリードは騎士団に戻っていった。

「君は……」

アルスメリア陛下が尋ねようとして、言葉を止める。その響きが、初めて聞いた時のように懐かしく感じた。

「……私は、泣きません。その理由は、すでにおわかりのはずです」

「……私は、君にそこまでを命じていない」

そう言った陛下の声が、震えていた。

終わりを自覚しているから、覚悟ができるというものではない。彼女は死を恐れながら、それでも安らかにいようとしているのに、俺はその心を乱そうとしている。

「陛下の命が尽きるまで、私の命を捧げる。そう、四年前に誓いました」

「……君は自由になる。私に対する誓いは、私が消えることで意味をなくす。私は君に、私がいなくなったあとのことを……」

「それは、フリードに頼んであります。彼には重荷を背負わせるようですが……彼以外には、安心して頼める人物はおりません」

陛下の言葉を一つずつ、丁寧に——決して許されないことでも、否定していく。

陛下の張った予防線はもはや残っていない。残っているのは、俺と陛下の感情の問題だ。

「……友達甲斐のない友人だ。きっと君は、そう言われる」

「そうかもしれません。最後に彼と戦わなかったことが、少し心残りです」

「強くなりたい……か。自分が何者であるかを示したい。君のその夢は、これからでも始められるはずだ」

「始めるのは、ずっと先でも構いません。私は『天帝の盾』と呼ばれたことを誇りに思っています。それは本当に、私自身の命よりも優先されることであるらしい」

御簾の向こう、揺り籠から降りて、陛下がこちらを見る。その足はまだしっかりと地に着き、健在であったころを思わせる。

「らしいとは、何だ……まるで他人事《ひとごと》のようだ」

「まだ騎士になったばかりのころは、忠義のために死ねるということが理解できなかった。私はあなたの護衛となってから、新しい自分になったのです。子供の頃の自分は、もう少し生きてみてはどうかと言うのですが……今の私に、その考えはない」

「……君は、愚か者だ。天帝国一の……いや、世界で一番の、ばかものだ」

伝えることに迷いはなかった。

馬鹿と言われることも分かっていた。しかしそれくらいなら安いものだ。

「いつかその魂が蘇る《よみがえ》日に、私は護衛としてお供できません。陛下と共に、『転生の儀』に臨みたく思います」

千年続いた天帝国において、伝承として伝わるのみの神域魔法。

陛下ほどの魔法の才をもってしても、成功するかどうかは分からない。失敗すれば魂魄は散逸し、もう一度再生することもなく消えるだろう。

しかし陛下は、賭けようとしていた。

自分の命を賭け、平和への道筋を示した世界が、本当に戦いをやめられるのか——それを、自分の目で見るために。

「……転生すれば、私は私のままでいられるか分からない。それは君も同じだ……どれだけの綺麗《きれい》事《ごと》を言っても、君にとっては自分の命を絶つということだ。これから死ぬ私とは違う。君を慕う人々を振り払ってまで、そんなことをする必要は……」

「……死ぬまで、命を捧げる。それは陛下が亡くなったあと、私が自由になるという意味だと、野暮なことは言わないでください」

御簾の向こうで、陛下は両手で顔を覆った。

もう一度その姿を見たかった。しかしそれを彼女は望まなかった——魂魄の崩壊が始まった彼女の身体《からだ》は、どれだけの魔法の力でも、維持することができなくなっていたから。

「私はあなたが見る景色を、共に見てみたい。それが百年後でも、二百年後でも、どれだけ時間が経《た》ったとしても」

「……なぜ、そう思う？」

分かりきっているはずなのに問う。その性格を、いつも『皇帝』であろうとするところを、本当に尊敬している——。

「……最後まで、言ってはくれないのか？」

「それは俺たちが、これで終わりじゃないからだ。アルスメリア」

光を通す御簾に陛下が——アルスメリアが手をかざす。

俺はその手に、自分の手を伸ばす。そして重なりあった時、この寝所に張り巡らされていた球状の魔法陣が、魔力を吹き込まれて起動した。

侍女が泣いていたのは、この魔法に巻き込まれないように、離れることを命じられたからだ。それを、俺も理解していた。

全てが光に包まれていく。その中で、俺たちを隔てていたものが消える。

それは幻なのかもしれない。これから死にゆく俺が見た幻燈《げんとう》なのかもしれない。

それでも確かに、俺の手の中に、アルスメリアの手があった。小さなその手には、彼女がそこに存在する証《あかし》——熱があった。

手を握り合わせながら、アルスメリアが背伸びをした。

それは護衛には身に余るほどの、彼女からの餞別《せんべつ》だった。

# 第一章　無色の少年護衛

## 1　転生

神域魔法、『反魂転生』。それは『転生の儀』と称する術式として、天帝国皇帝が口伝で受け継いできた。

実際に言い伝えの通りの効果が発現するのかを知る者はいなかった。初代皇帝の時点で誰も使いこなすことができなかったのだから、天帝国が始まる前の古代から伝わる神の領域に踏み込んだ魔法であり、使える者は現れないと思われていた。

——だが、アルスメリアはその術式を理解し、行使する資質を持っていた。

それは彼女が魂魄《こんぱく》を削り、寿命を使い果たしてまで、『不戦結界』を発動させる代わりに与えられたものだったのかもしれない。

魂魄は肉体を形作るための雛形《ひながた》だという。魂魄が摩耗すれば、生命はその姿を保つことができなくなる。

その魂魄を回復させる方法の一つが、時間だ。全ての生命は死んだあと、一定の期間を以《もっ》て魂魄が再生し、別の形で生まれ変わる。

だが、魂魄が滅んだ者は蘇《よみがえ》らない。一度始まってしまえば絶対に反転しない現象、それが魂魄の崩壊だ。アルスメリアの魂魄は、生まれながらに不治の病に侵されていた。

その理を逆転させる唯一の秘儀。それゆえの『反魂』――。

しかし、もし『魂魄が維持されている者』がその儀式を行えばどうなるのか。

何が起こるか、全ては分からない。分かっていたことは、俺の肉体は、陛下が死を迎えるのと同じように一度滅ぶということ。

あの光に飲まれたあとの時間は、一瞬のようで、ひどく永くもあった。

道標は一つ。アルスメリアと繫《つな》ぎ合《あ》わせた手。

だが、俺がもう一度肉体を得たときには。俺の手に握られているものは、何もなかった。


――七国暦799年　奉天の月　天帝国　フィアレス伯爵家本邸

物心づいた時には、俺――転生したあと、表向きは『僕』と言っている――は天帝国辺境の僧院が運営する孤児院で育てられていた。

何かの事情を抱え、母親は俺を僧院に託すしかなかったのだという。父親の生死は不明で、その所在も明らかではない。

一歳になる前には歩けるようになっていたので、まず今がいつであるかを調べた――見覚えのない暦になっていて、最初はうまく把握できなかった。

そのうち修道女から天帝国と他の六国は無事に停戦を続けており、同盟状態にあるため、国家間の調整によって暦が統一されたと教えられた。どうやら、俺が生まれたと目される年である七国暦

７９２年は、天帝国暦１０１８年から数えるとちょうど千年ほどになるようだった。『転生の儀』を行ってから二百年余り、天帝国暦は続いていたことになる。

一度目の人生とは全く違う環境に最初はどうなることかと思ったが、僧院で過ごす時間は思ったより長くはなかった。

三歳のとき、俺は僧院を訪れた貴族の女性――ミューリア・フィアレス伯爵に引き取られたのだ。僧院は建造物の老朽化や、周辺住民からの寄進が減少していることで存亡の危機にあったのだが、フィアレス伯爵家の援助によって立て直し、俺はそれと引き換えの交換条件ということで、フィアレス家に行くことになった。

「……というのは、ミューリア母さまが、僕の立場を考えておっしゃってくださったことなのではないかと」

七歳になった俺はフィアレス家で何不自由なく暮らしていたが、それをミューリアに尋ねずにはいられなかった。俺一人だけが引き取られることになり、孤児院の運営が困難な状態のままでは、他の子どもたちは路頭に迷うことになるからだ。

「それがずっと気になっていたのね。あなたはまだ小さかったけれど、周囲の状況がよく分かっていた……あなたを引き取るときの、私の考えも」

フィアレス家当主の執務室。俺は自分を拾ってくれたミューリアから、月に何度かの『近況報告』をするようにと言われてここにいる。

この伯爵家の若き女当主は、転生前の俺より年下だ。それどころかまだ十九歳というのだから、天帝国の実力主義が千年経《た》っても変わらないことを実感する。

天帝国の貴族は、使う魔法に応じて髪の色が異なる。ミューリアは桃色の髪をしているのだが、彼女に得意な魔法のことを尋ねるのは厳禁だ――望んでのことかは分からないが、桃色系統の魔法を代表する概念は『愛』であり、『誘惑』でもあったりする。

その魔法の系統とは関係なく、元々ミューリアは女性としての魅力に溢《あふ》れすぎているため、あえて顔を隠すために口元以外を覆う仮面をつけている。いつでも外すことはできるのだが、風呂場と寝室以外で外すことは滅多にない。

七歳で女性に対して魅力がどうとか思うことは本来なさそうなものだが、全く何も思わないのも失礼にあたる。

「私は僧院の子供たちにも健やかに育って欲しいと思っているの。あなたを選んで引き取ったのは、確かに見込みがあると思ったからだけれどね」

マホガニーで作られた当主の椅子に座り、ミューリアは足を組み替える。俺がそれで視線を動かしていたら、かの天帝陛下はどうおっしゃられただろうか。おそらく「護衛は不動の心を持つと言っていなかったかな」と指摘されるところだろう。

「そう……その目。そうやって、どこか私の思いもよらない遠くを見ている目。僧院の庭であなたを見かけたときもそうだったわ」

伯爵の執務である書類のサインをしながら、ミューリアはほう、とため息をつく。

仮面の奥の瞳が憂いを帯び、俺に向けられる――こうやって呼吸するように、俺の心証を変える魔法を使ってくるので、全く油断がならない。

「え、ええと。七歳を誘惑されてどうするおつもりですか、母さま」

「そう……その年齢で、私が無意識に使っている魔法を防いでいる。あの時の僧院でのことを覚えている？　みんな私が来たことを喜んでくれていたけれど、少し申し訳ないと思っていたの」

彼女の天然魔法とも言うべき『慈愛』を帯びた魔力は、僧院の子供を引きつけてやまなかった。

彼らは親の愛を心底欲しがっている――ミューリアの『慈愛』は相手に応じて感じ方が変わるため、子供たちにとって彼女は慈母そのものに見えただろう。

俺も何もしなければ、他の子供たちと同じようにミューリアの周りに集まり、普通の子供と見なされていたのだろうが――つい、彼女の魔法を感知した瞬間に、無意識に防御反応が働いてしまった。

## 2　フィアレス家の天使

ミューリア自身ももちろん無意識に魔法を使っていることは自覚していて、そのことを気にしているようだった。

「普通は、初めて見る人にあんなに懐いたりしないでしょう。私がそういう体質だと知っていても、さすが若き伯爵のカリスマなんてお世辞を言う人もいて……」

「僕はそれも、ミューリア母さまの魅力的なところだと思います」

「ふふっ……もう、おませなんだから。魅力的なんて、お母さんに言う子はいません」

まだ十九歳である彼女に「お母さん」と言わせていいのだろうか、と思わなくもない。しかし俺は、年の離れた姉というよりは、やはり彼女のことを母親だと思っていた。彼女自身がそう望んでいるのだから、線引きを俺が変えようとしてはいけない。

「でも……今回は、『天然』というだけではないの。それでもあなたは私の魔法を防いでしまっている……」

向けられるだけで落ち着く、穏やかな視線——だが彼女はただ、慈悲深いだけの女性ではない。

若くして当主となってから、彼女は権謀術数の渦巻く貴族社会で多くの苦労をしてきた。この家に来たばかりの頃は彼女は多忙を極めるだけでなく、他の貴族との付き合い、領地の維持などで心労を重ねていた——まだ十五歳だったのだから無理もない。

アルスメリアも若くして皇帝となり、強くはない身体《からだ》に鞭《むち》を打って政務を果たしていた。ふたりを重ねたというわけではないが、俺は少しでもミューリアの荷物を軽くできないかと考えるようになり——フィアレス家に来てから多くのことを学んだという体で、少しだけでも彼女に助言をしようと試みた。

子供の言うことだから相手にされないかと案じたが、それは杞憂《きゆう》だった。ミューリアは俺の言うことを聞いてくれたし、今までかまえなかったからと俺と過ごす時間を設けてくれるようになった。

今は彼女が本邸に滞在できる、いわば忙しさの谷間となった時間だ。俺は彼女と話せることをどんな形であれ良《い》いことだと思っているが、いたずらに時間を使うわけにもいかない理由がある。

「ねえ、ロイド。あなたがどれくらい魔法を使えるのか、本当のところを……」

ミューリアの話が核心に近づいたところで、ちょうど良く——と言っては悪いかもしれないが——ドアがノックされた。

「カノン？　どうしたの、もうお茶の時間かしら」

彼女の言う通り、ドアをノックしたのはカノン・フィアレス——ミューリアの娘だった。返事があったので、ドアが遠慮がちに開き、金色の髪をした少女が姿を現す。

ミューリアに夫がいたということは聞かされていないし、屋敷《やしき》に勤めるメイドの誰もそんな話はしたことがない。しかしミューリアは母と呼ばれていて、カノンはその娘であり——俺はカノンと同い年だが、生まれた月が早いので、カノンの義理の兄ということになっていた。養子である俺がそんな立場でいいのかは分からないが、ミューリアの方針はこの家では絶対だった。

母とは違う色の髪を持つカノンは、天帝国でも希少な光系統の資質を持っている。それも攻撃ではなく治癒に適性があり、その魔力の特色もあいまって、常に癒やしの空気をまとっているはずなのだが——。

「お母さま、ロイドとお話ばかりで、どうして私を呼んでくださらないのですか」

七歳で完全に伯爵令嬢としてのマナーを身につけ、心優しく可憐《かれん》なフィアレス家の天使。

そう言われているカノンだが、俺に対しては何かと対抗心をむき出しにしていた。

ミューリアはそんな娘を見て、すっと席を立った。そして何をするかと思えば——さっきまでの俺を翻弄するような振る舞いとは、違いすぎる対応を取る。

「ごめんなさいカノンちゃん、お兄ちゃんと話しているとつい時間を忘れてしまって……呼びに来てくれて嬉《うれ》しいわ」

「……はい。私も、お母さまが喜んでくれて嬉しいです」

ミューリアは絨毯《じゅうたん》に膝を突いてカノンを抱きしめ、カノンも母の背中に手を回し、きゅ、と摑《つか》む。

こうして見ていると慈母と天使で本当に絵になるのだが――カノンがこちらに視線を向けて「どうですか」という顔をするので、俺は七歳には似つかわしくないだろう苦笑いをするほかなかった。

母娘《おやこ》は額を突き合わせて笑い合う。そのあとでカノンはこちらを向くと、すごく偉そうに言った。

「マリエッタさんがロイドにもお茶を淹《い》れてくれました。感謝して飲むといいです」

「あ、ありがとう……ご相伴にあずからせてもらうよ」

「ロイドじゃなくて、お兄ちゃんって呼んでくれた方が、お母さんは嬉しいのだけど……」

ミューリアがやんわりと窘《たしな》めると、カノンは少し考えるような素振りを見せる。

彼女は本当は根が優しい性格というのは分かっている。だが、こと母親のことに関しては、俺にとられると思っているようで、なかなか相容《あいい》れないのだ。

「そうやって呼びたくなるようなことがあったら、お母さまの言うとおりにします」

「そう……じゃあ、ずっと呼びたくないっていうわけじゃないのね。お兄ちゃん、頑張ってカノンに素敵なところを見せてあげて」

「……機会があれば。でも、カノンに無理強いはできません」

今のところ兄らしいことをさせてもらえていない俺は、牽制《けんせい》してくるカノンの手前、そう言うだけに留めた。

転生してから七年、俺はアルスメリアの手がかりをまだ掴めていない。

彼女の転生先を探す方法についてミューリアに助力を頼むかどうか、それをずっと考えていて、カノンとの関係改善についてはずっと保留になっていた。

「……お母さまは、絶対ロイドには渡さないんだから」

行動を起こすにも、まずカノンを安心させてからでないと決まりが悪い。

俺と二人では話したがらないカノンとどう打ち解ければいいのか。そんな俺の胸中など知らず、ミューリアは期待するように、どこからともなく出した扇子で口元を隠しながらこちらを見ていた。

## 3　貴族のたしなみ

カノンはミューリアと二人きりで過ごしたいというオーラを発していたので、俺は席を外すことにした。

「では、ミューリア母さま。僕はお茶をいただいてきます」

「ええ。ロイド、今の話の続きはまた今度させてちょうだい」

「お話……兄様と、どんなお話をしていたのですか？」

カノンは気になる様子で、ミューリアの服をはっしと摑んで縋《すが》りつく。

あれにだいたいの大人が陥落させられる——カノン本人は、彼女の懇願がどれだけの威力を持つか自覚がないのだが、あれは相当なものだ。

尤《もっと》も、俺に対しては絶対に見せない態度なので、傍《はた》から見ていてそう思うだけなのだが。ミューリアも弱っているが、それでも俺と話していた内容をカノンに打ち明ける気はまだないようだ。

「お兄ちゃんも将来魔法学園に行くのか、少し相談していたの」

そういう話もされたことはあるが、入学年齢は十五歳からだ。幼年学校もあるのだが、もし通うとしたら寮に入るか、学園の近くに移り住まなくてはならない。

俺としては、当面はこの家で前世の記憶を頼りに、武術や魔法の勘を取り戻していきたいと思っていた。実は四歳から行動は開始しているのだが――一度覚えたことを思い出すだけなので、できることは前世の四歳時とは比較にならないほど多い。七歳の今となってはなおさらだ。

「……私は、学園には行きたくないです。ずっとお母さまとこの家にいたいです」

「カノンちゃん……と、何度も感動してるとお化粧が崩れちゃうわね。二人に格好悪いところは見せられないから、お母さんも強くならないと」

ミューリア母さま、あなたは相当な親ばかです――と思いつつ、俺は母に会釈をして、カノンにはぷいっとそっぽを向かれつつ、今度こそ当主の部屋を後にした。

フィアレス伯爵家の領地は帝都から離れた南西部の田舎にあるが、その統治範囲は広大だ。もう少し南に行くと他国との国境があるのだが、まだ行ったことはない。

地図を見ると『不戦結界』で作られた国境線はそのまま維持されている。しかしアルスメリアが言っていた通り、限られた方法ではあるが結界を通過することはできて、国家間の交流は同盟関係に基づいて続いている。

アルスメリア陛下が望んだ、戦いのない世界。しかし彼女が言った通り、千年経っても本当の意味で戦いがなくなったわけではない――種族間の対抗意識、差別意識。そういったものが、今も幾つかの国の間を緊張させている。

俺にそういうことを教えてくれているのは、主にメイドのマリエッタさんだった。フィアレス家本邸に勤めるメイド二十人を束ねるメイド頭で、俺とカノンの教育係でもある。

彼女は長い薄紫の髪を三つ編みにしており、ヘッドドレスをつけている。年齢はミューリアと同じか少し上に見えるが、女性の年齢を詮索するものではないので、正確なところはわからない。

「ロイド様は、各国の情勢を知りたいとおっしゃいますが……まず、貴族の子女としてのたしなみを学んでいただかなくては」

俺が他国のことばかり聞こうとすると、少し厳しくたしなめられる。話し方や声は穏やかなのだが、素直に言うことを聞きたくなる語り口だった。

「はい、分かっています。マナーを覚えることも頑張るので、少しだけ教えてください」

前世の記憶がある俺に子供らしい振る舞いができるのかといえば、それもまた杞憂だった。語彙が子供らしくないと言われることはしばしばあるが、決定的に違和感があると思われたことはない。

「……少し意地悪を言ってしまいました。カノン様は貴族の振る舞いというよりも、もはや天使と言われておりますが、私はロイド様の振る舞いもご立派だと思っております」

俺は養子なので、本当はマリエッタさんに敬ってもらうような立場ではない。

しかし彼女はミューリアがそうしているとおりに、俺をフィアレス家の長男として扱ってくれている。それはミューリアの人望によるものと、マリエッタさんの考えがあってのことだろう。

――話しているうちに、ジリジリと音が鳴る。それはマリエッタさんが持っている懐中時計の音だった。紅茶の蒸らし時間が終わったのだ。

マリエッタさんは紅茶をカップに注ぐ。色鮮やかで美しい――千年前はこんなに香りのいいものはなかったが、聖帝国から輸入できるようになったため、貴族の間で広く飲まれているそうだ。

「セインティア・リーフの春摘みでございます」

「ありがとうございます……ん、美味《おい》しい。マリエッタさんのお茶はいつも美味しいです」

「……相変わらず、社交辞令がお上手でいらっしゃいますね。それゆえに、将来が心配でもあるのですが」

「え……？」

「何でもございません。棒砂糖はお入れになりますか？」

棒砂糖は人帝国の特産品だ——人帝国は魔法を重視しない国だが科学というものが進んでいるらしく、さまざまな味覚を追求する好奇心の強い人々の国だ。七国代表が競う料理大会においても、常に上位に入るらしい。

天帝国の食事は魔力の補給を重視しており、ある属性に特化するために一定の食事しか取らないような人もいる。味は二の次で、転生前の俺もあまり頓着していなかった。

そのため、最初は伯爵家で食事をしただけで目の奥がツンとした。僧院の食事と比べると、あまりに味が違いすぎたからだ——仲間たちに申し訳ないとは思うものの、美食で心が動くのは許してもらいたい。

「……ときどき、ロイド様は深く何かを考えているお顔をなさいますね」

「ご、ごめんなさい……棒砂糖、少しだけ入れてもいいですか」

「はい、もちろんです」

マリエッタさんは俺の紅茶に棒砂糖を溶かしてくれる。短い木の棒に砂糖の結晶がまとわせてあるのだが、この甘みが優しく、癖になる——甘い焼き菓子と合わせるときは、紅茶に砂糖をあまり入れすぎないのが肝要だ。

だが棒砂糖はその形状から、余ってしまうと処分が難しい。いつも砂糖が残ったままで捨ててしまっていたのだが――。

「マリエッタさんもいかがですか。僕に色々なことを教えてくれたので、甘いものを取って一休みしてください」

「そのようなことは……私たちはメイドですので、お気になさることはございません」

最初はこうやって遠慮するのだが、マリエッタさんはじっと俺が見ていると、いつも自分から折れてくれる。

彼女はふっと微笑《ほほえ》んで、紅茶をポットから別のカップに注ぐ。そして俺と同じテーブルにはつかず、部屋の端の椅子に座って、残った棒砂糖を溶かした紅茶を飲み、一息ついた。

「……ふぅ。ありがとうございます、ロイド様」

「すみません、話をしていた後なので、ちょっと濃くなってしまったかもしれませんね」

「いえ、甘いです。ロイド様にいただいた砂糖を溶かしていますので……」

初めは『貴族とは何か』『貴族らしさとは』を俺に教えるため、厳しく接してくれていたマリエッタさんだが、真面目に勉強していると態度が目に見えて柔らかくなった。

ミューリアから頼まれた俺とカノンのことを立派な紳士淑女に育てなくては――と思っていたかは分からないが、責任感の強いマリエッタさんのことだから、当たらずといえども遠からずと言ったところだろう。

「その……マリエッタさん。今さらとも、難しいとも思うかもしれませんが……」

「カノン様と、打ち解けたいというお話でしょうか？」

あまりの勘のよさに、一瞬心を読まれたのかと思うが――これは単に、女性の勘というやつだろ

う。その鋭さは、前世でも何度か味わったことがある。

「カノン様も、ときどきロイド様のことをお聞きになります。お屋敷のどこにいるかなどですが」

「え……ここしばらくは、カノンは僕のところには来ていませんけど。居場所を知りたかっただけということでしょうか」

素朴な疑問のつもりだったが、マリエッタさんは困ったように苦笑する。

「今お話ししたことは、カノン様には秘密にしていただけますか。繊細なお年頃ですので、お兄様にも寛容になさっていただけましたらと……」

「寛容……」

「大らかにしていただきたいということです。しかしそれは、ロイド様に改めて申し上げることでもございませんね」

ミューリアにも言ったが、俺はカノンに何かを強制することはないし、突っかかられても怒ったりはしない。

できれば、もう少しわだかまりを無くしたいのだが。それを急げば、カノンは俺からますます距離を置こうとするだけだろう。

「ロイド様は同年代の方々の中でも、特に落ち着いていらっしゃいます」

「そんなことはないですよ。この屋敷での暮らしは毎日楽しいし、何を見ても新鮮な驚きがあって、心が躍ります」

「……そういったところが、特に好ましく……いいえ、ご立派であると思います」

彼女とお茶を飲みながら、俺は考えていた――カノンとの関係改善については、誰かに頼り切りになるようなことがあってはいけない。

ミューリアはカノンに『素敵なところ』を見せればいいと言ったが、そんな場面をただ待っているのみというわけにもいかない。

何より、気を張らずに話ができるようになることだ。しかし今のところ、あの天使のような少女が、俺に笑顔を向けてくれる光景はうまく想像できなかった。

## 4　少女の誇り

貴族の家に引き取られて、改めて大変だと実感したことがある。

伯爵家ともなるとその下に位置する男爵・子爵家や、同じ伯爵同士の横のつながり、そしてより上の階級の貴族との関係など、家同士の関わりがとても多いということだ。

貴族の間では、爵位の階梯《かいてい》がそのまま上下関係となるが、天帝国ではもう一つ、個人の立場を決める上で重要な要素がある――個人の魔法、その実力だ。

男爵家・子爵家の人々は、伯爵家より階級が下という意識は徹底されているのだが、それゆえに鬱屈している者もいる。貴族としての階梯を、個人の力で引っくり返す機会を窺《うかが》っているのだ。

それは大人に限ったことではなく、子供でも野心を持て余している場合がある。後先を考えない分、子供の方が『自分が強い』と試したいと思ったとき、それを行動に移すための敷居《しきい》が低い。

「カノン様におかれましては、今日もご機嫌うるわしゅうございます」

この少年――ヴィクトール・ロズワルドは、フィアレス伯領に属する三つの子爵家のうち、最も大きな領地を持つロズワルド家の長子である。

十歳にしては身体が大きく、剣術の訓練もしているのか少年にしては身体は鍛えられていて、顔つきも自信に満ちている。

その彼が母親と共にうちに挨拶に訪れ、子供同士で交流するようにという時間が設けられて、カノンと俺、ヴィクトールの三人きりになった。

ヴィクトールには姉と妹がいて、前に訪問したときは彼女たちがカノンと交流した。ヴィクトールは俺と交流しようとはしなかったが、その理由はどうやら、俺が伯爵家の拾い子だからのようだった。

今日も同じ部屋にいる俺のことを空気のように無視し、ヴィクトールはカノンだけに意識を向けていた。

「ヴィクトール殿も、お元気そうで何よりです」

「カノン様からそのようなお言葉をいただけるとは、まことに……」

「それでは、私は挨拶も終わりましたので、自室に戻らせていただきます。あとはお二人でどうぞ」

「なっ……」

カノンはミューリアから『俺と仲良く』と言われて送り出されてからずっと不機嫌で、こんなことになるのではと思っていた――肩透かしを食らったヴィクトールは少々可哀想《かわいそう》だが、うちの天使は俺にも冷たいので特に同情はしない。

俺は聖人ではないので、自分を邪険にする相手に対して過剰に気を使うほど人間はできていない。ずっと無視していた俺の相手をせざるを得ない状況になって、どんな気持ちなのかを聞いてみ

なのですが」

「僕は今日、カノン様にお話があってここに来たのです。カノン様の、魔法のお力についてのお話

ヴィクトールの言葉に、カノンが反応する。居間を出ていこうとしていた彼女は、振り返る――きっ、と強い視線をヴィクトールに向けたその姿に、事の次第を静観していようと思った俺も、一瞬で目が覚めた。

「……私の魔法、ですか。それはどういったお話ですか？」

「ミューリア伯爵のご息女であるカノン様は、さぞ強い魔法の力をお持ちでしょう。私も伯爵家に忠誠を誓う家の子として、その力を一度見せてほしいのです」

ヴィクトールの内心にある不遜は抑えきれておらず、本当に敬意を抱いている相手に対してはしないような言い回しをする。

カノンが要求に応える必要はない。彼女の魔法は治癒の系統であり、使う場が限られる――しかしヴィクトールはそれを無視して、カノンを挑発している。

カノンにも分かっているはずだ。この挑発に乗る意味はない。

しかしどれだけ早熟で、聡明《そうめい》であっても、感情を完全に制御しろというのは酷なことだった。

「髪の色、目の色……何をもってしてもミューリア伯爵と似ていなくても、カノン様はいずれ伯爵を継ぐ立場。僕のような子爵家の者なんてかなわない力をお持ちでしょう。僕はその力を見て、そして跪《ひざまず》きたいんです」

ヴィクトールが自分でそんな台詞《せりふ》を考えたわけではない。誰かに吹き込まれ、それを練習してそ

のまま喋《しゃべ》っているのだ。

ミューリアに揺さぶりをかける点がないのなら、カノンを標的にする。もしヴィクトールの親
――ロズワルド子爵がそんな狡《ずる》いことを考えたのなら、それも貴族社会の歪《ゆが》みというものだろう。

人間が権力の階層に組み込まれたときに生じる歪み。フリードも騎士団で駆け上がる際に、それを目の当たりにして悩んでいたことがあった。独立部隊といえる護衛騎士だった俺は、幸いにも権力争いなどには巻き込まれなかったのだが。

「今日与えていただいた時間は、とても貴重なものです。この機会を逃せば、カノン様に力を示していただく機会はしばらく――」

カノンは断ってもいい。誰も逃げたなどとは言わない――そんな誹《そし》りを受けるようなら、ロズワルド家もその程度の人々だということだ。

だが、もしカノンが違う答えを出したら。

彼女が戦うと言うのなら。俺は傍観するだけでなく、してやれることが幾つもある。

――カノンが一瞬だけ、俺に視線を送る。俺はただその目を見返し、頷《うなず》いた。

どんな選択でも肯定する。彼女が俺と距離を置いていても、そんなことは今は関係ない。

逃げずに戦おうとしている妹を、誇りに思う。

「分かりました。どうやって、力を示せばいいのですか?」

ヴィクトールの顔に喜色がにじむ。思惑通りに行ったという表情――それで、もう彼の意図を探る必要も何もなくなった。

「フィアレス伯領において、昔から力を測るために使われてきた『魔力試し』。それを、近隣の森

で行わせてもらう。普段遊び場にしているようなところだから、僕たちだけでも危険はないだろう？」

急に口調が砕けた——こちらへの敬意などもうなにもない。ヴィクトールは勝利を確信しているのだ。

「分かりました。ロイド、あなたはここに残って……」

「僕も行くよ。ヴィクトール、これは『魔力試し』で決闘でもなんでもない。二人でなければならないってことはないだろう？」

「ああ、そこにいたのか。ロイドだったかな。橋の下で拾われてきた……いや、僧院から正式に引き取られたんだったな」

完全に侮っているが、別に腹は立たない——というわけでもない。

他人を値踏みして、自分より下だと分かると踏みにじりにかかる。こういう輩《やから》と、俺は相容れない——それこそ、転生する前から。

「僕の事情については今はいいだろう。カノンの『魔力試し』に同行させてもらうよ」

「……フン。伯爵の血を引いていない君には本来関係のない話だが、いいだろう」

ミューリアにロズワルド子爵とヴィクトールの悪意について報告するのが平和的な解決手段と言えるが、それではまたカノンが狙われかねない。伯爵家から子爵家に制裁を科すとしても、領地の剝奪や追放とまではいかないからだ。

それならば、俺がするべきことは一つだ。

『カノンを狙っても意味がない』ことを理解してもらう——久しぶりに『護衛』として仕事をする

時が来た。

「……ロイド……」

ヴィクトールが先に部屋を出ていったあと、ずっと気を張っていたカノンが、小さな声で俺の名前を呼んだ。

「……何も心配しなくていい。僕が言っても信用はないだろうけど、大丈夫だ」

「違う……私、どうしても許せなくて……私のこと、お母さまに似てないって……」

「何を言ってるんだろうな、まったく。ミューリア母さまとカノンくらい似ているお母さんと娘は、そうはいないよ」

「……っ」

容姿ということでは、二人を母と娘だと思わせる部分は確かに少ない。

だが、そういうことじゃない。ミューリアがカノンを娘だと言い、カノンは母を慕っている。

二人の関係に土足で踏み入ることは、誰にもできない。だから、戦う。

貴族の義務というのは大変なものだと他人事《ひとごと》のように思っていたが、今になって理解できた。

人の上に立つ存在だからこそ、守らなければならない誇りがある。それを俺よりもよく理解しているカノンは――ヴィクトールに試されるまでもなく、伯爵家の娘だ。

## 5　魔力試し

貴族の風習は転生してから学んだが、千年前とは大きく変わっている。

千年前は貴族同士でいざこざがあったとき、決闘が行われていた。それではどちらかが負傷することは免れないし、敗れた側が死んでしまったりすると何代にもわたって遺恨が続く——そこで考案された決闘の代替といえるものが『魔力試し』だ。

ルールは明確だ。両者が戦う以外のやり方で、魔力の優劣を測り、優れている者が勝利とする。勝った者は、負けた者に一定範囲の要求を飲ませられる。

相手の命を奪う以外ならほとんどの要求が通るのだが、中にはこんなことを言い出す輩も当然現れる。

「カノン様、僕も同じ方法で『魔力試し』を行いますが、もし僕が勝った暁には、一つお願いをしてもいいでしょうか」

屋敷を出て森に向かう途中、ヴィクトールは思い出したように敬語に戻り、後ろから続く俺たちを振り返って言った。

「私の魔法がどれくらいのものか、見たいだけではないんですか？」

棘《とげ》のある言葉に肩を竦《すく》めながら、ヴィクトールは答える。

「魔力を測るには基準が必要だ。僕よりもあなたが上であるというのを確かめたいのだから、僕と比べるのが最も分かりやすい。違うかな？　ロイド」

俺の名前をこんなところで出すために覚えないでもらいたい——というのはおくびにも出さず、俺は少し思案するそぶりをしてから答える。

「魔力の強さは測り方次第で、誰かと比べる必要もなく分かるものだよ」

「ぐっ……」

ヴィクトールがあっさり黙ってしまう。勝負に持っていく正当性がなくなってしまって、吹き込まれていた筋書きに狂いが生じたのだろう。

「と、とにかくだ……僕よりもカノン様の力が上だというのは、比べてみるのが最も分かりやすい。一度受けたんだ、逃げたりはしないだろうな」

「……ヴィクトール殿」

カノンが小さくヴィクトールのことを呼んだ。天使に名を呼ばれて舞い上がらない少年はいない――ヴィクトールも例外ではない。

しかし少年の期待とはよそに、カノンは金色の髪をさらりとかきあげ、鈴が鳴るような涼やかな声で言葉を続けた。

「そういうやりかたをする人を、私は好ましく思いません」

――きっぱりとした拒絶。

ヴィクトールの中でがらがらと何かが崩れる音が聞こえてきそうだ。分かりすぎるほどに分かっていたのだが、やはり彼はカノンに好意を寄せていたらしい。

「く……くくっ。くくくくくっ……」

ここまで突き放せば、ヴィクトールの敵意はさらにあからさまなものになるだろう。

一体何を仕掛けてくるか。それがどれほどの脅威なのか。

これから何が起こるのか、敵――いや、ヴィクトールが行動を起こしてからでなければ対策が打てないのかと言えば、答えは否だ。

カノンを必ず護《まも》る。彼女の『魔力試し』に極力干渉せず、護衛の務めを果たす――そのための、万全の準備をさせてもらう。

《全ての生きとし生けるもの、その魂魄の波動が織りなす悠久の大河よ》

《流転の根源に我は在る。我はロイド、カノン・フィアレスの守護者なり》

本来ならカノンが望んだとき、初めて俺は彼女の『護衛』となる。

しかしいつでもカノンを助けられるように準備しておく必要がある。そのために無音詠唱を行った。

俺が天帝の護衛として見いだされたのは、この魔法によるものが大きい。俺自身にはどういった魔法か実感をもって理解できるのだが、人に話して通じたことは少ない。

俺の魔法は『流れ』を司《つかさど》る。個々人の身体に宿る魔力の流れだけでなく、世界を構成するあらゆる物質の宿す微弱な魔力も『流れ』を持っていて、それが俺には見えている。

（……カノン）

（っ……ロ、ロイド……驚かせないで）

俺はカノンの肩をぽんと叩《たた》く。ヴィクトールの様子に気をとられていたカノンはビクッとしてしまい、顔を真っ赤にしていた。

（頑張れ、と言いたかったんだ。大丈夫、僕がついてる）

「何をひそひそと……雑種のくせに、僕を笑っているのか……？」

貴族以外は『雑種』であるという思想。フィアレス家に属する子爵家の人間が、そんな考えでいると知れば、ミューリアは失意を覚えるだろう。

やはりこの少年には、教えてやる必要がありそうだ。世界は自分を中心に回ってはいないし、

『流れ』は簡単に思い通りにはならないということを。

「くっ……くくっ。君からはやはり、弱い魔力しか感じない。僕をあまり怒らせない方がいい」

「……弱い、魔力……」

カノンが一瞬、疑問を顔に出す。今の段階で彼女を安心させることはできるが、それでは良くない。

俺は『カノンに』勝たせてやりたい。俺がどれだけ侮辱されようがそんなことはどうでもいい、些末《さまつ》なことだ。

尤も、手助けをしたことがわかればさらにカノンを怒らせてしまうかもしれない。それならばどうすればいいか——。

「だってそうだろう、何の色も見えないじゃないか、君の周りには。魔力のない子供を拾ってきて伯爵家の子だなんて、ミューリア様も……」

「——ロイドを……っ、兄様を、それ以上悪く言わないで！」

一瞬、何が起きたのか分からなかった。

弾《はじ》かれるようにカノンの魔力が波を起こして、うねりのような『流れ』が起きて——それを読み取れても、彼女の言葉までは予想できなかった。

ミューリアから俺を兄と呼ぶようにと言われ、カノンはずっと聞かずにいた。

——俺は何も分かっていなかった。カノンに嫌われているなら、無理をして近づこうとしなくてもいいと、達観しているつもりでいた。

「兄様……か。そうだな……いいことを思いついた。僕がこの勝負に勝ったら、ロイドのことを兄とは呼ばないこと。そして、年長の僕を兄と呼んでもらう」

『ヴィクトール殿』という呼び方に満足がいっていないことも、察してはいた。カノンに慕われたい、それも彼が今回の行動を起こした理由なのだろう。

「……分かりました。それでは、始めましょう」

そう言ってまっすぐにヴィクトールを見据えるカノンの姿に、俺は一瞬だけ、あの小柄な身体で戦い続けた少女の姿を思い出した。

俺はアルスメリアに意識を囚《とら》われている。今度こそアルスメリアを護り、共に生きるために転生した——けれど。

妹も守れないようでは、アルスメリアにも呆《あき》れられてしまう。彼女に会うまで、俺は守りたいもの全てを守り続けなくてはならない。

「く……くくくっ……ぁ……？」

——薄笑いを浮かべていたヴィクトールの魔力の流れに、突如として異変が生じる。

「あ……あぁ……あぁぁぁぁぁっ……!!」

ヴィクトールが苦しみ始める。自分の意志に沿わず、魔力を吸われている——彼が『魔力試し』を行うために持ってきたものだろう魔道具が、彼の魔力を吸っているのだ。

その場に膝をついたヴィクトールを中心に円形の魔法陣が発生する。邪霊召喚の魔法陣——おそらく邪霊を森に放ち、それを撃退することによる『魔力試し』をしようとしていたのだろう。

「っ……こんな……たくさんの、色の……」

属性のない邪霊ならば、カノンの魔力でも対抗できる——しかし、その邪霊は炎、風、水、土、それ以外にも幾つもの属性を持っていた。

（カノンを狙って……ただ、脅すためだけに、ここまでのことをするのか）

怒りを通り越すと、頭の中は逆に静かになる。常に不動の心を持つ、それが護衛の心得だ。

ヴィクトールは魔力を急激に喪失したことで意識が混迷しているが、まだ息はある。今は彼の魔力を吸い、それでも足りずにこちらに向かってくるだろう邪霊に対処しなくてはならない。

「――ロイド、こっちに来ちゃだめっ、私のうしろにっ……！」

その勇敢さに、心からの敬意を表する。しかし、妹を護るのは俺の役割だ。

不規則な軌道を取ってカノンを狙う邪霊――それらを迎え撃つ準備はもうできていた。

## 6　契約と護法

カノンが俺を庇《かば》おうとする――元々魔法使いの魔力に引きつけられる性質のある邪霊だが、明らかにヴィクトールの意志に呼応して、カノンだけに狙いを定めている。

本来なら対応する魔力を打ち込んで飽和させ、破壊するだけ。魔法の扱いの基礎を身につけているカノンなら、魔力量が足りていれば可能なことだ。邪霊に魔力を吸われてしまったら回復に数日必要になるが、それ自体は命に関わる危険はない。

だがそれは、邪霊が何の属性も持たなかったらの話だ。

炎の力を宿した邪霊は、人間にぶつかれば炎の初級魔術ほどの傷を負わせる。他の属性もいずれも無傷というわけにはいかない――それでもヴィクトールに確実に勝たせるため、彼が携帯していた魔道具は攻撃用の邪霊を召喚するように仕込まれていた。

「僕は……カノン……君に、勝って……伯爵家の子を、超えて……」

魔力がほとんど残っていない状態でも、ヴィクトールはカノンへの執着を口にする。

それでもカノンは逃げることをしない。怖いはずなのに、一歩も後ろに下がらず、両手を広げて俺の前に立っている。

「ロイドのことだけは……ロイドは、絶対に……っ」

あれほど距離を置いていたのに、俺を守ろうとしてくれている。

それが彼女の真意だと、勝手に決めることはできない。カノンが俺を守ろうとしなくても、俺は彼女を護ろうとしただろう。

――だが、護る相手が信頼してくれる場合と、そうでない場合では。『守護』の在り方は大きく変わる。

「っ……！」

炎の力を宿した邪霊が、カノンを狙っている――しかし事前の挙動から『流れ』を読むことで、見えるものがある。

カノンに襲いかかるとき、邪霊が描く軌道。それもまた『流れ』であり、決して不規則というわけではない。

『カノン、僕のことをこれからしばらくの間、少しでもいい……信じてほしい』

俺はカノンに語りかける。あと数秒後、邪霊は動き出す――カノンの魔力では、炎の邪霊を相殺することはできない。

しかしそれは、『カノンの魔力が足りていない』ということではない。

ヴィクトールには表面しか見えていないだろうが、カノンの表出している魔力はごく一部でしかない。魔力を抑えるために魔力を使い、残りの部分だけを日常的に利用しているという状態だ――まるで自分で枷《かせ》をつけているかのように。

『私の魔力でうまくいかなかったら、ロイドは逃げて。私は、だいじょうぶ』

『それじゃ駄目なんだ、カノン』

『……どうして……』

『僕が君を護りたいからだ。君が怪我《けが》をすれば、僕も同じだけ痛いと思う。不思議かもしれないけど、そういうものなんだ』

自分でも理屈の通らないことを言っている。そして、とても真顔で言えないような台詞でもある。

そうカノンも思ったのか、彼女が笑う。こんなときになって笑顔を見られるなんて、本当に気難しい天使様だ――。

『天使ではないです。さっきから俺って言っているの、聞こえてます』

『うっ……ご、ごめん、不気味だったかな』

『いえ。ロイドのことを、もっと知りたいなって思いました』

――魔力が感応しているうちは、俺が何者であるのかを隠すことはできない。

それでも俺を信じてくれる。カノンの意志が伝わり――まだ完成していなかった護衛の契約が、完全な形となる。

「……私を護ってください、兄様っ……！」

《――第二の護法　『護輪の盾』。万物は流転し、廻《まわ》り巡る》

「僕が……僕が君に勝って、手に入れるんだ……っ、カノンッ……はははははっ……！」

ヴィクトールの叫びが号令となり、邪霊が動き出す。猛禽《もうきん》のような速さで空中を駆け、カノンに食らいつこうとする――しかし。

「……熱い……っ、兄様の、魔法……」

準備は終えていた――カノンの肩に触れたときに。

自らが盾になって対象を護ること。それが、第一の護法。

第二の護法は――護衛する相手の力を引き出すという、間接的な方法。

「私の魔力の色が……変わって……っ」

誰もが、全ての魔法を習得できるわけではない。だが天帝の護衛は、あらゆる魔法から主君を護るため、全属性の魔法を習得している。

あらゆる色に、変えられる――炎、風、水、土、その全てから護ってこその『天帝の盾』。

『万物は流転する。魔力は意志の力で自在に形を変える』

「――やぁぁぁぁっ……！」

カノンは炎の邪霊に向けて手をかざす。彼女の魔力を使い、俺との守護契約をもとに展開された防御壁――『護輪の盾』は、炎の属性を持つものだった。

そしてカノンの潜在的な魔力は、ヴィクトールも、邪霊召喚の魔道具を作った者よりも上回っている。

「――オォォ……オォッ……」

邪霊が怨嗟《えんさ》じみた声を上げ、それが小さくなり——消えていく。

倒れたままのヴィクトールが言葉を失《な》くしている。治癒の魔法しか使えないと言われていたカノンが、炎の魔法で邪霊を打ち払った——彼に目の前の光景を受け入れろというほうが無理だろう。

『これが、兄様の魔法……あたたかい……』

『まだ気を抜いちゃいけない。邪霊はあと五つ……それぞれ属性が違う。カノン、今の要領で全て弾き返すんだ』

『……はい。見ていてください……！』

「……駄目だ……そんなのは……駄目だ駄目だ駄目だ駄目だ駄目だっ……！」

ヴィクトールはもはや執念のみで、邪霊にさらに魔力を送り込む。膨れあがった各属性の邪霊たち——色のついた火の玉のようなその中に、ヴィクトールそのものの顔が浮かび上がる。

「僕はカノンより強い……子爵でも関係ない。強いほうが全てを手に入れるんだ……！」

それほどに求めたもの——カノンを、自らの手で傷つけようとした矛盾。

その愚かさをヴィクトールに教えるのは、俺ではなく。

「これで終わりにしましょう……ヴィクトール」

襲い来る邪霊を前にしても、カノンは毅然《きぜん》と立ち続ける。彼女本来の魔力は白い輝きとなり、その身体を淡く包んでいた。

7　第一の盾

ヴィクトールの情念を映した邪霊は、魔力で膨れ上がっているだけだ——密度は低く、全体の魔力量は大きく増加してはいない。

『カノン、落ち着いてひとつひとつ落としていこう。大丈夫、魔力はまだ十分だ』

『わかりました、兄様……っ！』

風の力を宿した邪霊——最下級のものならただ突風を起こすだけだが、あの邪霊はそれだけではない。二つの風の邪霊が干渉を起こして、周囲に真空の刃が発生しており、近づくだけで切り裂かれてしまう。

だが、風にも『流れ』があり、向かってくる軌道も危険の及ぶ範囲も読み切れる。

「——目に見えないものからは逃げられないぞ、カノンッ……！」

まだ諦めていない——諦めるという考えが、ヴィクトールには微塵《みじん》もない。

しかしやはり、勘違いをしている。風が見えないというのは、本来魔法使いが言ってはならない弱音だ。

研鑽《けんさん》が足りない。磨き上げられていない——魔法も、身体も、心も。

普通なら、二十年先に熟達するとしたらそれで十分だろうが、それを待つ理由はない。

「なんだ、かわす気もないのか……っ、諦めたんだな、そうだ、おまえはっ……」

「——少し静かにしていてください」

「っ……⁉」

カノンが動く——たった二、三歩。踊るようにステップをしただけ。

たったそれだけで、彼女を襲うはずの刃は全て外れて、ただの風だけが残る。二つの風の邪霊が描いた軌跡は、カノンに届くことはなかった。

金色の髪が舞い上がる。風の力を込めた『護輪の盾』が、カノンの手の甲に現れている——先ほどの動きで、風の邪霊を避けたのではない。すでに相殺を終えていたのだ。

『よくやった、カノン……次は土の邪霊だ。足元から来るから、上手《うま》く避けてから相殺しよう』

『兄様、どうして次に来るのが何かわかるんですか？　さっきからずっと、凄《すご》いです……っ』

『空気を読むというか、僕はそういうのが得意なんだ』

『……あとで、教えてください。私、いっぱい頑張りますから……！』

土の邪霊は他の邪霊と違い、直接カノンを狙わない——手前の地面にぶつかり、大地に変化をもたらす。

「っ……！」

カノンの足元を土の邪霊が揺らし、そこに水と闇の邪霊が襲いかかる——だが。

『護輪の盾』は敵の攻撃に対応する属性の盾を生み出すものだが、それは局所的な地面の震動に対しても言えることだ。震動の影響を無くすにはどうすればいいのか——答えは風属性魔法による浮遊だ。

『兄様っ……』

『落ち着いて、流れに身を任せるんだ。カノンならできる……！』

カノンの身体がふわりと地面から離れる。風の属性を示す緑色の『護輪の盾』が彼女の足元に現れる——カノンは水と闇の邪霊の攻撃を、高速で空中を滑るようにして回避する。

「——これで、ぜんぶっ……！」

水の邪霊と闇の邪霊が、地面を跳ねるようにしてカノンに迫る――だが、彼女は左手に水、右手に闇の盾を展開して防ぎきる。

やがて、地面を揺らすことで土の邪霊が力を使い切って無力化する。

「う……嘘《うそ》だ……こ、この方法なら、絶対……父上は絶対、カノンに勝てるって……」

「……ヴィクトールがお父様の力を借りたのなら、良かったです。私の方も、兄様の力をお借りしましたから」

「……ロイド……ロイド、おまえがっ……おまえが……！」

「カノンに力があったから、邪霊を防ぐことができたんだ。ヴィクトール、『魔力試し』の結果は出た。君はカノンに言うことを聞かせようとしたから、カノンもひとつ君に命令できることになる」

「くっ……くそぉおっ……」

ヴィクトールという少年が、俺たち兄妹《きょうだい》に対して素直に負けを認められるのか。

――認めなかった場合に、何が起こるか。それも『流れ』で読むことができてしまう。

「――うぁぁぁぁあっ！」

貴族の子供が外出時に携行する短剣――それを抜いて、ヴィクトールががむしゃらに向かってくる。

「兄様っ……！」

ヴィクトールが最後の最後に狙ったのは俺だった。拾い子の俺に負けたことが、彼にはどうしても許せなかった――取り返しのつかない方法を選ぶほどに。

刃物を防ぐ、それは魔法を使えば容易なことだ。

だが、騎士はどんな敵であろうと敬意を払う。剣には剣を、それが護衛騎士であった俺ならば、『剣には盾を』ということになる。

「――ロイドォォォォッ！」

繰り出される短剣。突進の力が向く方向、筋肉の動き、骨のきしみ、繰り出される短剣に乗せられた力の大きさ――全てが『流れ』を形成する。

その『流れ』を、衝突させるのではなく。

そのまま、勢いを逃してやればいい――最低限の力で。

《第一の護法　刃持たぬ騎士の盾――『空転』》

「――ふっ！」

ヴィクトールの短剣を繰り出した腕をぎりぎりまで引きつけて避ける。同時に俺は、彼の身体に当て身を入れた。

決して強い打撃ではない。しかし最適な瞬間に、最適な場所を叩いてやることで、『流れ』は大きく乱れ、渦を巻く。

「っ……うぉぁぁぁぁぁっ……！」

ぐるん、とヴィクトールの身体が回転する。そのまま彼は勢いのままに突き抜けていき、つんのめって地面を転がっていく。

振り返った時には、ヴィクトールはまだ起き上がろうとしていた――しかし力尽き、地面に倒れ伏す。

「……化け、物……だ……」

最後までそんな言葉が出るあたりは、逆に感心する。

しかし『空転』は、前世における俺の肉体が最盛期のときではどんな攻撃も受け流せたが、さすがに今の未成熟な身体では完璧とはいかなかった。

頬に薄《う》っすらと傷がつき、血がにじんでいる。これくらいなら数日で治るだろうし、特に気にすることもない。

「――兄様っ……！」

カノンが駆け寄って、詰め寄ってくる。

涙で潤んだ目がこちらを見ている。そんな顔を見るのは、俺は長い間カノンと同じ家で暮らしてきたのに、初めてだった。

「っ……カ、カノン。僕なら大丈夫、少し血が出ただけで……」

「すぐ治さないとだめ……私のために兄様が痛い思いをするなんて、絶対だめ……っ！」

痛みはない――俺は経験から大した傷じゃないと判断して、そう言っているだけだ。

カノンはそうじゃない、自分のために俺が傷ついたと、自分を責めてしまっている。

「……私は、小さな傷なら治せるから……兄様、魔法を使ってもいい……？」

「カノンはたくさん魔法を使ったから、無理しちゃだめだ。これくらいなら、僕も自分で……」

「私が治したい。兄様が痛いなら、私も痛いから……」

さっき俺が言ったことを、カノンは覚えていた――それを言われてしまっては、俺はもう逃れようもなかった。

## 8　天使の適性

フィアレス邸の裏、北に広がっている森は、奥の方に入らなければ危険な動物と出会うこともなく、いつも静かな場所だ。

カノンと一緒に来たことはあるが、そのときは数人のメイドが一緒だった。俺たちは遊んだりもせず、カノンは咲いている花や蝶《ちょう》などを見て興味深そうにしていた——俺はというと、森の奥から感じる強者の気配に胸が躍っていた。

強い魔獣は、訓練の良き相棒になる。彼らの中には知能が高く、魔力による感応で会話ができる者もいる——千年前に俺と心を通じた魔獣たちがいた場所は、今の時代はどうなっているだろう。

「……兄様？」

「あ、ああ。大丈夫、何でもないよ」

「けがを治すので、じっとしてないとだめです」

大樹の幹を背にして座ると、カノンが目の前に屈《かが》み込《こ》む。金色の髪が頬にかかるので、彼女はゆっくりかきあげて、俺の頬にある傷を間近で観察した。

「……線みたいになってる。血はもう止まってるけど、あとが残らないようにしたいです」

子供らしいあどけない口調と、丁寧な言葉遣いが交じる。

普段がどれだけ完璧でも、やはりカノンは七歳で、理知的な振る舞いが本来の姿でもあるというのは、少し違う。

「完全に消えなくてもかまわないよ。傷は勲章だからね」

「兄様はやんちゃすぎます。やっぱり、私が見ていないとだめです」

俺はやんちゃなのだろうか——ヴィクトールを投げ飛ばしたあたりは確かに言い訳できない。戦いということにおいてはつい血が熱くなるほうだ。

「……兄様が自分で治癒の魔法を使ったほうが、私より上手ですか？」

俺が全属性の魔法を使うというのも、さっき魔力感応をしたときに伝わっていたようだ。今は心の中が伝わってしまうことはないが、仮にも『護衛契約』を結んでいるので、これからはいつでも感応できてしまう。

誰にでも隠したいことはあるので、見せたくないところを見ないということは可能だ。カノンが俺をどう思っているかについては——正直を言うと、俺のほうが恥ずかしくなるくらいには感じ取れてしまった。

「治癒に関しては、僕よりカノンの方が上手くなると思うよ。僕も使えるけど、適性が高いわけじゃないんだ」

「適性……兄様の魔力の色が見えないって、ヴィクトールが言っていました。でも……」

「何か気になることがあったら、何でも聞いていいよ。せっかく仲直りができたんだから」

「っ……」

そんなことを言ったら、またカノンが頑《かたく》なになってしまうのでは——というのは、心配のしすぎだった。

「兄様の魔力は、きれいです。何も見えないなんてことないです」

「そう言ってくれると嬉しいよ。ありがとう、カノン」

カノンは耳まで赤くなって俯《うつむ》いてしまうが、俺の顔を頑張って見ようとしながら言う。

「……私は、兄様にミューリアお母さまをとられちゃうと思って……うらやましかったんです。兄様のことを、お母さまはいつもいっぱい褒めているんです。マリエッタさんもです」

「そ、そうなのか……でも、僕はみんながカノンのことを褒めているのをそれ以上にたくさん聞いているよ」

「……兄様は、そういうとき、いやな気持ちには……」

「ならないよ。カノンが冷たかったときは切なかったけど、僕が兄としてまだまだだからと思っていたから……」

「そんなことありませんっ、兄様は……っ」

カノンが身を乗り出してくる——大樹を背にして俺はこれ以上下がりようがなく、妹に迫られているような状態になってしまう。

もちろん子供同士なのでこんなじゃれあいも問題ないのだが、俺の妹こそ、実はおてんばすぎるところがあったりしないだろうか。

「……兄様は、優しいです。私が子供っぽいことをしても、怒らなかったです」

「僕のほうこそ、カノンの考えてることを知りたかったのに、そういうのを出さないほうが大人みたいにしていて……本当にごめん」

なぜ、俺たちはもうお互いを許しているのに、謝りあっているのだろう——それはカノンも可笑《おか》しかったようで、口元を隠して笑う。

貴族の慣習でもあるが、皇家の人々もそうだった。アルスメリアは御簾《みす》の向こうでさえ、笑うときは同じように口を隠していた。

「……兄様？」

「ごめん、また別のこと考えたりして。ちゃんと目を見て話さないとな」

「ごめんなさいは、しなくてもいいです。でも、兄様の考えていること、ときどきでいいから、良かったら教えて欲しいです」

そう言って、カノンは俺の頬に手を当てる。

治癒魔法は、間接的ではあるが魂魄に干渉する魔法だ。魂魄は肉体を形作る雛形であるため、例えば怪我をしたときも、魂魄が肉体を形成する過程に魔力で干渉することで、再生を早めたり、あるいは治らない病気や怪我を治すこともできる場合がある。

俺も治癒魔法を使うことはできる。しかし俺の魔力は全属性に対応できる特性を持つが、何かに特化しているわけではない。

カノンの魔力は光系統に属する――光系統は治癒魔法を扱う適性が高い。最高の適性ではないが、現時点でも治癒魔法を扱う資質は目を瞠《みは》るものがある。

「……お願い、きれいに治って……」

高位の治癒魔法には詠唱が必要だが、カノンは願うだけで治癒の効果を発現できる。屋敷で飼っている犬が怪我をしたときも、カノンは『治ってほしい』と願いながら付き添っているだけで治療できてしまった。

その彼女が、俺の傷に指を触れるか触れないかのところでなぞらせれば――かすかに続いていた痛みは消え、ただくすぐったさだけが残る。

「……よかった。上手にできました」

「ありがとう、カノン」

「これからも兄様がやんちゃをして怪我をしたら、私が治します」

もう『ロイド』から『兄様』に呼び方が変わっていることを、改めて聞く機会も過ぎてしまった気がする。

「あっ……やっぱり、怪我をするのは駄目です。兄様が危ないことをしたら、私が守ります」

「じゃあ僕は、カノンが大人になるまでしっかり護らせてもらうよ」

「……私の方が兄様を守りますっ」

カノンは譲る気がないようなので、俺は妹の気持ちを尊重することにした。カノンが危ない目に遭わないのが一番いいが、できるだけ傍で見ていて護ってやりたい。

転生したアルスメリアを探し出せるその日は、まだ遠いように思える。それまでに俺がどうやって生きていくか——やはり『護衛』として生きることが、最も俺らしいと思える。

「さて……ヴィクトールのこともあるし、一度屋敷に戻ろうか」

「はい。きっとお母さまなら、お話をちゃんと聞いてくれます」

ミューリアに心労をかけなければいいのだがと思いつつ、俺は倒れているヴィクトールを見やる。起きた後にはそれなりの罰を受けることになるだろうが、それは甘んじて受けてもらいたい。

# 第二章　少年護衛とその家族

## 1　貴族の義務

俺たちは屋敷《やしき》に戻り、まずマリエッタさんに事情を話した。彼女は一も二もなくミューリアに報告を上げてくれて、ヴィクトールのことにも対応してくれた。

マリエッタさんはヴィクトールをフィアレス家本邸に運ぶように手配したあと、再び当主の部屋に向かった。俺も志願して、ついていかせてもらっている。ミューリアとロズワルド子爵が会談を始めているとのことで、その場にまでは入れないとわかっていたが。

当主部屋の前に着き、ドアをノックしようとする前に、マリエッタさんは何かに気づいたように手を止めた。

カノンは他の侍女とともに別室にいる。今この廊下には、俺とマリエッタさんの二人だけだ。

「……本当なら、まだ幼いロイド様にお教えするには早いのでしょう。しかし、あなたはミューリア様の見いだされたお方。お母様が果たしている務めを、できれば知っておいていただきたいのです」

その口ぶりで、部屋の中でどんな話がされているのかは想像がついた。

護衛は政務に本来関わりがないものだが、命を狙われることも少なくなかった天帝を護《まも》る立場だった俺は、政争や謀略の渦巻く会合の場に、陛下を護るために数えきれないほど立ち会った——貴族社会も同じように、家同士の間で権謀術数が巡らされている。

養子とはいえ、ミューリアの息子として対外的に振る舞うことを許されている俺は、いずれそういった謀略渦巻くところに身を投じることになる。

しかしフィアレス家の立場を盤石にしておけば、当面の憂いはなくなる。ロズワルド家がカノンを狙ってきた理由を知ることで、彼女を確実に護る手段も講じられるだろう。

「僕は、ミューリア母さまが今どんな話をしているのかが知りたいです」

「……かしこまりました。お咎《とが》めを受けることになったら、そのときは私の判断であるとミューリア様にお伝えください」

「分かりました。でも、僕は嘘《うそ》をつくのが苦手です」

そう言うとマリエッタさんは緊張をわずかに緩め、微笑《ほほえ》んでくれる。しかしすぐに、瞳に静かな鋭さを取り戻すと、俺を当主部屋の隣室に案内した。

主人の会話の内容を記録するのは従者の重要な仕事のひとつだが、主人と同じ部屋にいてペンを動かすというわけではない。この家では魔法の力を利用し、別室で記録するのが常になっている──これは大きな屋敷を持つ貴族だからであって、子爵や男爵の家には『記録部屋』は無いらしい。

「こちらの椅子にお座りください。どのようなお話が聞こえても良いように、深呼吸をしてから……内容によっては、私が耳をお塞ぎすることをお許しくださいますか」

「いえ、大丈夫です。こういうお話が書いてある本をいくつか読みましたから」

天帝国の貴族社会で起きた事件を、登場人物の名をぼかして記した本──感動的な話や喜劇のようなものもあれば、悲劇とともに後世への教訓を書いたものもあり、純粋に読み物としてよくできていた。

「……どちらの本をお読みになられたか、よろしければ……いえ、今はそれよりも、ミューリア様のことがお気がかりでしょう」

「母さまは僕が心配しなくても大丈夫だと思います。でも……僕は、母さまが僕のいないところでどんなふうにされているか、それは気になっていました」

俺は椅子に座る――椅子の前の机は敷布《しきふ》を外すと魔法陣が刻まれていた。樹齢の長い木は魔法陣を刻む材料として上質とされる。

マリエッタさんが魔法陣に魔力を吹き込む。隣の部屋に対応する魔法陣があり、音が伝わるようになっている――使われている魔力の系統は『音』だ。音の魔力は人の感情に呼応して色を変えるとされており、今は青みを帯びている。

青が意味する属性は『氷』――感情においては『抑制』。

それは彼女が理性を強く働かせ、ある種の感情を抑え込んでいることを意味していた。

『我が息子ヴィクトールは、フィアレス伯領の未来を担う一翼。彼は自らの力を示そうと、気持ちを逸《はや》らせてしまった。親として遺憾に思います』

『当家のことを考えてとのことであれば、酌量の余地はあります。しかし、それでカノンに対して魔力試しを持ちかけるというのは、私情が過ぎるというものです』

いつも穏やかなミューリア――聞こえてくる声も落ち着いている。

しかし俺は、この声を聞いてよくロズワルド子爵が落ち着いていられるものだと思ってしまう。

――辛《かろ》うじて抑えているだけで、彼女の心中は明白だった。俺も同じ気持ちだ――あろうことか、子爵は息子の独断としたのだから。

『カノン様は心優しい方。伯爵家の一員として戦われるには、魔力の系統も攻撃に向いているものではない。その点をヴィクトールが補うというのは、理想的ではありませんか』

ロズワルド子爵――いや、もはや敬称をつける気も起きない。ロズワルドはまだわかっていないか、わざとはぐらかしている。

ヴィクトールの魔道具が召喚した邪霊は、カノンを傷つける力を持つものだった。それを俺は、マリエッタさんを介してミューリアに報告している。

時間はギリギリだったが、ロズワルドとミューリアの会談が始まる前に、マリエッタさんは書面をミューリアに届けた。それに目を通してもらえていたというのは、ミューリアの感情の動きからありありと伝わってくる。

『カノンの魔力は光の系統……いずれ貴族として、身を護るために必要な力も身につけられます。男性も女性も関係はありません、貴族は誇りのために戦わなければならない。そして何より、領地で暮らす民のためにも』

ミューリアの声は真摯そのものだった。しかしそれを聞くロズワルドには、誠意など欠片《かけら》も感じられない。

『ヴィクトールは、カノン様のことをお守りしたいと言っております。そのために……』

『そのために、カノンを傷つけてもいいということですか？』

『……それについてはミューリア様が今おっしゃった通りです。貴族は誇りのために戦わなくてはならない。たとえ少々の理不尽を強いられたとしても、カノン様がお強いのであれば、たやすく火の粉を払われることでしょう。そして、実際にそうなった』

ロズワルドは伯爵家に反逆したと、あっけなく認めた。

——そして、それが大したことではないかのように、興奮ぎみに言葉を続けた。

『しかしミューリア様、あなたもまだ若く、カノン様も幼い。その二人を将来守る盾としてふさわしいのは、どこの誰とも分からぬ子供よりも、血筋の明らかな我々であると思いませんか』

ミューリアが黙って話を聞いているのは、彼女の慈悲深さゆえだった。

これが彼女でなければ、ロズワルド子爵とヴィクトールに対する制裁を決め、話を打ち切っているところだろう。

『……あなたがたの考えは分かりました。我がフィアレス家のために、忠義を尽くした結果が今回の行為であると』

『その通りです。私もヴィクトールも、栄光あるフィアレス家の名に平民が傷をつけることを案ずるあまり』

筋も通らず、大義もないロズワルドの演説は、そこで糸が切れるように途絶えた。

隣の部屋にいても伝わってくる。ミューリアはただ、常に纏《まと》っている魔力をわずかに強めただけ
——それだけで、ロズワルドの感情が恐怖の一色に染まる。

ミューリアの桃色の魔力は、人間の感情に干渉する。普段は慈悲深く、時に相手を魅了し——そして、恐怖に陥れる。

『ミュ、ミューリア様っ……き、貴族間の私刑は、天帝国の法規で禁じられて……っ』

『これは私刑ではありません。ロズワルド子爵、あなたが正直に全て話してくれることを期待しま

したが、この部屋に入ってきてからその口から出る言葉は言い訳と、都合のいい絵空事だけ……』

──フィアレス伯爵家当主、ミューリア・フィアレス。

若くして伯爵となったのは、世襲によるものだけではない。彼女の魔法の力が伯爵の座にふさわしいからこそだ。

ミューリアとロズワルド子爵には、本来彼女が歯牙にもかけないほど力の差がある。それでも好きなように話させていた忍耐は、聞いているこちらも心配になるほどだった──しなくていい我慢をするのは、なかなか辛《つら》いものがある。

『ロズワルド殿。あなたの領地について、領民の増加、発展の度合いに拘《かか》わらず税収が伸びないことについて、調査をさせてもらいました』

『っ……そ、そのようなことを……私のことを信用していなかったと、そうおっしゃられるつもりかっ……!?』

息子と同じように、親も動揺すると忠誠を忘れるようだ。つまりロズワルドは、増加した分の税収について領地を統轄するミューリアに報告していない──それはミューリアが代表して納める帝府への税が、本来あるべき額より過少となっていたことを意味する。他の子爵家が正しく報告していても、連帯責任になる危険性があった。

ロズワルドは自分の力を蓄え、伯爵家を切り取ろうとしていたのだろう。ヴィクトールがカノンに執着していたのは、伯爵家の娘よりもヴィクトールが強いと主張することで、自分たちの行為を正当化するためと考えられる。天帝国の実力主義を悪用する計略でしかないが。

マリエッタさんにもミューリアの言葉は聞こえているが、驚いていないということは、彼女がロズワルド家の調査を行っていたと考えられる――と、彼女を見やると両腕を組んで嘆息する。

従者としてははしたないと普段の彼女なら言いそうなところだが、マリエッタさんはミューリアの右腕としての役割も兼ねており、文字通りただのメイドではない。

『信用とは、一方通行では成り立たないものです。どちらかに心が通じていなければ、信頼していいのかを確認しなければならない』

『わ、私はっ……私はフィアレス伯領で最も領地を発展させている……帝府に納める税について、多少なりとミューリア様から口利きを図っていただいても、おかしくはないはず……！』

『あなたは私を、仕えるべき主とは見ていなかった。そのあなたの罪について私が何かできることは、考えても見つからないでしょう』

『――つ、つけあがるな小娘がっ！　おまえなど、先代亡き後に運良く跡を継いだだけではないか……っ！』

マリエッタさんが動こうとする――俺も。それは、無視できないほどロズワルドの敵意が膨れ上がったからだ。

だが、魔法陣を介して聞こえる声は止まり、隣の部屋も一度物音がしてから静かなままだった。ロズワルドをミューリアが昏倒《こんとう》させたのだ。

力の差が大きければ、魔力にあてられただけで意識を失う。それほどの力量差をロズワルドがわかっていなかったのは、認めたくなかったからなのだろう――自分の半分の年齢であるミューリアが、自分より遥《はる》かに強いということを。

しばらくして、扉が小さくノックされる。マリエッタさんが出てみると、そこにはミューリアの姿があった。

「……ご立派でした、ミューリア様。よく、抑えられました」

「やっぱり……ロイドも聞いていたのね。どうしてヴィクトールがあんなことをしたのか、あなたも知りたかったでしょうから」

　俺が話を聞いていたとわかっても、ミューリアは咎めなかった。

　それよりも、彼女は引け目を感じているように見えた——貴族として義務を果たすことが、時に苛烈であるということ。それを俺に見せたことに対して。

## 2　家族

　ミューリアは俺をこの屋敷に連れてくるとき、幌《ほろ》馬車の客室の中で、隣に座った俺に優しく語りかけながら、その一言を言うときだけは表情を曇らせた。

　——私がこれから連れて行く先を、あなたが好きになってくれるといいのだけど。

　この屋敷での暮らしは穏やかで、何の不自由もなかった。ミューリアの表情が憂いを帯びていたのは、豊かな暮らしのできる貴族たちの心が高潔とは限らないからだ。

　権力を手にすると、さらに大きな権力が欲しくなる。高い場所から見下ろす世界を、小さなものだと思うようになる。

　ヴィクトールが初めてこの家を訪れたとき、ミューリアは俺に何も強制しなかった。それはヴィクトールが——いや、ロズワルド家が平民を蔑んでいるとわかっていたからだ。

だが、俺はどう思われようと気にしない。この家に連れてきてもらったことを、今になっても後悔したことなど一度もない。

カノンが笑顔で過ごすには、俺は近くにいない方がいいのかもしれないと思ったことはあったが、それも今は過ぎた話だ。

「……私は、ロイド……あなたを、カノンを守るためにここに連れてきたようなもの。それをはっきりとあなたに告げずに、優しい義母《はは》のつもりでいるなんて、それは……」

仮面をつけたままでも分かる。ミューリアがどれだけ悲しそうな顔をしているのかは。

そんな顔はしてほしくない。俺の気持ちを、彼女にはもっと明るい方向にとらえてもらいたい。

「僕はここで話を聞いていて、ミューリア母さまのことを、誇りに思いました」

そう、はっきりと言った。

ミューリアが見せたくない、貴族の陰の部分。心に波を立てる出来事だって起こる——それでも。

「僕がこの家に来たことを、気に入らないと思う人もたくさんいます。でも、母さまがいいと言ってくれるなら、僕はここにいたい。ここにいて、この家を守れるようになりたい」

「……っ」

カノンを護ったことが、ミューリアの期待通りだというのなら——俺は母の期待に応えられて嬉《うれ》しいと思う。そのために連れてきてもらえたなら、願ってもない僥倖《ぎょうこう》だ。

「僕はカノンを、大人になるまで守ると約束しました。もっと大きくなったら、母さまのことだって……母さまはとても強いけど、僕も強くなれるように頑張ります」

頬に傷すらも負わないように。妹に心配をかけないように——そんな領域を超えて、前世での全盛期よりも強くならなくてはいけない。

千年前と違うこの世界では、何が起こるか分からない。護衛騎士の心得、その一つは――常に自分より強者が存在すると考え、克己《こっき》して鍛錬に励むことだ。

「……私のことは、心配しなくても大丈夫。お母さんだって、強いんだから。でも……ロイドがそんな気持ちでいてくれて、嬉しいわ」

「僕は母さまに認めてもらって、ここにいるんだから。それくらいしなくてはいけません」

そう言うと、しばらくミューリアは何も言わずにいた。勢いのままに言い過ぎてしまっただろうか――と思っていると。

ぱちぱちと、手を叩《たた》く音がする。白い手袋をした手で、マリエッタさんが拍手をしていた。

「お見事です、ロイド様。いえ……主人に対して言うことでもございませんが」

「……マリエッタ、つかぬことを聞くけれど……ロイドに自然な姿を見せすぎているような気がするのだけど」

「私はロイド様の教育係ですので……ミューリア様よりも過ごす時間が多いため、自然と心を開いてくださったのです」

マリエッタさんが自分から素を出しているのだが、なぜか俺が原因にされてしまった。ミューリアはマリエッタさんにそれ以上何も言えず、すっと仮面を外して俺を見てくる。なぜ今外す必要があるのか――それは。

「……ロイドは、私よりもマリエッタと仲がいいのね」

――十九歳の母親が、思い切り拗《す》ねている。

彼女の機嫌を損ねたら、俺は屋敷から放逐されてしまうのではないか。今からでもマリエッタさんに誤解を解いてもらわなくては——と考えていると。

ドアがノックされて、ミューリアが返事をする。すると、カノンが入ってくる——森でのことがあったので湯浴みをするという話だったが、まだ服装が変わっていないので、後回しにしたのだろうか。

「カノンちゃん……怖い思いをさせて、本当にごめんなさい」

ミューリアが絨毯《じゅうたん》に膝をつくと、カノンがその胸に飛び込んでいく。マリエッタさんがハンカチで目元を押さえている——彼女はつかみどころがない性格のようで、意外と涙もろいところがある。

「ぜんぜん、怖くなかったです。兄様が助けてくれました」

カノンの背中を愛おしそうに撫《な》でていたミューリアが、動きを止める。そして、俺のことを見る——カノンを抱きしめて目を潤ませていたので、ちょっと目が赤くなっていて、じっとりと見られると申し訳なさが加速する。

「か、母さま、その……カノンと仲良くと母さまが言っていたので、僕もそうしたいと思っていて……」

「……兄様が優しいのは、お母さまが言ったから？」

「そ、そうじゃなくて……それは僕が自分で……」

転生前でもこんなに追い詰められたことがあっただろうか——と思う。あちらを立てればこちらが立たずで、如何《いかん》ともしがたい。

しかし俺の様子を見て、ミューリアの方が折れてくれた。

「ふふっ……そうね。お兄ちゃんは、カノンちゃんのことが元から大好きだもの。優しくしたいって思っていたのよね」

俺が一番困るだろう表現を選ぶミューリア——だが、それを否定しては始まらない。

「お兄ちゃんとカノンちゃんが仲良くなったら、ずっとこうしたいって思っていたの。私たちは、家族なんだから」

カノンを左腕で抱いたまま、右腕を広げて、ミューリアが微笑む。

「……私にご遠慮なくどうぞ。ロイド様」

マリエッタさんは俺の肩に手を添え、行くように促す——この包囲網を抜けようと思ったら、俺はどうやらもう少し大人にならないといけないらしい。

ミューリアの腕の中に俺も収まる。カノンが手を伸ばしてきて、俺と手を結び合わせる——間近で見る妹は、天使の本領を発揮していた。

「兄様と私と、お母さま……これから、ずっと仲良しでです」

「そうね……お兄ちゃんがもし反抗期を迎えたら、みんなで見守ってあげましょうね。マリエッタがいれば大丈夫かしら」

「……それは、私も参加してよいとのお許しでしょうか。では、失礼いたします」

マリエッタさんは俺とカノンの後ろについて、肩に手を置いてくる。俺は一体何をしているのだろう——そうは思いはするが、悪い気はしない。

そう思っていたのは、ミューリアが次の一言を放つまでのことだった。

## 3　不動の心

フィアレス伯爵家に訪れる客人が、例外なく驚く点がある。それは、浴室の広さである。

天帝国には入浴を好む国民性がある。町や村には公衆浴場がある場合が多く、人々の社交場となっているというのが理由の一つだ。

もう一つは『天女』の伝承である。天人族の遺跡にある古代の絵画には、地上の温泉に羽衣をまとった天人族の女性が舞い降り、湯浴みをするさまを描いたものがある。それで湯浴みは祖先から続く、欠かすことのできない習慣とされているのだ。

俺も最初は、浴室を見て感激したものだが――何代か前の女性当主が、屋敷に勤める女性たちと交流するために広く改築したのだと知ってからは、どうやって誰もいない時間に利用するかで頭を悩ませることになった。

どうしても誰かと一緒に入ることが避けられない場合は、心を無にした。護衛騎士は不動の心を持つので、何が起きても動じない。歳《とし》が一桁のうちは一緒に入っても問題ないというのがミューリアの方針なので、七歳なら問題ない。

ミューリアが所用で屋敷を空けることが最近多く、俺も上手《うま》く立ち回って、何とか一人で風呂に入ってきたが――どうも、それもミューリアからは俺が彼女を避けていると受け取られていたようだ。

――お兄ちゃんもカノンも、今日は一緒にお風呂に入りましょうね。

あまりに自然に言われて頷《うなず》きかけたが、全く脈絡もなくそんなことを言い出したのは、明らかにミューリアの悪戯《いたずら》だった。

――私がゆっくり家にいられるときでも、お兄ちゃんはすぐ逃げちゃうんだもの。ちょっと前までは、背中を流させてくれたのにね。男の子って、こうやってすぐに大きくなっちゃうのかしら。

子供が一人で風呂に入れるようになったら、親は喜びそうなものだと思うのだが、当家においてはその考えは通用しなかった。

男性と女性で脱衣所が分かれているのだが、最初は普通に女性の方に連れて行かれそうになり、辛うじて逃げてきた。

俺が迷っているうちに、浴室からはミューリアとカノンの楽しそうな声が聞こえてきている。逃げ出したい、しかし逃げられない。

「ロイド様、ご準備は済みましたでしょうか？」

「わっ……マ、マリエッタさん。急に出てきたらびっくりしますよ」

「申し訳ありません、ロイド様に何かおありになったのかと心配でしたので」

湯浴み着というものがあるので、マリエッタさんの姿を見ること自体には問題はない。しかし三つ編みをほどき、ヘッドドレスを外した彼女の姿は、普段との差が大きい――俺は不動の心を持つ護衛騎士であり、七歳の少年であるので、何も問題はない。すでに平静を保てていないことを認めざるを得ない。

「顔がお赤いようですが、少し熱がおありですか……？」

「っ……い、いえ、大丈夫です、僕は元気なので……っ」

そう言っているのに、前髪を分けられ、額を合わせられる。マリエッタさんは「温かいくらいですね」と言って、あれよと言う間に浴場に連れ出してしまった。

もはや全て『流れ』に任せ、逆らうべきではないのだろう。湯気の向こうで、カノンらしき姿が見えて、ミューリアに背中を流されている。

「お母さま、ありがとうございます」

「いいえ、こちらこそ。前に一緒に入ったときより、少し髪が伸びたわね。少しそろえてあげましょうか」

「はい、お願いします」

フィアレス家には、髪を整える技術を持つ人がいる。メイドたちは専門の技能を持っていて、マリエッタさんは彼女たちを統轄する立場だ。

しかし、ミューリアも髪を切るのは上手い。娘との交流の時間として、ミューリアはカノンの髪を自分で切ることにしていた。中庭に出て布の上に椅子を置き、カノンをそこに座らせて髪を切る姿は、まるで絵画のようだった。

「マリエッタ、お兄ちゃんは来てる?」

「はい、こちらに……少し緊張されているようでしたが」

「……兄様、うしろにいるんですか?」

「う、うん。でもカノンが気になるなら、やっぱり僕は……」

前にミューリアとカノンと一緒にここに来たのは、三ヵ月も前になる。そのときカノンは常に俺から隠れていて、ミューリアの後ろにいる姿ばかりが思い浮かぶ。

それを思うと、やはり一緒にというのはまだ落ち着かないだろう。一旦出直してきて、改めて一人で入るのが一番――という流れに持っていきたかったのだが、そうはいかなかった。

「……後で、兄様の背中を流したいです。お母さま、いいですか?」

「お母さんも久しぶりだから、髪を洗うときはお母さんにさせてくれる?」

「はい、お母さまっ」

身体《からだ》を流してくれるのはカノン、そして髪はミューリア――さらに俺の後ろには、マリエッタさんが控えている。

「私も補助をさせていただきます。何か問題でも?」

大ありです、と言っても逃げられるわけではないので、俺は思わず上を向いた。風呂は一人で自己に向き合う瞑想《めいそう》の時間でもある――なんて護衛騎士の心得は、きっと彼女たちに言っても首をひねられるだろう。

やがて俺の順番がやってきて、椅子に座らされた。湯浴み着姿のカノンは、それこそ小さな天女のようだった――腹をくくった俺は、少し緊張した面持ちのカノンに微笑みかける。

「兄様、どこから洗ってほしいですか?」

「え、えーと……じゃあ、手からかな」

カノンは言うとおりに、俺の右手を泡のついた布で洗い始めた。あまりにも丁寧すぎて、カノンの几帳面《きちょうめん》な性格がそのまま洗い方に出ている。

「お上手です、カノン様」

「本当にね……私もカノンちゃんに洗ってもらおうかしら。お兄ちゃんは遠慮しちゃうのよね」

ミューリアの方を俺が直視できない理由を、彼女は分かっているはずなのだが――魔力を抑えているから問題ないと思っているようで、自身の容姿についてはあまり自覚がないようだった。

（不動の心を思い出せ、ヴァンス……いや、ロイド……俺はロイドだ……）

「兄様、かゆいところはないですか？」

「ふふっ……カノンちゃん、すごく楽しそう。良かったわ、二人が仲良くなって」

「ミューリア様はずっと心配していらっしゃいましたから、感慨もひとしおでしょう」

いい話のような雰囲気になってきているが、試練はもう一つ続く――身体を流されたあと、ミューリアが俺の後ろにやってきた。

「本当に久しぶりね……私、もうロイドとは一緒に入れないのかと思っちゃった」

「ご、ごめんなさい……」

「いいのよ、お母さんの我がままだから。今日は一緒に入ってくれてありがとう」

ミューリアの指で優しく髪が泡立てられる。僧院にはなかった洗髪料は、初めて使ったときは秘薬の類かと思ったものだ。石鹸《せっけん》とは違い、洗い上がりがごわつかない。

戦いが無くなったからこそ、人々は暮らしを良くするために知恵を使えたのだとしたら――この光景も、アルスメリアが見たかったものの一つかもしれない。

――そんな感慨に浸っているから、ミューリアに不意を突かれてしまうことになる。

前髪のほうまで手を伸ばしたとき、ミューリアが身を乗り出す――その拍子に、両肩に柔らかいものが当たった。

「ロイドも少し髪が伸びてきたわね……前髪が目にかかりそう。あとで切ってあげるわね」

「は、はい、母さま……」

「ふふっ……どうしたの、急に素直になって。今日のロイドはいい子ね」

「本当に……ロイド様は勇敢で、それでいながらお優しくていらっしゃいます」

マリエッタさんも気づいていないのか――いや、本当に気にしていないだけか。

やがて髪を洗ったあとは、待っていてくれたカノンが俺の手を引いて湯船まで連れていく。二人で一緒に入りたいということなので、素直に従う――湯の温度は低めだが、今の年齢ではちょうどいい。

「兄様は、いつもどれくらい数えていますか？」

「えーと、百くらいかな」

「一緒に数えてもいいですか？」

「二人とも、お母さんたちも一緒に入りたいから、ときどき外に出て休憩するようにね」

「「はーい」」

二人揃《そろ》って返事をする――綺麗《きれい》に声が揃っていたので、思わずみんなが笑った。

ミューリアはマリエッタさんの長い髪を洗い始めている――主人自らそういったことをするのも、この家の特色だろう。

「兄様、ちょっと顔が赤いです。もうあがりますか？」

「まだ三十しか数えてないけど、カノンも赤くなってるから上がろうか」

「私は赤くなってないです、兄様の方が赤いです」

カノンは楽しくて仕方ないという様子で、俺もようやく緊張を完全に忘れる。

それから家族で風呂に入る時には、俺はカノンと毎回湯船で我慢比べをすることになるのだが

――カノンがのぼせやすいので、これぱかりはわざと負けることにしたのだった。

# 4　団欒《だんらん》

入浴を無事に終えたあとは、一度自室に戻った。いつもは夕食のあとに入浴するが、今日はヴィクトールのこともあって順番が逆になった。

部屋で過ごす時は本を読むことが多い。書斎から三冊まで借りておくことができて、ちゃんと返さないとお叱りを受ける。最初は一週間に三冊だったが、今は三日で三冊になった――書斎の本を全部読み尽くす日もそれほど遠くない。そうしたら、近隣の本が置いてあるところに出向くことも考えたい。

騎乗ができるくらい大きな魔獣と友人になれれば、乗せてもらうことで行動範囲が大きく広がる。もう少し鍛えたら森の奥に挑戦してみたいところだ――前に気配がわずかに濃くなったことがあったが、かなり強い魔獣がいると思う。マリエッタさんに聞いたところによると、それが森の主というやつだ。

借りてきた『魔獣画全集』の分厚い革表紙をめくり、この辺りに棲《す》む魔獣について調べる。確実にそうとは言えないが、この魔獣だろうか――『猫の王』と呼ばれる『バスティート』。高い知能を持ち、数匹の群れで生活するが、一匹だけで縄張りを作ることもある。

過去には山村の守り神として崇《あが》められ、人間と良好な関係を築いていたこともあるという。魔獣画全集に描かれた姿は美しいが、肉食の獣らしく爪と牙は鋭い。

この魔獣以外にも該当しそうなものはいるが、それはもっと近づいてみないと分からない。護衛騎士時代に乗っていた白竜と友になるときも、危険を冒して竜の棲む秘境を探索したものだ。

「ロイド様、お夕食の時間です。食堂にいらしてください」

「はい、すぐ行きます」

ノックの音が聞こえて、メイドさんが呼びに来る。俺は本に白い羽根を挟んで閉じ、部屋を出た。

ロズワルド子爵家に対する裁定は、帝府の審問官に委ねられることになるようだ。食堂に来る前に、ミューリアとマリエッタさんの話している声が聞こえた。

王都から他の貴族が来てロズワルド領の領主を交代する可能性もあるが、それは謹慎のようなものので、ロズワルド子爵が本当に心を入れ替えたなら再起はできる。ヴィクトールが持っていた短剣は刃を魔法でこぼれさせて、玩具同然だったということにしておいた——俺だったからいいものの、カノンに刃を向けていたら、相応の報いを受けさせたところだ。

どのみちヴィクトールも教育院に入れられることになるため、もう一度会うとしても更生された姿を見ることになる——のだろうか。教育院というものがどういう場所か知らないので、何とも言えない。

「兄様、口にソースがついています。取ってあげますね」

「あ、ありがとう……」

「マリエッタ、カノンちゃんに役目を取られちゃったわね」

「名残惜しく思いますが、私には他のお世話をする機会がございますので」

涼しい顔で言うマリエッタさんだが、当たり前のように脱衣所に来るので気が抜けない。

貴族の着替えは従者が手伝うものという慣例は、千年も経《た》ったら変わってくれていても良さそうなものだが、残念ながら現在も定着したままだ。

考えてばかりも良くないので、魚の蒸し焼きを口に運ぶ。酸味のある果実のソースは白身魚の繊細な風味を打ち消さない絶妙なバランスで、口に入れるとほろりと崩れ、しばらく浸っていたくなる。

千年前より料理は確実に発達している。それでも天空宮で護衛の俺に出される食事は、現代に通用する味だった――あの頃の料理人たちの努力は千年後に伝わっていて、洗練されても原点の味が劣るということではない。

「お兄ちゃん、味わっている時の顔がすごく大人びてるのよね」

「兄様は、お魚が好きなんですよね。私の分も食べますか？」

「ありがとう、でもできるだけ食べて、カノンも大きくならないと」

「……私の方が大きくなったら、私が姉様になってもいいですか？」

「大きくなったカノンちゃん……それはもう、お兄ちゃんが困るくらい綺麗になるんでしょうね。お母さんも楽しみにしています」

俺が困るというのは、カノンがひっきりなしに求婚されたりしたら、気持ちが休まらないからということか――十分ありえる未来なので笑ってばかりもいられない。

「でも……ロイドが大きくなったら、私のことをお母さんって呼ぶのは恥ずかしくなるのかしら。そうしたら、ミューリアお姉ちゃんって……」

「ミューリア姉さまと呼ぶかもしれませんが、そんなに器用に変えられないかもしれません」

「そう？　それならずっとお母さんでもいいのよ。ロイドが母さまって言ってくれると嬉しいから」

俺の身長が伸びたら「母さま」よりは「母上」になるのだろうか。それとも可能性として「姉上」を考えておいたほうがいいのか——それは、成長してから考えればいいか。

貴族の養子の場合、当主と従者のような関係性になることもあるというか、俺が知る限りではそれが普通だ。ミューリアの俺に対する扱いは特別なもので、感謝を忘れてはならないと思う。

「……兄様、兄様」

「ん？　ああ、そうか……」

隣の席のカノンが小声で呼ぶので見てみると、苦手な野菜が主菜の付け合わせについていて、どうしようか困っているようだ。

代わりに食べるのは全く問題ないので、マリエッタさんに許可を得てから食べた。カノンはカブの類が苦手なようだが、身体にいいのでできれば食べられるようになるといい。

「半分は、私が食べます」

「うん、無理はしなくてもいいからね」

いつもは俺に食べてもらうことができなかったので、カノンは苦手なものも頑張って自分で食べていた。それを見守るミューリアとマリエッタさんも緊張した面持ちだ。

「……んっ……た、食べました。兄様……」

「頑張ったね、カノン。大変そうな顔だけど……」

「兄様が半分もらってくれたので、次は私も兄様が苦手なものを食べたいです」

「ありがとう。じゃあ、そのときはお願いしようかな」

俺は苦手なものでも特に気にせず食べられるが、カノンの気持ちをありがたく思う。

そんなやりとりをしていると、なぜかミューリアとマリエッタさんが目元を押さえている。

俺たちが仲直りしたことが嬉しいということだろうが、照れることこの上ない。

「では……料理の仕方を工夫して食べやすくできるよう、厨房《ちゅうぼう》係に話してみます」

「マリエッタさん、私もお手伝いしたいです。嫌いなものを嫌いなままでいるんじゃなくて、自分でお料理をして好きになりたいです」

「まあ……カノンちゃんがお料理を？　そういうことなら、お母さんも時間のあるときは参加させてもらうわね」

「主人自ら、そのような……ミューリア様、まずは執務をご優先されてからになさいませ」

「ええ、ちゃんと仕事はするから大丈夫よ。カノンちゃん、美味《おい》しい料理を作ってお兄ちゃんを驚かせてあげましょうね」

「はい！」

二人の気持ちを嬉しく思いながら、同時に考えもする。

これ以上無い幸せを享受しながら、ずっとこのままでは居られないとも分かっている。

アルスメリアは、この世界のどこかに転生しているのか。

——そうではなかったとき、俺は転生した彼女を見つけるために、何ができるのか。百年も転生した時間がずれれば、俺たちの生きる時間は重ならない。

どうしても確かめたい。アルスメリアが今この世界にいるかどうか、それだけでも。

そのために力を借りられる相手は、すぐ近くにいる。ミューリアだ。

ミューリアはカノンと話をしながら、俺にも視線を向ける。そして俺が彼女と話したいと思っていることを察しているように、穏やかに微笑んだ。

## 5　名前

食事のあと、部屋に戻る前にミューリアから声をかけてくれて、就寝前に話す時間を取ってもらえることになった。

カノンはもう寝る時間になり、屋敷の一階ホールの明かりも最低限まで落とされていて、辺りは薄暗い。

俺は二階に上がって、書斎にいるというミューリアのもとを訪ねた。扉が少し開けてあるのは、入っていいというサインだ。

こういうとき、素直に入っていきたいのは山々だが――この何か起きそうな空気を、俺は見逃すことができない。

「失礼します……わっ」

部屋に入ったところで、後ろから目隠しをされた。俺は驚いたように声を上げるが、予想していたので全く動揺していない。

入り口の陰に隠れて、ミューリアが俺の後ろに回っていたのだ。彼女が手を外し、俺が振り返ると、ちょっと不満そうな顔をしている。

「もう少し驚いてくれると思ったのに。ロイドは本当に敏感ね」

「母さまの手だというのはすぐ分かったので、驚きませんでした」

「そんなこと言って、普段はかまおうとするとすぐ逃げちゃうのに。お母さんは、誤魔化されませんからね」

自分でも時々綱渡りをしていると思うが、これくらいならまだ『七歳の子供』としては違和感はないらしい。

しかし——ヴィクトールとのことは、俺がどうやって危機を回避したのかをミューリアに見られていたら、隠し通せていたか分からない。

「今日は本当に、カノンを守ってくれてありがとう。私はロズワルド子爵……ヴィクトール君の父君の対応で、家にいなくてはならなかったの。本当にごめんなさい」

ミューリアが深く頭を下げる。彼女の事情は分かっているし、子供同士で遊んでいてあんなことになるとは思いたくないものだ。

ロズワルド子爵は、ミューリアの寛容さに付け込んだ。しかし寛容は普遍の美徳であり、何があっても彼女の敬うべき点であることに変わりはない。

——というのは、アルスメリアの受け売りだ。戦いのない世界に必要なもの、彼女はその一つとして人々がより寛容になることを挙げていた。

「母さまが謝ることは、何もありません。僕の役目はカノンを護ることです。それは、誰に言われなくてもそうしていたと思います」

「……ありがとう。謝りたいからというだけではないけれど、ロイドが何か話したいように見えたから、今日は遅くまで起きていてもいいわ。何でも言っていいのよ」

就寝着の上からガウンを羽織ったミューリア――昔は添い寝をされたこともあったが、最近はされていないので、こういった服装は久しぶりに見た。

――その微笑みが、遠い記憶の中の姿を思い起こさせる。

アルスメリアは自分のことを小さくて痩せていると言っていた。彼女は俺に『謙遜がすぎる』と良く言ったが、皇帝という立場でも自らのことを高く評価しようとしなかったのが、アルスメリアという少女だ。その姿を見れば、初めは誰もが言葉を失うというのに。

この感情に理由はないのかもしれない。ただ俺が、自分のことを見出《みいだ》したミューリアに対して、少なからず思慕を抱いているだけかもしれない。

僧院からここに来られたことで、俺は多くのことを知った。少なくとも僧院の中だけで育つよりは、早く求めるものに近づける――だから、感謝している。

「……ロイド、あなたはときどき、別の遠い場所を見ているような目をしている。何か、したいことがあるの？」

「僕は……探しているものがあるんです。それを、見つけないといけない」

「探しているもの……それは、ロイドの知っている人？　それとも……」

打ち明ければ、アルスメリアのことだけでなく、彼女を探す俺が何者なのかも話さなくてはならない。

しかし、ここで曖昧なことを答えれば必ず後悔する。

「はい、人を探しています。どうしても探し出したいと、ずっとそう思ってきました」

「……分かったわ。私もきっと力になれるはずよ。その、探したい人の名前は……」

「それは……」

第十七代天帝、アルスメリア・ルーン・ミーティア陛下。

その名を口にしたはずだった。いつものように声を出した、そのはずなのに。

「……っ……ぁ……」

言葉が出ない。その名前を口にすることができない。

「僕は……っ、本当は……天帝国、の……っ」

千年前、天帝騎士団に所属していた護衛騎士。天帝の護衛、ヴァンス・シュトラール。

いずれも、声にできない。言葉にすることを禁じられている——魔法によるものか、それとも別の何かに強制されているのか。

それでも声を出そうとすると、喉に激しい痛みが起こる。ミューリアはそれを見て、弾《はじ》かれるように動き——俺を抱きしめた。

「いいのよ、無理をしなくても。辛いなら、言わなくてもいい……」

違う——辛いわけじゃない。俺はアルスメリアのことを覚えていて、探して——少しでも早く見つけ出したいのに。

その名前を声に出すこともできない。敬愛する主君の名を呼べない騎士が、のうのうと生きていていいわけもない——行きどころのない感情は、自分への失望に変わる。

「……母さま……ごめんなさい。僕は……」

「謝らなくてもいいの……そう、ロイドも言ってくれたでしょう。私はそれで救われたの……これからもあなたの母親でいていいんだって、そう言ってもらえた気がして……」

気がつくと目から涙が溢《あふ》れていた。身体を離すと、ミューリアの頬にも涙が伝う。

互いの涙を拭おうと考えたのは、二人とも同じだった。そうしているうちに、俺はあれほど抑制のきかなかった感情を、鎮めることができていた。

「……お母さん、魔法を使っちゃった。ロイドに、少しでも安心して欲しいから」

「ありがとうございます。母さまの魔法は、やっぱりすごいです」

アルスメリアの名も、ヴァンスという名も――俺が口にすることができないのは、それが『転生の儀』の代償だからなのか。

しかし、記録には残っているはずだ。文字にして見せることも――しかし俺は、羽根ペンを借りて紙に書こうとしても、彼女《アルスメリア》の名を記すことはできなかった。

本に載っているアルスメリアの名前を指し示して、伝えることはできるはずだ。歴史書を持ってくることも考えたが、どうしてもその選択から思考が遠ざけられる。

これは呪いか、それとも制約か。俺は転生することで何かを犠牲にしたのか――今まで自覚できていなかったことさえも、呪いじみたものの一環のように思えてくる。

「……母さま、名前を言葉や文字で伝えなくても、僕が思っている人を探すような魔法はありますか？」

「ええ、あるわ」

ミューリアは事も無げに答える。相当難しいことを言っていると思ったのに――と、やはり簡単というわけではないようで、彼女は少し考えて、一度席を立った。

「今日はよく晴れているから、きっとあの魔法が試せると思うのだけど……ロイド、少し待っていて。書斎に置いていない、この家に伝わる秘伝の魔法書があるの」

「秘伝の魔法書……」

フィアレス家の秘伝が、アルスメリアの行方を探すための手がかりを与えてくれるかもしれない。

速まる鼓動を落ち着かせながら、俺はミューリアが戻ってくるまでその場で待った。

## 6　星空の丘

屋敷の西側には丘がある。地形としては、高台から屋敷の方を見られるというのは少し不利である――というのは護衛の観点からで、人払いの結界などのある程度の防衛措置が取られている。

魔法を使うことのできる貴族は、領地を守るために人員を割いたり、柵や壁で囲ったりという以外の方法も取ることができる。フィアレス家の屋敷は壁で囲まれているが、敷地はその範囲よりもかなり広い――もちろん無限に領地を主張するわけではなく、先祖代々の土地のみが魔法で守られた領域となっている。

「母さま、本当にすみません。いつも仕事で大変なのに、こんな夜にお願いごとをして……」

「ロイドとなら、夜の散歩も楽しいわ。転んでしまうといけないから手を繋《つな》ぎましょう」

「はい、ありがとうございます」

ミューリアは微笑み、伸ばした俺の手を握った。彼女の手はいつもならひんやりとしているが、今日は温かく感じる。

その横顔を見上げるようにしてうかがい、思う――ミューリアは緊張している。

フィアレス家の秘伝魔法が、それほど難しいものなのか。年季の入った革表紙は、その魔法書が数十年前に作られたものだと教えてくれる。

フィアレス家の歴史の長さに比べて、比較的新しいようにも思える。写本を何度か繰り返してきたのなら、秘伝というのも頷けるのだが。

「その御本は、どれくらい昔にできたものなんですか？」

「これは私の父から受け継いだものなの。原書……最初の一冊が作られたのはもっとずっと昔だと思うけれど、正確なところはわからないわ。誰が書いたかは分からないけれど、フィアレス家にとっては大切なもので、載っている魔法はちゃんと今でも使えるのよ」

ミューリアは俺の質問に丁寧に答えてくれる。難しい言葉を使うときは配慮してくれているが、俺が日頃から本を読んでいて大人の話も通じると言うと、疑うことなく信じてくれた。

――しかし、彼女は書斎で俺がアルスメリアのことを言おうとしたあとから、魔法で感情を外に見せないように抑制している。

自然にしていれば桃色に見える魔力が、青みを帯びている。たとえ俺が言葉にできなくても、何かを伝えようとしていることを察して、彼女も心構えをしているのか――それとも、俺に心情を悟られまいとしているのか。

いつも優しい笑顔を向けてくれる彼女が、自然体のままでいられないのは――やはり俺が無理な頼みをしたからなのか。考えは巡るが、進む足は止められない。

やがて丘の上に上がると、地面に魔法陣が描かれている場所があった。その魔法陣に使われている文字は、天人族が魔法の儀式に使うもの――『転生の儀』の魔法陣にも含まれていたものだ。

「ミューリア母さま、この魔法陣は……」

「私たち天人族の『天』というのは、空とこの世界そのものを意味しているの。夜空には星が見えるでしょう。あの星の光は、本当はとても遠い場所にある光……それが、世界を覆う天蓋に映っているのよ」

「天蓋……世界がまとっている、幕みたいなものですね」

「そう。それがあるおかげで私たちは生きている。そしてあの天蓋には、星だけではなく、違うものが映ることがある。この世界に対して問いかけたことに、答えを返してくれることがあるの」

――『転生の儀』をアルスメリアが行おうとしていると知ったとき、俺はその秘儀の原理について、断片的な情報を得た。

魂魄《こんぱく》の再生を終えたあと、もう一度人として生まれるには、生命を生み出す根源に働きかける必要がある。

世界に対して、もう一度生まれ変わりたいという意志を伝える。その概念を、転生の儀を行うときのアルスメリアは完全に理解していた。

「それは……神様がいて、質問に答えてくれるってことでしょうか」

「いえ……答えているのが神様かどうか、私たち魔法使いには分からない。魔法の力の起こし方はわかっているけれど、詠唱をしてその力に応えてくれるのが何なのか、それは分からないの。分からないけれど、今までの魔法をもとにして新しい魔法を作ることはできる」

そうして生み出されたのが、この魔法陣――いや、これは試行の過程でできたもので、まだ完成に至っていない。

「……この魔法陣は、母さまが描いたものですか？」

「いいえ。別の誰かがここに描いたものを、そのまま残してあるの。私にもう一度同じものが描けるかは分からないから。魔力で刻んだ文字は、誰かに荒らされたりしない限り長く残るのよ」

ミューリアは魔法書を開く。そしてあるページを見つけると、声にしないように唇を動かす――詠唱句を確認しているのだ。

そして、ミューリアは俺の手を取る。儀式に必要なのだろうかと思ったが、彼女は申し訳なさそうに笑った。

「ロイドが魔法の発動主ということにするには、必要なものがあるの。でも、ロイドの指に傷をつけて血をもらうのは、お母さんには……」

「僕なら大丈夫です。少しくらいの傷なら、すぐ治りますから」

「……本当なら、魔法のためでも痛い思いはしたくないものだから。我慢しなくていいのよ、私が治してあげる」

「はい。では……」

ミューリアが貸してくれたナイフの刃に、親指の腹を当てる。うっすらと血が滲《にじ》み、その一滴を、彼女の指示通りに魔法陣の上に垂らした。

これくらいの傷なら放っておいてもすぐに塞がる。そう思ったのだが――ミューリアは俺の手を取り、治癒魔法で癒やしながら、こともあろうに俺の指を自分の口に運んだ。

「治癒魔法で治しても、血がついたままになってしまうから」

「ありがとうございます、母さま」

傷はもう消えている。適性が高いわけではない治癒魔法をカノンと同じくらいに使いこなしているのは、やはりミューリアの努力の賜物《たまもの》だろう。

「……これで、『誰の』探したいものなのかを決められた。この次は……私が詠唱している間、探したい人のことを強く念じるの。準備はいい？」

「はい。お願いします、母さま……」

空を見上げたあと、俺は両手を組み合わせて念じる。

御簾《みす》の向こうにいるアルスメリア。鈴のように鳴る涼やかな声。

揺り籠の中で眠る姿。最後に触れ合わせた手の感触――そして、交わした誓い。

この世界のどこかにいるのなら、必ず見つける。

世界を変えるために命を捧《ささ》げた彼女が、望んでいたことはひとつ。

戦いのない世界を見てみたい。それは、戦いのなくなった世界で生きたいということだと、俺は信じているから。

《大いなる生命の根源に問う　星に刻まれた記憶を私は求める》

《我が名はロイド・フィアレス　探し求める者の名は――》

詠《うた》うようなミューリアの詠唱の最後に入る名前を、俺は口にすることができない。

言葉にすることを禁じられたなら、思念すらも縛られるかもしれない。

だが、それを恐れていても始まらない。声にすることができなくても、俺の中に記憶が残っているのなら――誰にもアルスメリアの存在を、消したりはできない。

「っ……これで、発動するはず……それなのに、どうして……」

「──母さまっ……！」

魔法の発動が、何かに妨害されている。魔法陣に注がれたミューリアの魔力が、霧散させられかけている──しかし。

自分の血を使い、魔法陣の発動主となった俺自身が、ミューリアの詠唱を再び重ねる。

《大いなる生命の根源に問う　星に刻まれた記憶を私は求める》

《我が名はロイド・フィアレス　探し求める者の名は》

（──アルスメリア──！）

祈りは届く。そう信じて、俺は彼女の名前を心の中で叫んだ。

──魔法陣が、発動する。風が起こり、丘の草原に波が生まれ、広がっていく。

空を見上げると、そこには。今までどこにもなかった、小さな光が見えた。

「……あの光が、ロイド……あなたの探している人。その人が、この世界にいることを示している」

同じ時代に、転生していてくれた。

この魔法が見せてくれたものが、ミューリアの言う通り、アルスメリアの存在を示唆している

──俺は、そう信じたい。

しかし、天蓋に映し出された光は。

閃光《せんこう》のように瞬き──そして、幾つもの光に分かれ、流星のように空を駆け、そして消えた。

「……光が……消えた……」

「消えてはいないわ。探し人を示す光が、『流離』をした……」

「……光が、七つかそれ以上に分かれたように見えました。母さま、『流離』というのは……」

ミューリアはしばらく答えなかった。答えることを、迷っているように見えた。

しかし、こちらを見る彼女は笑顔だった。感情を抑制する魔法で、心を覆い隠したままで。

「あの光は……六つに分かれた。ロイドの探している人は、六人いる」

俺が探そうとしたアルスメリアは一人だ。しかし、ミューリアは六人いるという。

それが何を意味するのかは分からない。『転生の儀』を行ったアルスメリアが、俺とは違う転生の仕方をしたのか——今は、どんな考えも推測でしかない。

しかし、アルスメリアの魂魄が再生したとき、六つに分かれたのだとしたら。

アルスメリアの魂魄の一部を持つ存在は、一人ではないということになる。

「……ロイド。世界のどこかにあなたの探している人がいる。私はできる限り、あなたの願いを叶《かな》えてあげたい……だから、探す方法を考えさせて」

ミューリアは言う。彼女が何かを隠しているように感じても、その言葉には嘘はない——悪意も何も、俺は彼女から感じたことがない。

道を示してくれたこと。俺の話を真剣に聞いてくれたこと。何もかも、感謝している。

「僕は母さまが、母さまになってくれたお礼がしたい。どれだけのことをしても足りないけど……僕は、フィアレスの家が好きだから」

「……そんなこと言って、いつか大きくなったら家を出ていっちゃうんでしょう？　なんて、意地悪を言っちゃいけないわね」

ミューリアは俺の頭を撫でる。誰を探していたのか、なぜ光が六つに分かれたのか。俺に聞くべきことは多くあるはずなのに、彼女は深く尋ねなかった。

「じゃあ……ロイドの探している人のことも少し分かったから、お母さんは一つロイドにお願いをしたいと思います」

「えっ……か、母さま……？」

急に空気が切り替わって、ミューリアは俺を後ろから捕まえるように抱きつくと、耳元で囁《ささや》いてきた。

「今日は久しぶりに、お母さんと一緒に寝ましょうね」

頼み事をしたあとは、こういうこともある。感謝は言葉だけでなく、行動でも示すべきだというのも、護衛騎士の信条であるのは否めない。

俺はミューリアに連れられて丘を離れながら、もう一度だけ振り返り、星空を仰いだ。

小さな光は、もう見えない。しかし分かれた光の軌跡が、今も目に焼きついていた。

# 第三章　魔法学園入学試験

## 1　猫の森

七国暦８０７年　春陽の月　天帝国　フィアレス伯爵家近隣の森　最深部

ここに来るようになって、七年目になる。最初に来たときは、人里からそれほど離れていないようなこの森の奥に、古代から状態が保たれている原生林があるというのは予想していなかった。

天帝国の特産品でもある『天空樹《エデンバウム》』は、巨大建築物や船の竜骨に使われる材料として好まれるが、生長するまで時間がかかる。数百年の樹齢を持つ木々がこうして手つかずで残っているというのは驚異的だ。

それほどの巨木が密生していても、日の光がこぼれて進む道を照らしている。苔《こけ》むした岩がごろごろと転がって起伏も激しく、獣道そのものだ――ここには、カノンも成長したとはいえ連れては来られない。

七歳のときから、俺はアルスメリアを探すために何をすればいいかを考えてきた。

名前を声に出すことができず、自分から歴史書の記述を指し示すこともできない。千年前の皇帝について自然に話が出ることもなく、彼女が『転生の儀』を行ったことについて後世ではどう伝わっているのかも、記録はほとんど残っていなかった。

それはアルスメリアがこの時代において、神に等しい扱いをされているからだ。

七国戦争を終わらせたアルスメリアは、直系の跡継ぎを残さずに世を去った。夫を持たなかったことも、彼女を『孤高の救世主』として神格化させていた。

護衛の名が歴史書に残ることはないが、アルスメリアが大願を成就する上で、側近たちはよく彼女を支えたという文章はあった。

ヴァンス・シュトラールの名が記載された記録もあったが、護衛騎士筆頭となった年月が書かれているのみだ。フリード大将軍の戦績はつぶさに記録されていたが、護衛は護衛であることを広く知られるべきではないので、当然といえば当然といえる。

(俺のことが一行で終わっているって、アルスメリアは笑うんだろうな)

そして自分の事績が、事実に基づきながらも脚色されて残されていることに、不満そうにするのだろう——「私などのことを後世に伝えてくれることには感謝しなければならないが、いささか美化がすぎる」と。

十五年だ。生まれ変わってから十五年経《た》っても、俺はアルスメリアのことを忘れてはいない。会わないうちに記憶が風化するということもなく、自分が思う以上に魂魄《こんぱく》に刻まれた記憶は色褪《いろあ》せなかった。

あの天蓋に映し出された星が分かれた時から、八年。俺はミューリアに国内の幾つかの場所に連れていってもらい、アルスメリアの魂魄を持つ人物を探したが、見つけることはできなかった。

天帝国の皇帝の魂魄を、他国の人間が持っているというのは考えにくいが、可能性としては捨てきれないと思い始めていた。国内の情報を集めることも続けながら、他国についても知る必要がある。

ようやく、その準備が整った。不戦結界――今は『封印境界』と呼ばれている七国の国境を自在に行き来することは難しい。

ならば、どうするか。ミューリアの力を借り、相談して出した結論は――。

『朝の散歩はそこまでだ。いつもながら余裕が過ぎるぞ、ロイド』

魔力感応で語りかけてきたのは、凛《りん》とした声――少年のようにも聞こえて、舞台劇の男役を演じる女性のようにも思える。

言われた通りに余裕というわけではない、先ほどから常に注意深く『流れ』を読んでいる。

『こちらはおまえに言われた通り、準備をしていたのだからな』

隠蔽された魔法罠《わな》――大樹の幾つかに仕掛けられており、遠隔発動ができる――を、声の主が一斉に起動する。

魔法陣に込められているのは、獣の属性を持つ魔力――猛々《たけだけ》しくもありながら、優雅で気品を感じさせる。

しかし魔法陣から飛び出してきたものは、獰猛《どうもう》な山猫の姿を模した『獣精』だった。

獣精は声を上げながら俺に襲いかかる――だが俺は、避けずにただ歩く。

《第一の護法　嵐の海を渡る鳥のごとく――『凪《なぎ》』》

相手は回避するところまで読んで動くが、こちらはそれをさらに読み、先を行く。ただ歩いているわけではなく、魔力に引きつけられる獣精の習性も利用し、攻撃を自分に当たらない場所に誘導した。

『おまえという男は、見ていて本当に腹が立つ……戯れていながら、馬鹿げたほどに強い。理不尽にもほどがある……！』

「これでも限界まで集中しているよ。ここでやってきた鍛錬の賜物《たまもの》だ」

『鍛錬などとまだ言うか。私はおまえを喰《く》らいたいのだっ……！』

俺の横を通った獣精が地面を削り、岩石の破片混じりの土埃《つちぼこり》が上がる。わずかな時間差を設けて波状攻撃で重ねられると、こちらから動く他はなくなる——そして誘うように作られた抜け道は、ただ一つ。

相手の戦術も、最初の頃とは大きく変わった。生まれ持った強さと敏捷性《びんしょうせい》を最大限に活《い》かす、肉食獣の戦い方——そこに今は、狩猟者の戦い方が取り入れられている。

最初は身体能力で凌駕《りょうが》され、あわやという場面もあった。だが俺はこの森に通い続け、ここで手合わせを続けた——全ては自分を鍛えるため、そして『猫の王』と呼ばれるバスティートがなぜこの森にいるのかを知るためだ。

『分かっていてもそちらを抜けるしかあるまいよ……ロイドッ！』

俺は笑う——それは余裕からというわけではない。これから繰り出されるだろう相手の攻撃は読んでいる。

本気のバスティートの攻撃を、思い描いた形で凌《しの》ぎ切る。今日は、そのためにここに来た。

巻き上がった土と石礫《いしつぶて》が作る壁を抜ける。そこに仕掛けられているのは読みどおりの魔法罠

——『縛竜陣』。

竜を捕らえるために作られたとされるその陣は、捕まれば抜け出せない。

両足を摑《つか》む、魔力で編まれた獣の手。そして拘束は上半身にまで及び、完全に動けなくなったと

ころで、バスティート自身が本命の牙を立てる。

『——今日限りでこの茶番も終わらせてくれる！』

猫の王が、天人を仕留めることができず、何年にも亘って戦い続ける。それはバスティートの本来の性質を考えれば、考えられないことと言って良かった。

《第二の護法　影は騎士の姿を映し、鎧《よろい》をまとう——『影鎧』》

完全に捕らえられた『俺』が、気配を絶って待ち伏せていた猫の王に食らいつかれる——しかし、引き裂かれたのは魔力による写し身。

『入れ替えたというのか……抜け道のない、あの状況で……！』

「——抜け道ならある。分かっていたはずだ、バスティート」

そう——巻き上がった土石の壁よりも、高く飛べばいい。

上空にいた俺は身を翻し、バスティートの背中に着地する。白いふさふさとした毛並み——最初はこれに触ってみたいという、猫にとっては迷惑な好奇心から、頑張ってこの背に乗ろうとしたものだった。

「今日も僕の勝ちだね」

『む、むぅ……』

困ったような声が聞こえるが、バスティートはしばらくすると戦闘態勢を解き、背中に乗っている俺をうかがった。

俺が乗ってもびくともしない大きさの猫。千年前は天帝国に生息していなかったが、今に至るまでのどこかでその姿が国内で確認されるようになった。

『……今日こそおまえを喰らって、この馬鹿騒ぎも終わらせようと思ったのだがな。終始遊ばれてしまい、私は不満だ』

「遊んでるわけじゃないよ。最初から言ってる通り、僕は本気であなたと友達になりたいんだ」

『私と友になって何になるというのだ。何の利益もあるまい』

「あなたは『翼を持つ猫』だから、僕より広い視野を持っている。遠くにも行ける……だから、憧れてるんだ。憧れる相手と友達になりたいっていうのは、そんなに変かな？」

『根本からずれている。ロイド・フィアレス、おまえは変人だ。それも相当な』

ぼやくように言うと、バスティートは長い尻尾で俺の肩に触れて、降りるように促す。

従うといつものように去ってしまうかと思ったが、美しい白猫は、今日はじっと俺を見てくる。

二つの目の色は青と金色で、神秘的な輝きを放っていた。

『……しかし私の爪や牙が、おまえの身体能力を越えているというなら、当たらぬにしても多少は溜飲《りゅういん》が下がる。当面は勝てぬようだが、いつかは喰らってやるぞ』

「ああ、それでかまわないよ。僕も簡単には食べられないけどね」

『ふん……まあいい、土産を持ってきたなら、出すがいい。話があるのなら聞いてやろう』

毎回戦ってからでないと話を聞いてくれないが、一度落ち着けば急に戦いを挑んできたりはしない。それは騎士の信条にも通じるものがある。

俺は運んできた荷物から、バスティートの好物である食べ物と、マタタビ酒の入った小樽《こだる》を取り出した。この酒は人間には癖があって飲みづらいが、この猫の王は特に好み、舐《な》めるだけで上機嫌になる。

『……これで餌づけされているのではない、おまえが私に献上しているのだ』

そう言いつつも、長い尻尾が立ち、ふわふわと揺れている——ちらちらとマタタビ酒を気にする仕草は、大きな猫といえど何とも愛らしいものだった。

## 2　騎獣

俺がバスティートに会いに来たのは、前々から伝えていたあることについて、進展を改めて報告するためだった。

「明日、世界魔法学園に行って入学試験を受ける。事前の審査はもう通っているから、僕はカノンの護衛として入学することになる」

『……フィアレスの養子だからか。長く本当の息子のようにしてきたのだろうが、当主もそのあたりは制度に逆らえないか』

「僕が自分で望んだことだよ。カノンが家を継ぐというのは、前々から決まっていたから」

バスティートは自然に倒れたものだろう天空樹の上に寝そべり、俺はその傍らに座っている。俺が持ってきた生肉をぺろりと平らげたバスティートは、小樽を前足で転がしていたが、俺が代わりに小樽を開けて受け皿に酒を注いでやると、まず一舐めして味見をし、そのまま飲み始めた。

『ロイド、おまえのそういったところは……うまい……なかなか見どころがある……むぅ、これは……』

「ゆっくり飲んでくれていいよ」

そう言うと逆にバスティートは酒を舐めるのをやめ、顔を拭うようにしてから再び語りかけてきた。

『……まず礼儀として話を聞くべきだろう。それくらいの律儀さは、私にもあるのだぞ』

「ありがとう。一つ、頼みたいことがあるんだ」

『最後なのだから、何でも言ってみるがいい。私も多少は、おまえがいなくなると寂しくなる。三日もすれば忘れるだろうがな』

「僕たちと一緒に、魔法学園まで来てくれるかな。猫の王の君なら、騎獣として学園から許可が降りるから……」

言い終える前に、バスティートが俺に摑みかかってくる。普通の大きさの猫ならいいが、この巨体では押しつぶされそうな格好だ——俺も鍛えているので簡単には倒されないが。

『最後なのだから、と言ったあとにそれか。私の心情というものを考えているか？　考えていないな、考えていたらそんなことは言わないからな』

「ははは……いや、どんな言い方をしてもこうなるのは分かってたからね。それなら取り繕うこともないかなと思って」

俺も成長したとはいえ、バスティートの膂力《りょりょく》に素のままではかなわない。魔法で力を強化してしばらく耐えていると、バスティートは呆《あき》れたように耳とひげを垂らし、引いていった。

「君がここにいるのは、何か理由があると思うんだけど……ずっとここにいるままでいたいわけでもなさそうだ。違うかな」

『……だからおまえについていけと。騎獣など、それでは飼い猫ではないか。猫の王にまたがって、その身をなんとする』

「僕はただの護衛だよ。それと、明日からは魔法学園の学生になる」

『そうやっていつも、木の葉のようにひらひらと……全くうっとうしくて仕方がない』

口が悪いのは昔からで、昔はもっと苛烈だった。「天人の子よ、帰れ」「去らないなら私の腹を満たす役目を与えてやろう」と言っていて、会いに来ても問答無用で戦うことが長く続いた。

『……何か条件はあるのか？　騎獣という役割に私をおさめるならば、制度とは別に私自身と契約を結ぶべきではないか』

「マタタビ酒は、手に入るたびに献上するよ。その他には何が欲しい？」

バスティートは爪を研いで、ぺろりと口の周りを舐める。俺を食べたいということか――と思ったところで、バスティートは皿に視線を向けた。酒を注いでやると、しばらく静かに舐め続ける。

『……おまえがなぜそれほど強いのか。おまえが本当は何者なのか。それをいつか私に教えるならば、ついていってやらなくもない』

「本当に……？　良かった、じゃあ君との手合わせも、今日で終わりじゃなくなる」

『昔から言おうと思っていたが、その呼び方は好かないな。この機に変えてもらおう』

「名前を教えてくれないからね。バスティートというのは種族の名前だから、君の名前は……」

『……私に名はない。しかし騎獣として契約するのであれば、おまえが私を認識する名称は必要だろう。それで呼べばよい』

「じゃあ……バスティ。それとも、ティートかな」

『そのままではないか……まあどちらでも良いがな』

「バートという名前にすると、領地に同じ名前の人がいるからね。よし、君のことはこれからティートと呼ぶよ」

『……分かっているのか、いないのか。いいだろう、ロイド。魔法学園とやらがどこにあるのか、地図くらいは用意してくるがいい』

「分かった。また明日来るよ、ティート」

マタタビ酒で気分が良くなったのか、白い猫の王――ティートは、名前を呼んでも特に気分を害する様子もなく、器用に酒樽を傾けて酒を注ぎ、楽しんでいた。


家に戻って着替えをしたあと、階下の食堂にやってくる。朝食のいい匂いがしているが、カノンの姿はここにはない。まだ料理をしている最中のようだ。

「おはようございます、ロイド様。今日も早朝から出ていらしたのですね」

「はい、大事な用がありましたから。学園には、騎獣を連れていってもいいんですよね」

ティートに対しては友のように、家の中では貴族家の一員として――言葉遣いの切り替えも、慣れてしまうとそれほど大変ではない。

「獣帝国など、騎獣を生活上必須とされる国もございますから、学生には騎獣の同伴許可が出ております。連れていく騎獣については、ロイド様の方でお心当たりが？」

「今話をしてきて、ついてきてくれることになりました」

マリエッタさんは少なからず驚いている――森にバスティートがいるというのは領民の間でも噂《うわさ》になっていたから、存在自体は彼女も知っている。しかし俺が森に通っている理由がバスティートに会うためというのは、今まで秘密にしていた。

「そうでございますか……ロイド様のおっしゃることであれば、大丈夫なのだと思いますが。バスティート……でよろしいのですか？」

「はい、とても大きな白猫です。翼を持つ猫って言われていますけど、今のバスティートは翼のあとがあるだけで、それでも魔法で空を飛べるんです」

「そうなのですか……猫に乗って、空を……それは、神秘的でございますね」

表向きは隠しているらしいが、マリエッタさんは猫好きなので、ティートのこともそんなに恐《こわ》がることはないだろう――いや、すぐ慣れるには大きすぎるか。

「カノンは台所にいるんですか？」

「はい、もう少しでお料理が完成するとおっしゃっていました」

カノンとの関係が良い方向に向かってから、彼女は料理の練習を始めた。メイドの皆に混じって料理に参加していたが、そのうち一人で台所を切り盛りできるくらいに上達してしまった――今は一日のうちどこかで台所に立つようになっている。

「様子を見に行ったら怒られそうですね」

「大丈夫かと思います。カノン様の素晴らしい手際を、ロイド様もぜひご覧になってください」

マリエッタさんに勧められ、俺は台所に向かう。トントンという音が聞こえてくる――そして、料理に集中している妹の姿が見えてきた。

髪を結んで料理をしていたカノンは、俺が近づくとすぐに気づき、くつくつと煮えているスープを匙《さじ》ですくい、俺に差し出してきた。

「何日かかけて、メイドの皆さんと協力して作ったスープです。味見してくださいますか？」

「僕でよければ。カノンの料理に意見をすることなんて恐れ多いけどね」

カノンはこぼれないように手で受けながら匙を出してくる。そのまま味見をしろと言うことか
——照れるが、これが初めてでもない。

「ん……美味《おい》しい。とにかく味が深くて、肉と野菜の味が渾然一体《こんぜんいったい》となって……前に食べたときよりいいね、これは」

「本当ですか？　良かった……卵の白身を入れると、スープの濁りがなくなって澄んだ味になると教えてもらったんです」

「確かに前のスープとは違って、透き通っているのに風味が濃いね。教えてもらったっていうのは？」

「前回の貴族交流会で出たスープが美味しかったので、レシピを教えてもらったんです」

公爵家お抱えの料理人にも匹敵すると言われるほどの腕を持つカノンだが、料理の研究には余念がない。覚えたメニューはすぐ作ってくれるので、彼女が台所に立つようになってから、食事の時間がますます楽しみになっていた。

勉強や習い事、魔法の修練で忙しい中、ここまで料理が上達したのは、才能と努力の賜物だろう。

「僕にも何か手伝うことはあるかな」

「兄様は、準備をして待っていてください。パンケーキは焼きたてを召し上がっていただきたいので、これから焼きますね」

カノンが焼く朝食用のパンケーキは甘さを控えており、バターだけで何枚でもいけるというほど美味しい。小麦だけでなく他の穀物粉を混ぜることで、腹持ちが良くなっている――俺は食事に頓着しないほうだったので、カノンから説明されたときは感心するばかりだった。

フライパンを翻し、空中でひっくり返す大技――のように俺には見えるのだが、カノンはそれを簡単なことのようにこなしてしまう。

「上手《うま》くできたので、これが兄様の分です。みんなの分をすぐ焼いてしまいますから、待っていてくださいね」

「いや……改めて言うのもなんだけど、カノンが料理をしていると本当に絵になるね」

「っ……な、何を急に言っているんですか、兄様……絵になるというのは、マリエッタさんのような人がお料理をしているときに言うもので、私は全然……」

「カノン、パンケーキがもうちょうどよく焼けてるよ」

「わ、分かっています。兄様は意地悪なんですから……っ」

横槍《よこやり》を入れるのはやはり良くなかった――と反省しつつ、俺はカノンに謝って出ていこうとする――しかし、その前に。

「……兄様、先に食べ始めてはだめです。すぐに行きますから」

「ちゃんと待ってるよ。出発の前に、話しておきたいこともあるから」

「ありがとうございます。では……当面はできないと思いますから、いつもみたいにさせてくださいね」

「い、いやそれは……この歳《とし》で、兄妹《きょうだい》ではしないんじゃないかな？」

カノンが作る料理に何の不満もなく、むしろ申し訳ないくらいに思っているのだが、一つ弱っていることがある。それは、カノンが自分の手で俺に食べさせたがるということだ。

「兄様に食べてもらうのは、私の楽しみなのです。そのために早起きをしているんですから、少しくらいはいいと思います。役得です」

「逆に、僕に食べさせるのが役得でいいのかなとも思うんだけど……それはどうかな？」

「いいに決まっています。兄様の困った顔を見られる貴重な機会ですから」

迷いなく言われると、俺も弱い――こうしていつも押し切られてしまう。

上機嫌にパンケーキを焼くカノンをこれ以上邪魔するわけにもいかず、俺は食堂に出てきた。どんなやりとりが行われたかを察しているマリエッタさんもまた、俺の味方というわけではなかったりする。

「ロイド様のお食事のお世話をさせていただいたのが、遠い昔のように感じます。お屋敷《やしき》を離れる前に、もう一度思い出をいただけたらと存じます」

「マリエッタさんも魔法学園に赴くことがあるかもって言っていた気がしますが……」

「……言いましたが何か？」

「い、いえ……すみません、僕もいい年齢なので恥ずかしいというか……」

「十五歳はまだ少年に入ります。私とミューリア様にとっては、ロイド様は腕白《わんぱく》だったあの頃と何も変わっておりません」

フィアレス家は紛れもなく女系の家である。魔法学園は共学なので、男友達ができると良いのだが――また、フリードのように気を許せる相手を作れるだろうか。

そのうちに配膳係のメイドが二人、台所から出てきた。彼女たちは別のテーブルだが、同じ食堂で朝食を摂《と》る――これもまたフィアレス家の特色だが、俺にとってはこちらの方がしっくりくる。

主人一家とメイドの関係を厳密に区切るのは分からなくもないが、うちの場合は勤めている全員が家族というのが、ミューリアの考え方だ。

「お待たせしました、兄様」

カノンがエプロンを外して出てくる。髪を結んでいたリボンを外すと、金糸のような髪がさらりと広がる――その光の波に、いつも目を奪われる。

そしていそいそと俺の隣の席に着く――座ったあとに俺を見て微笑《ほほえ》むその仕草は、子供の頃からずっと変わっていない。

「それでは、挨拶をお願いします」

今はミューリアが不在で、俺が当主代理の立場にある。マリエッタさんとメイドたちも席に着いたあと、できるだけ声を張って言った。

「我らフィアレス家と、領民に糧を与えし天の恵みに、感謝を捧《ささ》げる」

全員で祈ってから、食事を始める。まだ熱いパンケーキに搾りたての乳で作ったバターを載せると、滑らせるだけでじゅわっと溶けていく。

「兄様、あーん」

「……自分で食べようとしてるときに、横からは良くないよ？」

「そんなことを言っても駄目です、いつも兄様は逃げてしまいますから。バターがこぼれてしまうので、お早めにどうぞ」

「……あーん……」

美味《うま》い――俺は表面はカリカリ、中はフワフワに焼き上がっているパンケーキが好きで、妹はその焼き加減を極めている。しかし問題は、食べる間じっと見られていることだ。

「美味しいですか？」

「……とても」

「はい、よくできました。兄様、今日は素直ですから百点をあげます」

「何の点数なのかな……うん、美味い。やっぱり落ちついて自分で食べるのが一番だね」

照れ隠しでしかないと分かっているが、負け惜しみを言う。

それよりも、この『流れ』はよくない。何とか早く食事を終えて脱出しなければ――と、俺が思うよりもマリエッタさんたちの行動は早かった。

「兄様としばらく会えなくなってしまうので、皆さん寂しいのです。兄様、ここは器の見せ所ですよ」

「カノン様のおっしゃる通りです。メイド一同、ロイド様にいつも奉仕を断られて参りましたので、最後くらいはという思いでおります」

「……ぼ、僕はどうすれば……？」

ずらりとマリエッタさんの横に並んだメイドたちが、ある人は照れ、ある人は楽しそうにしながら俺を見ている——もしかしなくても、代わる代わる食事の世話をしてくれるということらしい。

「ミューリア様にはご相談の上ですので、どうかお許しを……それでは皆さん、始めますよ」

「「「はいっ」」」

俺はこれほどにメイドの皆に慕われるようなことをした覚えはないのだが——マリエッタさんの悪戯《いたずら》に流され、流れに逆らうこともできず、カノンと皆にしっかりお世話をされてしまった。

朝食の後、荷物などの準備を終えた俺とカノンを、家の皆が門の外まで出てきて見送ってくれた。

「ロイド様、カノン様……道中、どうかお気をつけて。お忘れ物などございましたら、すぐにお呼びください」

「魔法学園まで行くには、数日はかかるから……もし何かあったら、すぐに連絡はするけどね」

「……はい。距離は離れるといえど、ご遠慮なさらないでください。私たちはフィアレス家のメイドであり、お二人にお仕えしているのですから」

「ありがとう、マリエッタさん。みんなも、身体《からだ》には気をつけて」

みんなが泣いている——カノンもハンカチで目元を押さえている。俺もつられそうだが、騎士の涙は主君の許しがなくては流せない。

「大丈夫、僕がカノンを護《まも》るから。二人でまた、この家に帰ってくるよ」

「はい……お待ちしております。お休みが取れましたら、いつでもご帰郷ください。私達は、いつでもここにおりますから」

「ありがとう、マリエッタさん。みんな……私は、みんなのことが大好きです」

メイドたちが感極まって、カノンの元に集まる——マリエッタさんは俺のほうにやってきて、貴族の正装である服を整えてくれた。

「襟とネクタイはいつでも真っ直《ます》ぐに……それが、紳士のたしなみです」

「肝に銘じておくよ。フィアレス家の人間として恥じないように、頑張ってくる」

挨拶を終え、屋敷から程近い街道のあたりに来たところで――人が通っても驚かせないように、道の脇に伏せていたティートが姿を見せた。

「っ……に、兄様、この大きな猫は……？」

「僕の友達だよ。猫の王、バスティート……馬車よりも早く、魔法学園まで運んでくれる」

『ロイドの妹……兄からよく話は聞いているぞ、フィアレス家の天使と呼ばれていると』

「……兄様、何をお話しされていたのか、道すがら、お聞きしなければいけませんね」

じっとりとカノンが俺を見てくる――ミューリアもよくそうするのだが、二人ともかなりの圧力だ。

『走って行くと時間がかかるのでな。そうそう落ちることはないと思うが、しっかり摑まっているがいい』

「……兄様？　この大きな猫様がおっしゃっていることは、どのような……」

カノンも察したのか、少し警戒している――彼女も生まれて初めての経験になるが、俺もティートに乗って飛ぶのは初めてなので、おあいこということにしてもらいたい。

空飛ぶ猫の王に乗り、魔法学園に向かう。持ってきた地図を見せると、ティートはじっと見てから、俺たちを背中に乗せてくれた。カノンの手を引いて引き上げたところで、落ち着いて乗っていられるだろうかと心配するが――。

「……凄《すご》く柔らかい毛並み……猫様は、きれい好きなのですね」

『妹君は、ロイドより撫《な》で方が繊細でよい。ロイドは猫に優しくないのだ』

「兄様、いけませんよ。ええと……」

『私はティートという。そこのロイドがつけた名だが、妹君もそう呼ぶがいい』

「私はカノン、カノン・フィアレスです。ティート様、よろしくお願いします」

俺よりもカノンと仲良くなってしまいそうなティート——悪いことではないのだが、何となく置いていかれた気分だ。

『では、久しぶりに空を駆けるとしよう。緩やかに高度を上げるので、耳が痛くならぬように魔法を使うがいい』

「了解。カノン、僕が魔法を使うから大丈夫だ」

「はい、お願いします……兄様」

前に乗ったカノンを、後ろから抱くような体勢になる——空の旅を無事に終える、これが彼女の護衛としての最初の仕事ということになりそうだ。

## 4　世界魔法学園

七帝国立世界魔法教育学園。通称『世界魔法学園』という場所に、俺とカノンは今年から通うことになった。

天帝国の中だけでは、俺の探し人は見つからないかもしれない。そうミューリアに相談すると、彼女は天帝国内の魔法学園ではなく、七帝国が合同で設立した学園に通ってみてはどうかと提案してくれた。

不戦結界によって七国間の国境線が引かれたあと、長い間陣取りを繰り返していた大陸の中心部に各国は軍勢を送ることができなくなった。大陸中心部の巨大湖はどの国の領地からも外れており、自然に中立地帯となった。

元々七帝国は巨大湖の中心にある島の領有権を巡って争っていた——莫大《ばくだい》な量の魔力を宿す鉱物『神石』があるから、あるいは七帝国時代以前の古代魔法の秘儀が今も眠っているからなどと言われているが、確たる理由は定かではない。

求めるものがそこにあるはずだというだけで、各国はその島を戦場の一つとした。しかし中立地帯となったあと、各国の皇帝はその島を最初の講和を行う場所に選んだ。

いつ皇帝と側近による戦闘が始まってもおかしくない、そんな緊張の中、千年前の天帝——在りし日のアルスメリアは、不戦結界について知りたがる他国の皇帝を前に、こう言った。

『私の魔法は一国のみの力によるものではない』

御簾《みす》の向こうから出ることのできなくなっていた彼女は、自分に似せた人形に皇帝の衣服をまとわせ、仮面でその顔を覆っていた。それでも、誰もアルスメリアが本物ではないことに気づかなかった——六皇帝は彼女の姿を見たことがなく、彼女の幻術を破ることもできなかったからだ。

『他の六国に魔法の媒介となる『柱』がいて、結界が成り立っている。ただ争い合うのみでは、不戦結界を破ることは永遠にできない。それは氷の底で眠るような停滞を、この世界にもたらすだろう』

『杜』――アルスメリアの魔法の協力者。天帝国に寄る辺を求め、アルスメリアの思想に共感した他国の有力な魔法使いたちは、不戦結界の範囲を各国に広げる役割を果たした。

そして事実上、アルスメリアは戦いを終わらせた。しかしそれは、七帝国が争い合う理由を失わせたわけではなかった。

火種は眠っているだけだ。不戦結界を通るには条件があり、七皇帝はその条件を満たして講和の場に参集した。大軍ではなく、一つの種族のごく少人数ずつのみが結界を越えられる。そして結界の範囲を越えるまで、戦略規模の大魔法は使えない。

その条件で講和の場に赴きながら、戦いを始めようとする者がいた。魔帝と聖帝、鬼帝と人帝、竜帝と獣帝――彼らの間にある憎悪は長きに亘《わた》るもので、不戦結界で遮られるまでは最も激しい戦いを続け、多くの血を流していた。

その彼らに、アルスメリアは告げた――あえて、六皇帝の反駁《はんばく》を誘うように。

『不戦結界について説明する義務は、私にはない。しかし、一つの種族だけでは成しえない魔法であるとは言っておく。各国の皇族、貴族に限らず、魔法について飽くなき希求を持つ者が知恵を合わせ、ようやく辿《たど》り着《つ》けるかもしれない』

他国の魔法は、天帝国には及ばない――そして、魔法ではなく科学の発達に力を注いでいる人帝国にとっては、科学が魔法に対抗できるのかという疑問の提起でもあった。

『この領域に少しずつでも軍を送り込んだところで、決定的な領土の主張は完成されない。ならば、各国が利益を得る場として共有してはどうか。この島に人が増えるには時間がかかるだろう。しかし七国から少しずつ送り込めば、島国といえるほどにはなる』

アルスメリアの力だけで、その気になればこの島を領有できるはずだ——誰もがそう思っただろう。

その彼女が、天帝国の持つ影響力の要となった不戦結界の原理を断片とはいえ開示し、それを破る方法を協力して見つけ出せと言っている。

誰が、最初に賛成したのか——それは、聖帝であったように思う。続いて竜帝、人帝、魔帝、鬼帝、獣帝が賛同し、天帝アルスメリアの出した講和条件を飲んだ。

七帝国が共同で、この島に魔法研究を行う学府を設立する。

初めは、他国に魔法の力で劣ることを危険視し、国同士で監視し合うような目的であったのかもしれないが——そうして作られた学府は、各国の宮殿を建設してきた名工たちの協力を得て、三十年前に全建物の改築を終え、今に至る。

外部からの訪問者は船で巨大湖を渡るか、騎獣に乗って渡るほかはない。船での渡航は制限されているため、マリエッタさんが学園に訪問するとしたら、乗船の申し込みをして待つ必要があった。フィアレス家から距離自体はそこまで離れていないが、魔法学園に行くには日数がかかるというのはそういった理由だ。

「兄様、『不戦結界』は、この雲海のことなのですか？　この中に入ってから、魔力が集約できなくなっています」

「そう……ただ魔法を使えないだけじゃなく、特定の魔法が封じられるようになっているんだ。でも、騎獣の飛行能力は封じられない。それは、騎獣という生き物のありかたを否定することになるからね」

しかし騎獣の侵入を無制限に許可すれば、各国の軍隊が通過できてしまう。そうならないのはなぜか——この雲海を通るためには『通行証』が必要なのだ。

何も持たずに雲海に入っても、方向感覚を狂わされて思った通りの方向に抜けられず、自国に戻らされてしまう。

「この『水晶の針』が、魔法学園の方向を常に指し続けている。一体何に引きつけられているんだろうね」

『……世界の中心を指しているのではないか？　もしくは、何かがあるのだろう。魔法学園に』

「魔法学園の方角は『水晶の針』でわかりますから、そこから考えれば帰り道もわかるということですね」

「この魔道具は各国に限られた数しか無いし、決まった国と行き来することしかできないんだ。もしすり替えられたりしたら、他の国に行ってしまうことになる」

全て、千年前の記憶——アルスメリアが教えてくれたことだ。

千年前も、講和の場に赴くために、白竜に乗ってこの雲海を越えた。アルスメリアは講和を申し入れてきた六皇帝に、返答と一緒に『水晶の針』を送り、各国の皇帝はそれを使って、中立地帯に赴いたのだ——その時点で、天帝国と他国の力関係は決定的なものになった。

今もそうなのかといえば、状況は大きく異なっている。

なぜなら、天帝国には現在皇帝がいない。アルスメリアは皇帝の座を傍系の親族に譲ったが、彼らにも皇帝の地位は身に余るものであり、貴族や民の反発を恐れて摂政という地位を選んだ。

アルスメリアは『永久皇帝』となり、現在も在位しているという体になっている。

千年前の天空宮は史跡として維持されるばかりなのに、今も彼女はそこにいるということになっている——神の如《ごと》き存在として。

俺は天空宮に行こうとは思わない。遠くから見るだけでも、彼女の魂魄がそこにあるとは感じられなかったからだ。

「兄様……緊張なさっているのですか？」

カノンが俺の腕をきゅっと摑む。また心配をかけてしまった——考えが過去に飛ぶのは、そろそろ終わりにしなくてはいけない。

『もうすぐ結界を抜けるぞ』

ティートが言ったしばらく後に、雲海が途切れた。

そして見えたのは真っ青な空と、眼下に広がる海——いや、巨大湖に浮かぶ群島。

そちらの方向に向かって、俺たち以外にも騎獣に乗って移動している人々がいる。各国から集まった、魔法学園に入学する生徒たちだろうか。

「あの島にあるのが、世界魔法学園……私達と同時期に試験を受ける人たちが、あんなに……」

『船に乗って移動している者もいるようだが……竜もいるか』

「ティート、竜と相性が悪いとか？」

『種族として、昔からの因縁だからな。しかし向こうも、急にこちらに攻撃してくるようなことはないだろう。非公式の戦闘は、入学試験の上で減点となるのではないか？』

「そうだと思う。先に騎獣たちが降りているところ……あれが魔法学園の、空から入るときの玄関かな」

――そのとき俺は、遠く北東の方向から飛んできた、一頭の竜に目を留めた。

竜帝国の竜ではない。聖帝国の皇帝が代々乗り継いできた、聖竜。

しかし乗っているのは皇帝ではない。聖竜の背中に載せられた輿《こし》の中にいるのは、一人の少女だった。

「……あれは……聖帝国の、皇女……？」

「兄様、こんなに遠くから見えるのですか……？」

『皇女かは分からないが、皇家の者である可能性は高い。聖竜に追従している翼竜は、おそらく近《きん》侍《じ》が乗っているのだろう』

聖帝国の皇族――そんな人物までが、この魔法学園に入学するのか。

聖竜は高度を下げ、先に着陸態勢に入る。そこに割って入ろうとするのは、白い聖竜とは全く反対の、黒い鱗《うろこ》を持つ魔竜だった。

何やら張り合うようにして、二頭の竜が空中で争っている。その魔竜に乗っているのは、巻き角を生やした魔族の少女――あの角の形は、見たことがある。

魔皇帝と、その一族が生やしている角の形と同じ。それだけではなく、次々と集まってくる騎獣に乗っている人々が、かつて七国講和の席に集まった皇帝と、どこか容姿に近い部分を持っていた。

今分かるだけでも聖帝国、魔帝国、獣帝国、竜帝国――各国の皇族が同時期に入学するというのは珍しくないのか、それとも稀《まれ》なことなのか。

「……何か、とんでもないことになってる気がする」

「はい、竜同士で空中でじゃれ合いをするなんて、試験の前に余裕がおありですね」

『ロイドが自分で望んだことなのだから、腰が引けていてどうする。各国の皇族が集まっているなど、面白いことになりそうではないか』

乗り気でなかったと思っていたティートが、今は一番前向きになっている。

俺も驚きはしたが、魔法学園には七帝国全てから生徒が集まってくるのだから、こういった事態もおかしくはない。

ティートが徐々に降下していく。騎獣の着陸のために設けられた広場には、やはり各国の皇族、貴族らしい人々が、次々に降りてきていた。

## 5　聖皇姫と魔皇姫

広場に降り立つと、各国から来た学生たちが騎獣から降り、周囲の様子をうかがいながら待っていた。

今まで他国の人間と全く接したことのない新入生も多そうだ――誰もかれも、緊張した面持ちでいる。

しかし試験のことよりも、広場の一角で睨《にら》み合《あ》う聖竜と魔竜に、皆は気を取られていた。

「カノン、降りられる？」

「はい、兄様……きゃっ……！」

先にティートの背から降りたあとカノンを待っていると、彼女はそろそろと降りようとしたところで滑ってしまった――備えあれば憂いなし、俺はそのために構えていたようなもので、カノンを空中で受け止める。

「よっと……カノン、大きくなったね」

「こ、こんなときに言われても、素直に喜べません。大きくなったなんて、子供扱いです」

「そんなつもりじゃなくて、僕は本当に……」

「に、兄様、ひとまず降ろしてください。皆さんが見ていますから……っ」

カノンを抱き上げていた俺は、周囲にちらちらと見られていることに気づく——俺たちが何をしているのか気にするというよりは、カノンに目を留めている生徒が多かった。

「あれはどこの国の生徒だ……？」

「天帝国の貴族の服装かしら……抱き上げているのは、お付きの人？」

「恋人同士で入学してきたということは……い、いや、それはないな。あの男は従者か何かに違いない」

「男子のほうも貴族の服を着ているから、同郷かご兄妹ということでは？」

「私もあんなふうに、頼りがいのある殿方を見つけられたら……」

護衛は周囲の話し声や音に常に気を配るものなので、小声で噂をされても聞こうと思えばすべて聞こえる。最後は褒め言葉と取れなくもないが、カノンが威嚇するように俺を見ているので、慌てて彼女を降ろした。

「兄様はすぐ、他のことに気を取られて……私が見ていないと心配です」

『それよりもロイド、放っておいていいのか？　さっきから面白いことになっているが』

皆の注目を浴びている聖竜と魔竜は、少し離れたところにいる。

聖竜に追従していた翼竜から近侍の男性と女性が降りてきて、聖竜の背にある輿から出てきた少女を外に連れ出す。

「……聖帝国の、皇姫様……なんて神々しさなの……」

「姫とは言っても普通の人間でしょう？　と思ってたけど、すごく綺麗《きれい》な子ね」

「そ、そのような無礼を……聖帝国を侮辱するおつもりですか、あなたがたは……！」

同じ聖帝国から来た生徒は、姫の姿を見るのも恐れ多いらしく、恐縮しきっている。

姫とは言っても、普通の人間――そんなことは、彼女から感じる『流れ』からしてとても言えない。

聖帝国は魔法が全てという国ではないが、皇帝は神聖魔法の最高実力者であり、その資質はまだあどけなく見える皇姫にも確実に受け継がれ、その姿に威風を与えている。

カノンは聖帝国の皇姫を緊張した面持ちで見ていたが、俺が見ていると気づくと頬をつまんできた――だいたい考えていることは伝わっているらしい。

「兄様、聖帝国のお姫様がお綺麗だからといって、見とれていてはだめです」

全然伝わっていなかった――しかしカノンの言う通り、輿から出てきた皇姫が魔法を使ってふわりと浮き、下に降りるところを、俺はつぶさに目で追っていた。

なぜ、目を離すことができないのか。俺たちと一緒に入学するとしたら同年代ということになるが、小さな身体の皇姫は、そんな年齢には見えない。

――同じように小柄でも、彼女はその魔法の力で世界を変えた。だから姿は似ていなくても、彼女のことを思い浮かべたのか。

「っ……魔帝国の皇姫様も、お動きになった……」

「教官はまだ来てないのか？　このままだと、皇姫同士がぶつかるぞ……！」

魔竜の背に乗っていた、巻き角の生えた少女――魔帝国の皇姫は、魔竜の背から頭に飛び移る。魔竜が長い首を動かし、空中にいる聖皇姫の眼前まで近づく。

「エリシエル様、今は他国と事を起こされては……っ」

「そのようなことはしません。控えていなさい」

エリシエルと呼ばれた聖帝国の皇姫は、近侍の男性の声を制止する。魔皇姫はそれを見て楽しそうに微笑んだ。

「そちらの竜は大きすぎますから、機敏な私の竜に道を譲るべきですわ」

燃えるような赤髪に、赤いドレス――そして全てにおいて自分が正しいという、自信に溢《あふ》れたその姿。彼女の言っていることが不条理でも、傍観する生徒たちは圧倒され、言葉を忘れる。

その魔力は炎を得意としているように見えるが、本質は異なる。その深紅が意味するものは血の色――魔皇帝の一族は、血液を媒介にした魔法『血晶術』を操る。

聖皇帝、魔皇帝の魔法は対極に位置するとされている。聖皇姫――エリシエルのまとう清浄な水の流れのような魔力と、魔皇姫の魔力は、彼女たち二人の間でせめぎ合っている。

「先に進む人に道を譲るべきです。いたずらに争うことは女神の意志に反します」

「では……これから何度も争わずに済むように、この一度で終わらせましょうか。しばらく手合わせをしていませんでしたものね」

人差し指に唇を当て、魔皇姫が微笑む。

彼女の指には『血晶』で作られた付け爪がつけられている。彼女の言葉は戯れではなく、本気だ――ここで決闘をしてもいいというくらいの心づもりで、ここに来ている。

「兄様、このままではお二人が喧嘩《けんか》を始めてしまいます。私、先生をお呼びして……」

「いや……大丈夫。もう少しだけ様子を見てみよう」

「は、はい。兄様がそうおっしゃるなら……」

事なかれ主義で傍観しているというわけではない。俺はいつでも動けるように備えていた――できれば動かずに済めばいいが、それはここからの二人次第だ。

聖皇姫は争いを望んでいない。彼女が断れば、魔皇姫は無理に決闘を挑みはしないだろう。

しかし次に聖皇姫が放った一言は、俺の希望的観測を大きく外れたものだった。

「……アウレリス、背伸びが過ぎますよ。あなたが魔法学園に入るのは、尚早なのではないですか？　まだ十三歳なのですから」

「なっ……」

アウレリス――それが魔皇姫の名前。ずっと自信に溢れていた彼女の表情が、エリシエルの言葉で崩される。

十三歳――俺たちより二歳年下。エリシエルより年上に見えるアウレリスは、その容姿に反して、小柄なエリシエルよりも年下ということだ。

「前に手合わせをしたとき、あなたに教えてあげたはずです。あなたの魔法では私の神聖魔法を破れないと」

「……エリシエル……私はもう子供ではありません。六帝国の協議によって、私たち皇姫は同時に魔法学園に入学することになった。ここに来た時点で、もう年齢は関係ありませんわ」

「学園の制度においてはあなたと私は同じ学年になるのでしょう。しかし、私はあなたが小さな頃から見てきたのですから、見方を簡単には変えられません」

エリシエルとアウレリスは互いに譲らない――しかし。

このままでは、越えるべきではない一線を越えてしまう。そのきっかけを作ったのは、アウレリスだった。

「皆から見れば、あなたの方が私より年下に見えるのではないですか？　『小さき聖姫』エリシエル・ローゼンクランツ」

――エリシエルの近侍の二人が「言ってはいけないことを」という顔をする。

静かに沈黙していたエリシエルは、少し高度を上げ、アウレリスを見下ろすようにする。魔竜が首を上げ、今度はアウレリスが見下ろす。

二人の無言の争いを見ていた生徒の一人が、思わず笑ってしまい――アウレリスの一瞥《いちべつ》を受けただけで、その場に倒れ伏した。

「あ、あれが魔皇姫の『紅魔眼』……ひと目見ただけで意識を飛ばされるなんて……」

魔眼――『力ある眼』のひとつ。アウレリスの手札は血晶術だけではなく、まだ他に能力がある可能性もある。

「他の生徒を巻き込むのは感心しません」

「これから決闘をしようとしているのに、それを笑う観衆は無粋が過ぎますわ」

「……事を起こすつもりはないと言ったのですが。我がままな隣人には、お仕置きをするしかない

ようですね」

　エリシエル、そしてアウレリスが魔法を発動させようとする——二人ともが上位詠唱。相手を殺傷するほどではないにしても、攻撃に使われる魔法であることは間違いない。

「——女神は全ての罪深き者に、戒めの枷《かせ》を与える。《戒律の輪》」

「グランシャルクの血に望む。我が前に立つ者は赤に傅《かしず》く——《束縛血界》」

　二人が選んだのは、奇《く》しくも互いの動きを封じる魔法——その『流れ』は読んでいた。

　エリシエルの神聖魔法、アウレリスの血晶術。その二つが発動する前に——誰もが俺を見ていない間に、『指を鳴らした』。

《——第二の護法　『無響』。波は重なり合い、響き、静寂が残る》

「「……え……？」」

　二人が同時に声を出す。使おうとした魔法が発動しない——発動に至る前に、詠唱が消されている。

『……音に魔力を込めるか。この距離で、発動までの時間で二人の魔法を打ち消す術式を構築する……どれほど練磨すれば、そこまで……』

　ティートは俺がしたことを理解していた。それはティートの鳴き声を媒介にする魔法を『無響』で無効化したことがあるからだ。

　詠唱とは、声を出したあとの残響を含んで完成するものだ。その残響が俺の発した音で相殺され、途中からピタリと消えたことに、二人は気づいていない。

「……誰かが私達の魔法を封じて……いいえ。入学試験の最中に、このようなことをしている場合ではないということでしょう」

「そう……ですわね。さすが魔法学園の教官ですわ、それくらいでなくては学びに来た意味がありません。武術であなたに勝っても面白くありませんし。それと、一つ言っておきたいのですけれど……」

アウレリスは素直に戦いを止めるが、魔竜の角を撫でながら何か言いたそうに口ごもる。

エリシエルはそんなアウレリスの様子を見て少し逡巡《しゅんじゅん》してから、おずおずと言った。

「……年齢のことを言ったのは謝ります。私があなたより年上とはいえ、この学園に入るには早いというのは同じですから」

聖皇姫もまた、魔法学園入学の規定年齢である十五歳より若い――しかしアウレリスよりは年上ということは、十四歳ということになる。もっと年下に見えるのだが、この流れを見るにそれは禁句になるだろう。

「あなたの潔いところは好きですわ。いずれ決着はつけるつもりですが」

アウレリスを乗せた魔竜が首を動かして引いていき、エリシエルは地上に降りる。控えていた近侍が駆け寄り、エリシエルは心配をかけたと二人を労《いたわ》っていた。

「……兄様、何かなさいましたか？」

「みんな二人を見ていたから、誰も気が付かなかったね」

「私にもわかりませんでした……悔しいです。兄様のことを見ていると言っておいて、いつも肝心なところは見られていません」

「大したことはしてないよ。皇姫殿下たちを仲裁したかっただけだからね」

カノンはまだ残念がっていたが、そうこうしているうちに魔法学園の教官——入学試験における試験官が来て、皆を先導していく。

あくびをしているティートに挨拶をして、俺たちは試験会場へと向かった。先ほどから見えていた学園の門をくぐると、カノンが手を繋《つな》いでくる——改めて緊張してきたということか。

「兄様……同じクラスになれるように、私、頑張ります」

「もし離れるようなら、護衛っていうことで同じにさせてもらえるように頼むけどね。まずは僕も、実力で同じになれるように頑張ってみるよ」

「はいっ……！」

二人の皇姫が使った魔法は、互いに様子を見るための小手調べだろう。そのために俺の魔法でも干渉できたが、世界最高の学府に集まる生徒たちと競うとなると、改めて気を引き締めなくてはならない。

今年試験を受けるために集まった生徒は、数日前から試験会場入りしている人々、そして船で到着した分も入れると千人余りだった。

試験の成績が水準に達しなければ、入学は見送られる。そんなことになれば目的どころではない——カノンの護衛という役目を果たすため、俺自身の目的のためにも、無事に合格したいところだ。

## 6　魔力測定

俺たちが集められた場所は、闘技場のような建物の内部だった。

これが魔法学園の誇る技術ということか、半球状の屋根で覆われている。魔力に反応する材質でできた屋根は、俺たちが全員入場したところで中心から一気に透明に変わり、屋根の向こうにある青空が見えた。

魔法学園の教官が二人がかりで魔力を通して、屋根の色を変化させたのだ。魔皇姫アウレリスが言っていた通り、教官の実力はかなりのものだと推察できる。

「綺麗……こんなに立派な施設が、魔法学園の数ある建物のうちの一つなのですね」

「在籍している生徒は五千人、関係者を含めると一万二千人がこの島で暮らしているからね。僕らの国の地方都市一つに相当する規模だよ」

「五千人……今年入学する生徒の定員は五百名でしたね。事前の審査を通っても、この最終試験の結果次第では……」

「大丈夫、僕らも勉学・運動・魔法の研鑽《けんさん》は積んできたんだ。加えてカノンは、料理っていう特技もあるしね」

「は、はい……成績評価においては、特技は入らないと思うのですが。お褒めの言葉は受け取っておきます」

入らないかどうかは、この魔法学園の体質次第だろう。生徒の個性を重んじるのか、魔法や勉学のみを評価するのか。

最終試験は数年ごとに基準が変わるらしく、面接のみで終わった年もあるらしい。生徒同士で模擬戦を行い、その内容を評価して全員に順位をつけた年もあったそうだが――その年の一位の生徒は相当な実力を持っているだろう。

「兄様、あの三つ置かれている大きな水晶は、何に使うのでしょうか？」

「あれは……魔導器《ミスティック》というやつかな」

魔道具は詠唱句が短い下位魔法を発動できるようにするものが多く、上位魔法も発動できるが、その場合高価な魔石が必要となる。

魔導器はいわば、据え置きで使う巨大な魔道具であり、携行できない代わりに複雑な術式を発動することができる。千人の生徒は三つの集団に分かれて並んでいるのだが、一つの集団の前に一つずつ、大人の背丈ほどの高さがある水晶が置かれていた。

俺たちは願書を出すのが遅かったのか、最後列に並ぶことになった。俺はまさに最後の一人だ――会場全体の状況を把握しやすいので、この位置になったこと自体は悪くない。

(あんな巨大な魔石の塊……それも純度の高いものを、よく三つも集められたな。いや、あれが噂に聞く『神石』なのか……？　この島で採掘されたのか、七帝国のいずれかから持ち込まれたのか)

「ここに用意されている魔導器なら、試験に関係が……ああ、カノン。そろそろ始まるみたいだから、静かにしていようか」

「はい、兄様」

俺たちを連れてきた指導教官は三名。補佐の教員も二名ずついて、彼らの一人が代表して挨拶をするのだろうかと見ていたのだが――この場を満たした空気の変化を肌で感じた。

生徒たちの前方、空中に、一人の人物の姿が浮かび上がる。所在を感じさせずに離れた場所に幻影を出現させる――かなり高度な魔法の使い手だ。

「あ、あれは……他の教官か……？」

「あの幻影、どうやってるの……？　何の媒介もなしに、こんなことができるなんて……」

生徒たちがざわついているが、注意深く観察すれば媒介は見つけられる。

（天井が透明になったとき、魔力が集約している点があった。ほぼ透明に近い魔石が埋め込まれて、それが魔法の媒介になっている。魔石から下方向に魔力の流れが生まれていて、幻影の範囲と一致する……つまり幻影を出現させている魔法使いは、多忙な人物ということかな）

魔法学園の重要な役職に就いている人物が利用する、遠隔魔法設備。そういったものが広大な魔法学園の各所に用意されているというのは、考えられる話だ。

「生徒の皆さん、静粛にお願いいたします。これより、副学長より挨拶がございます」

学長の他に何人か副学長がいると聞いていたが、そのうちの一人は女性のようだ。

幻影として浮かび上がっている副学長の種族は、竜人――皇族や貴族が『角隠し』を着用する種族で、彼女も帽子を被《かぶ》っている。

竜人族はその名の通り、竜の化身が人と交わって生まれたと言われている種族である。その血を濃く継いでいる者は『竜角』と、『力ある眼』のひとつである『竜眼』を持っている――この眼を獣人族は特に苦手とする。竜人は獣人の天敵とされているからだ。

『諸君には初めてお目にかかる。私の名はマティルダ・リントブルム。この学園の副学長を務めている』

竜人族は他の種族から見ると、感情がほとんど見えない。生物としての強靭《きょうじん》さ、魔力など、他種族を平均的に凌駕している。それゆえに非常に気位が高く、竜人が全種族の頂点であるという意識を当たり前のように持っている。

生徒たちの中には、副学長が姿を見せてから不穏な気を発している者がいる。俺たちとは別の集団に多数が固まっている獣人族だ。

俺個人としては、竜人に力を認められたときは良き友になれると思っている。他の種族に対しても苦手意識はないので、せっかく学園に来たのだから、多くの知己を得たい。

『事前審査で、諸君らは水準を満たす能力を認められた。年齢制限については一部の受験者に特例を設けているが、特例者だからといって無条件で合格とするわけではない。各国の皇家の方々にも、他の生徒と一点を除き、同じ条件で最終試験を受けていただく』

「その一点とは何ですか？　私は年齢について特例を受けていますので、有利になるような条件は加えないでいただきたいのですが」

真ん中の集団の最前列にいるエリシエルが言う。アウレリスも同じようなことを言おうとしたらしく、俺たちの集団の最前列にいるのだが、手を上げかけたところが見えた。

年下のアウレリスがエリシエルに張り合う関係ということのようだが、聖帝国と魔帝国の皇姫同士に幼少時から交流があるというのは驚くべきことだ。二つの国は隣り合わせだが、不戦結界を越えて行き来があり、皇家同士が交流していることになる。互いを宿敵としていた国がそこまで国交を回復したのは、千年前を知る俺からすると奇跡のようなものだ。

『各国の皇家の方々は、その力を秘匿する権限を持っております』

皇姫たちに対しては、マティルダ副学長も敬語を使う。副学長自身も竜帝国の貴族であるようだが、竜皇姫もこの会場にいるので、彼女に対して特に敬意を払っているのだろう。

『そのため、これからこの場で行われる魔力測定においては、別途時間を設けて個別に行わせていただきます』

「分かりましたわ、それでしたら異存はありません。皇姫だからと試験を有利にされるようなら、この学園とは縁がなかったと考えていたところですわ」

『そのようなことは決していたしません。皇姫の方々は本来入学する年齢よりお若い方もいらっしゃいますが、事前審査で優秀な成績を残していらっしゃいます』

「あたしたちは賢いもの。誰にも負ける気がしないよね、クズノハ」

「そうだね、ユズリハ。でも競争とかできればしないほうがいいかなぁ、あたしは」

　エリシエルのいる集団の、さらに向こう——一番右側の集団の、最前列。

　そこにいる獣耳を生やした、特徴的な衣服を着た少女二人は、どうやら双子のようだった。ユズリハとクズノハ、二人はおそらく獣帝国の皇姫だ。ユズリハの方は活発に見えるが、クズノハの方は話し方からしておっとりとしている。

　あろうことか、同じ集団に竜皇姫もいる。遠目に見て分かるほど潜在的な魔力が強い——自身で抑えているが、解放すれば一般の生徒が『魔力酔い』を起こしそうなほどだ。

　エリシエルの集団にいる人帝国の皇姫は発言しないため、今はどのような人物かは分からないが、護衛と同じように帯剣を許されている。皇姫が剣を使うのか——千年前の人皇帝は剣の達人でもあったから、姫が剣術をたしなむというのは不思議でもないか。

（兄様、鬼帝国の皇姫様はいらっしゃらないようですね）

　魔力感応でカノンが話しかけてくる。アウレリスは『六帝国の協議で』と言っていたので、皇帝が事実上不在の天帝国を除き、他国の皇姫は全員入学するはずだ。

（鬼皇姫殿下は、事情があってこの場にはいないんだろう……しかしこの人数で魔力測定をするのか。かなり時間がかかりそうだな）

『測定は複数人同時に行うことができるので、五人ずつ前に出て測定用の魔導器に触れてもらう。最も微弱な魔力、平常時の魔力、可能な限り強い魔力を測定する必要があるため、得意な基礎詠唱を使ってもかまわない』

体内の魔力を練るためだけに使う単純な詠唱句が基礎詠唱だ。「我が魔力よ」と言うだけでもいいし、掛け声や囁《ささや》くような祈りでもかまわない。

『これは稀なことだが、特定の生徒の魔力が突出している場合は、後日詳細に測定をさせてもらう。順番待ちの間は前の生徒の測定を見ていてもかまわないが、席を外してもいい。測定開始時に不在の生徒は順番を後回しとする。以上だ……諸君の健闘を祈る』

副学長の幻影が消えてゆき、皇姫たちは指導教官に連れられ、近侍を伴って会場を出ていく。順番が遅い生徒は、この場に残らず一度出ていく者もいた。

「兄様、お昼を摂る時間はあるでしょうか？」

「見たところ、余裕はありそうだ。腹が減っては戦はできない、一度ティートのところに戻ろう」

騎獣となって魔法学園に運んでくれた恩人――恩猫か――のことを忘れてはいけない。

すでに順番の回ってきた生徒たちは魔導器に触れ、基礎詠唱とともに魔力を最大まで高めている。最大のはずだ。はずなのだが、あれでいいのだろうか。

ここには七世界から、将来各国を支える魔法使いの卵たちが来ているはずである。彼らの力が、これほど――いや、まだ判断するには早い。

「……兄様、どれくらいのお力を出されるのですか？」

カノンが期待するように聞いてくる。俺はすぐに答えられない。

千年を経て魔法技術は発達したので、驚くような力を持つ魔法使いが多くいるはずだ。俺もミューリアから学んで現代の魔法に順応できているが、他の生徒たちの中には俺を凌駕する者もいて、彼らを越えるべく研鑽する日々が始まる——そう思っていた。

まだ測定している生徒が少ないので、上位の生徒ならば俺が思うような凄い魔法使いがいるはずだ。いてくれなければ困る。

「うぉぉぉぉっ……!!」

「我が主君に捧ぐ……！」

「弾《はじ》け飛べぇぇぇっ!!」

魔導器に向かって声を発し、最大魔力を測定している生徒たちは、各国の貴族に見える。教官や他の生徒に感心されているので、彼らの魔力はきっと強いのだ。

俺は全ての疑問をねじ伏せ、その場を後にした。護衛騎士の信条は、決して油断をしないことだ。たとえ万が一にも、負ける気がしない状況であるとしても。

## 7　前哨戦《ぜんしょうせん》

俺たちがティートに乗って降りた場所は、『学園正面ゲート前発着場』というらしい。船着き場と騎獣の着陸場所を兼ね、外部からの荷降ろしや積み込みなども行われていて、世界魔法学園における港ということになる。

俺たちは昼食を持参してきているが、他の貴族の生徒たちは、本格的な食事が取れる食堂に行っている。おかげで混雑しているようで、少々小競り合いなども起きているようだ——各国で差はあると思うが、貴族が家格と誇りを重んじるのは変わりなく、そして家によっては幼い頃から徹底した血統主義、階級主義を叩《たた》き込《こ》む。

——幼い頃、初めてついた教育係から、平民はすべて顔のない駒だと思えと言われた。

——私は子供ながらに違和感を覚え、その教育係にはあいにくだが暇を取ってもらった。私が感化されたいと思うのは、私が選んだ人物だけだ。

——ヴァンス、君は私の思いに共感してくれているだろうか。それを考えるのが、この頃の習慣になっているよ。

アルスメリアは階級などどくだらないと思っていたかもしれない。しかし、自分が人々を統べる皇帝であることには誇りを持っていた。

皇帝が権限を絶対とするほど、貴族たちもまた領民に対しての発言力を強めた。天帝国の貴族は、ミューリアのように権威を笠《かさ》に着ることのない人物もいるが、そうではない人物の方が多い。

(誇りは重んじるべきものだ。だが、それが行き過ぎれば驕《おご》りを生む……というのは、説教がましい考えか)

「兄様、一番最後ですから、余裕はあると思うのですが。少し早く戻って、他の方の魔力測定を見学した方がいいでしょうか?」

「他の人の実力や属性が分かっても、自分の結果には影響はなさそうだけどね」

「属性……兄様は、魔力を見ただけでおわかりになるのでしたね。私も、教えて頂いた通りに意識してみたら、少し見分けられるようになりました。お母さまの魔力の色を見たら、兄様がよく甘えずにいられたものだと……」

「ま、まあ……僕も母さまから独り立ちしないといけないからね」

ミューリアは定期的に『ロイド成分』というのを補給したいと言い、強制的に甘えさせられたものだが、二年前くらいから色々理由をつけて逃れている。

子供の頃ならいいのだが、成長してくるとそうはいかなくなる。何より成長しているのは俺だけではなく、ミューリアもなのだ——彼女はまだ全盛期を迎えておらず、魔力の最大量も魔法の技術も成長し続けている。そんな彼女の天然で行う魅了に耐えるうちに、感情に干渉される魔法に対抗する力は極まってきた。

「私もこのまま、兄様に教えてもらって『魔力変化』を練習したら、お母さまみたいにできるでしょうか……？」

「強力な魔法だけど、カノンの魔力は光系統だからね。どちらかというと、母さまとは違う系統に変化させるのが向いているよ」

「そ、そういうことではなくて……兄様はいつも真面目すぎます。少しくらい遊び心も持ってください」

なぜか怒られてしまった——遊び心とはいうが、カノンがミューリアのように天然で周囲を魅了するようになったら、兄としては数倍心配になってしまう。

ましてこの魔法学園は共学であり、すでにカノンの容姿が男子から注目されるというのは重々思い知っている。俺が護衛としてついていなかったらと思うと、ミューリアが拾ってくれたことに改めて感謝しなくてはならない——これからしばらく会えなくなるが、無事に入学できて落ち着いたら手紙を書きたい。

「……でも、兄様が堅物なので、私も安心できるのですけど」

「ん？」

「いいえ、何でもありません。兄様に、昼食を何から食べさせてあげようか考えていました」

「っ……カ、カノン。魔法学園に入ったら、家族といえどそれぞれ一人の学生として、節度を持とうって話し合ったじゃないか」

「話し合ったことは双方の合意がなければ、有効になりませんので……と、ミューリアお母さまが言っていました」

何を娘に吹き込んでいるんだ、と天帝国の方向に念を飛ばしてしまう。今頃くしゃみでもしていてくれたら、多少は溜飲が下がるのだが。

闘技場のようだと思った試験会場は、『クリスタル・コロサリアム』という。普段は模擬戦闘の授業などに使われているそうだが、学園行事の多くが行われる場所でもあるそうだ——生徒数が多いので、行事が行われるときは日程を学年や学科ごとにずらしたり、島内各所にある別の施設で行ったりしているらしい。

コロサリアムから出ると、なだらかに下る道が発着場に続いている。ティートを連れてきて食事をできそうな場所を探すと、少し高いところから湖を見渡せる広場があった。弁当持参の生徒は他には少ないのか、穴場に見えるその場所には他に誰もいなかった。

「兄様、猫様も一緒に食事ができる場所に行きましょう」

「ああ、そうだね。じゃあ、ティートを呼んで……」

――そのとき、後ろから誰か近づいてくる気配がして、俺は振り返った。

会場で俺たちと同じ列に並んでいた生徒三人。一人は魔帝国の貴族のようで、後ろに控えている男子と女子は、その従者のようだ。

五人ずつが魔力を測定するということは、彼らは順番が変わらなければ、俺たちと同時に測定に挑むことになる。話しかけてきたのは、おそらくそのあたりの理由だろう。

「そこの二人、ちょっと待ってくれないか」

「はい。先ほど、会場で一緒になりましたね」

カノンが柔らかく返事をする。俺は彼女の傍らに控える――すると、貴族男子がこちらを見ながら言った。俺に関心を向けてくるとは少し意外ではあるが、どうも『流れ』は芳しくない。

「貴女《あなた》は天帝国の貴族のようだが、そちらの男性は？　二人で同国から来たのだろうか」

「はい、ロイド・フィアレス……私の兄です。私はカノン・フィアレスと申します」

「カノン殿……なるほど、良い響きの名前だ。それで、フィアレス家というのは……」

「ジルド様の質問に答えなさい。あなたたちには拒否権はありません」

「……ヴェローナ、口をはさむな。おまえは口が悪い」

「遠慮をしても始まらないわ、私たちは競う関係なのよ。そうですよね、ジルド様」

どうやら褐色の肌に灰色の髪をした貴族男子がジルドで、白い肌に青髪の女子がヴェローナというらしい。もう一人の短髪の男子はジルドよりも長身で、岩のように険しい雰囲気だ――何か武術を修めているのが、立ち姿でわかる。

「俺の従者が差し出がましいことを言ってすまない。しかしそれも、俺を勝たせたいという忠心からくるものだ」

「勝たせたいというのは、最終試験のことでしょうか。千人が五百人に絞られるので、お互いに頑張らないといけませんね」

カノンが答えると、ジルドは従者二人を見やってから言う。

「そう……二人に一人しか受からない試験だ。俺たちは三人でここに来ているが、なるべくなら全員が試験に通りたいと思っている」

三人で試験に通りたい。その宣言をするために、同じ枠で魔力測定をする俺たちを呼び止めたのか。

おそらく、事前に俺たちの実力を測ろうというのだろう。場合によっては、何かの策を講じるために。

そうまでして魔法学園に入りたい理由は明白だ。魔法学園の生徒として学ぶことに、それだけの価値があるから――。

「僕と妹も、二人とも試験に通りたいと思っています。僕はロイド・フィアレス……伯爵家の者です」

家格を言ったところで、ジルドが安堵《あんど》した――本人は自覚がないようだが、わずかに魔力の流れが変化した。

「俺はジルド・グラウゼル。魔帝国侯爵家の三男だ」

「貴族同士で競うことになるのは残念ね。平民が相手なら遠慮はいらなかったのに」

「……ジルド様。俺は魔法は得意ではないので、もし合格できなければ……」

「覇気のないことを言うな、バルガス。魔力だけなら俺はお前の能力を買っているんだからな」

ジルドの従者に対する態度には余裕が見られる——やはりジルドの家格が上と分かり、彼らは勝利を確信したようだ。少なくとも魔力測定においては遅れを取らない、その自信を隠しもしない。

「しかし……カノン・フィアレス、君は美しい。国家間の交流会では姿を見たことがなかったが、フィアレス家とはこれから良い関係を築けるといいものだ」

やはりそう来たか——と頭痛を覚える。カノンが初対面の相手に口説かれるのはこれが初めてではないし、こうなる流れはジルドを見れば読めていた。

ヴェローナはカノンを警戒しているが、当のカノンはというと——魔力感応で、目の前の三人に気づかれないように囁いてくる。

(このままでは兄様とのお弁当を食べる時間が減ってしまうのですが……)

フィアレス家の天使は、ジルドたち三人よりも俺との昼食を優先してくれていた。

「ジルド様。僕らは昼食を早めに終えて、コロサリアムに戻ろうと思っています」

「ロイド・フィアレス……君の国では、爵位が下の者が上の者に意見をすることが許されているのか？」

話を中断させようとしたところで、絵に描いたような嫌味を言われる——口説いている相手の兄でも、爵位が下ならぞんざいに扱うとは。しかしそれが、権力に傲《おご》った貴族の典型的といえる振舞いだ。

「礼儀を知らず、申し訳ありません。今後気をつけますので、ご容赦いただければ」

「……いいだろう。では、また会場で会おう。カノン、君にはぜひ合格してもらいたいものだ」

「ありがとう……」

カノンは社交辞令として、お礼を言ったかのように見えた――だが、ジルドたちが去ったあとに俺を見て言う。

「ございません。一体何なのですか？　私に甘言を言って兄様を侮辱するなんて、身の程を知って欲しいものです。兄様は天帝国一、いえ、世界一の……っ」

「……世界一の兄、って言ってくれるのかい？」

「っ……そ、それがどうかしましたか？　私が日頃から思っていることです。照れてなんていないんですから」

「ははは……ありがとう、カノン。僕は彼に言われたことは気にしてないよ」

俺が何か言われるのは全く構わないのだが、カノンが怒ってくれているなら、その限りではなくなる。

護衛は主の誇りを守るもの。そのために俺がすべきことは、ジルドに反省を促すことだ。

『早速喧嘩を売られたようだな、ロイド』

ティートが俺たちのことに気づいて、こちらに歩いてきていた。楽しそうな声だ――俺がどうするのかに期待しているらしい。

ジルドは自分の力に自信があるようだが、俺もカノンも負けるわけにはいかない。侯爵家の胸を借りるつもりで、魔力測定に挑むこととしよう――素直に言うと、俺も他の生徒と比べてどれくらいの力があるのか、できる限り制限なしで試してみたくはあった。

## 8　兄妹作戦

湖が見えるところで食事をと考えたのは、見晴らしがいい場所は気持ちがいいからというだけではない。

周辺の気流、湖の流れについて知っておきたかった。護衛たるもの、周辺の地形について少しでも多く情報を得るのは定石だ。

特に、風を浴びて得られる情報は多い。この島にどんな建物があるか、その大きさはどれくらいか——ティートに乗って得た情報と合わせると、俺の頭の中ではだいたいの地図が描けてきていた。

（結界が敷いてある部分も多いが……あれは、魔法の研究施設か。七国から優秀な魔法使いが集まって研究をしている……）

「お母さまもここで学ばれたので、私たちは後輩になるのですね」

そう——ミューリアは優秀な魔法使いなので、初めは天帝国内の幼年貴族学校に通っていたが、十五歳からは成績優秀者として推薦を受け、世界魔法学園に通ったという。

在籍期間はわずか一年で、卒業はしていない。今も籍が残っていると本人は笑っていたが、マリエッタさんからミューリアの成績が学年次席であったこと、優秀な成績で将来を嘱望されていたが、家を継ぐために故郷に戻らなければならなかったことを聞かされた。

それを聞いて、やはり一度は考えた。避けては通れない疑問——カノンはミューリアが魔法学園に入学する前、十二歳のときに生まれたことになる。

だが、ミューリアが結婚していたという記録はない。貴族の令嬢が他家と婚姻するとき十二歳という例はほとんどなく、早くても魔法学園に入る年齢の十五歳あたりというのが一般的だ。

ミューリアとカノンの間で魔力の継承もされていない。カノンもまたミューリアの養子であることは、もはや暗黙の了解に近かった。

それについて、俺は自分から確証を得たいとは思っていない。カノンが最初から跡継ぎとして育てられていることから、カノンの本当の母がどういった人物なのか、推測はできる——フィアレス家の関係者で、本人が当主の継承権を持っているか、継承権を持つ人物の妻ということになる。

『ロイド、ここにきて考えごととは余裕があるようだな』

ティートが俺だけに語りかけてくる。魔力感応で声を伝えるときは、相手を選ぶことが可能だ。

『ここで母さまが学んでいたんだと思うと、気を引き締めなきゃと思ってね』

『ロイドの母君のことを覚えている教官がいるなら、息子として恥ずかしいところは見せられぬな。今のところ、そのような人物の気配はないか』

『探せばいるのかもしれないけど、試験に通るまでは個人的に接触してきたりはしないんじゃないかな』

「猫様、猫様には私と兄様とは違う、専用の食べ物を用意しました」

『ありがとう、妹君。ロイド、あれは持ってきていないのか？　あれは私の燃料なのだが』

「マタタビ酒なら持ってきてあるけど……まあ、騎獣の飲酒が禁じられているってことはないか」

『私は試験が終わるまで、竜などに混じって待っているのだからな。多少は労って貰《もら》わなければ全く割に合わない』

それは尤《もっと》もな話だと納得し、俺はあえてティートのところに預けず、自分で鞄《かばん》に入れて持っていたマタタビ酒の小瓶を出す。

「兄様が猫様にマタタビ酒をさしあげて、私が兄様にお弁当を食べさせてさしあげる。ああっ、これって完璧です」

「えーと……じゃあ、卵焼きからもらえるかな」

「はい、ではあーんしてください」

ベンチに弁当のバスケットを広げて、カノンは卵焼きを差し出してくる。俺は頬をかきつつ、腹を括《くく》って口を開く――すると。

ひょい、とカノンが手を引く。こういう悪戯も仕掛けてくるのが、天使でありながら小悪魔たるゆえんだ。

「ふふっ……あっ、兄様、怒ってはだめです。妹のささやかな悪戯なのですからっ……」

全く怒っていないが、俺は思わせぶりな態度を取りつつ――カノンからフォークを受け取って、逆に妹に差し出した。

「時々は意趣返しをしないとね。僕も兄としての威厳があるから」

「そ、それは……そんな意地悪を言う兄様は……っ」

一生懸命言い返そうとしているカノンだが、そのうち俺がやはり怒っているのではないかと思ったのか、観念したように目を閉じた。

「……堪忍してください、兄様……これくらいしか開きません……」

「これくらいで大丈夫だよ。もう少し小さくした方がいいかな……」

淑女は大きく口を開けてはならない、これは幼い頃から徹底して教えられるらしいので、俺は卵焼きを小さく切ってから妹の口に入れた。

「カノン、美味しい？」

「……兄様は意地悪です。絶対にお返しをしますっ」

自分の作ったものなので、美味しいことはカノンが一番よく分かっているだろう。彼女は口を隠して食べ終わると、早速と言わんばかりに反撃してくる——とても嬉《うれ》しそうに。

『やれやれ……私は何を見せられているのだ。呑《の》まねばやっていられないぞ』

『ごめん、ティート。試験が終わったらまたお酌をするよ』

『なかなか分かってきたな、ロイド。それと、言っておくが……私とおまえは好敵手なのだから、他の誰かに負けることは許さん』

『僕も負ける気はないよ。ただ、勝つだけが目的じゃない』

『……また何か考えているな。おまえがそういう顔をするときは、必ず何かが起こる』

「兄様、よそ見をしてはだめです」

「ええと……じゃあ、そろそろお茶が飲みたいかな」

「はい、かしこまりました。こぼさないように気をつけてくださいね、兄様」

カノンは当然のようにお茶まで飲ませようとする——この負けん気の強さは、血が繋がっていなくても俺と妹の共通する性格だ。

先ほど集合した会場『コロサリウム』に戻り、前の順番の生徒たちが魔力測定をするところを見学する。

見ていて分かったことは、貴族家の生徒は魔力・魔法の技術ともに優れているのだが、平民出身の生徒でも実力者はいる。家格で優遇されたりしないということなら、全体の三割くらいは平民の生徒が合格しそうだ。

前世において、俺はいわゆる『雑草』というやつで、平民上がりの騎士だった。帝都の掃《は》き溜《だ》めと呼ばれる貧民街で育ち、天帝騎士団の百人長に見いだされて、騎士となるために育てられた。

皇族や貴族が絶対に平民より強いということはない。しかし、血統が優れているほど強いという意識は貴族社会に根ざしていて、爵位が高いほど実際に強いことがほとんどだ。

フリードは公爵家の六男で、領地を新たに得るために騎士となった。彼が母親の違う兄たちを越えて強くなったのは、血の滲《にじ》むような鍛錬があったからだ。

個々人の才能で伸び方は違っても、魔法の力は鍛錬で伸ばせる。だからこそ、見ていてどうしても思ってしまうことがある。

魔法の基礎技術である魔力の抑制、解放について、ほとんどの受験生たちが、有効な鍛錬の仕方をしていないのではないかと。

「992番、993番の二人は優秀だな……よく抑制できている」

教官の声が聞こえる――それにヴェローナとバルガスが反応する。

「あら、ジルド様の方がお上手ですわ。合格は間違いなしですね」

「……油断はするな。全ての生徒を見たわけじゃない……」

二人の会話は小声だったが、十分に聞き取ることができた。あらゆる情報を逃さない、それも護衛の心得だ。

「……兄様、あの……見ていて、思ったことがあるのですが」

「992番と993番の人は、比較的優秀ってことみたいだね。つまり、合格する可能性が高い……」

「そうなのですか？　兄様、こんなに遠くからでも教官のお話が聞こえるなんて凄いです」

普通は聞こえない距離なのだろうが、魔法で隠蔽していなければ俺には全て聞こえる。

魔力で音を増幅して拾うことはできるし、話すことで起きる気流のわずかな変化を感知することも可能だ。唇の動きで話している内容を読むこともできる。

それでも、聞こえた内容を自分で否定したくなる。

992番と993番は、前の組と比べても優秀だ――そう聞こえているが、俺にはその言葉は理解しがたいものがあった。

（……魔力を抑えるというのは、少なくとも体外に表出する魔力をゼロにするということじゃないのか。平常時より抑えてはいるが、思いっきり見えてるじゃないか……本気で抑えるのなら、魔力を変換して、負の領域まで持っていくことだってできるはず……もしそんなことをしたら、逆に評価してもらえないのか……？）

考えが深みにはまりかける――もしかすると、あの二人は実力を隠していて、教官がそれを見抜いているということもありうる。

いずれにせよ合格水準があの二人なら、そこから少し評価が上回るだけで十分だ。クラス分けのことを考えると、その上でカノンに合わせるのが良いだろう。

前の組が測定を終えたあと、持っていた札を見せ、教官がそれを記録している。魔導器で測定した結果が、あの札に記載されるようだ。

「996番から1000番、前に出なさい」

ジルドたちが番号通りに先に行く——ジルド、バルガス、ヴェローナの順だ。その次がカノンで、最後が俺となる。

魔導器を囲むように等間隔で立ったところで、教官の補佐をしている人が札を渡してくれる。使う魔法の系統、魔力の最大量、抑制した際の加減、平常時の魔力量——魔法使いとしての情報が一通り記載されるようだ。

「これは仮の学生証となる。本学園の学生は、学生証に魔法使いとしてのプロフィールを記載され、必要な時には見せなくてはならない。合格時にはそのまま配付するので、破損などしないように保管すること」

俺はカノンと互いの仮学生証を見せ合う。まだ名前と性別、受験番号が記載されているだけだが、カノンはそれを見て嬉しそうだった。

『兄様、番号が並んでいますね。それに、フィアレスの家名も』

『そうだね……カノン、君も思っていると思うんだけど、この測定では……』

カノンは俺に目配せをする。言わなくても、ある程度察してくれているらしい。

『合格できる安全圏の成績を出して、あまり突出しないように……ということですね。私は兄様の本気を、この人たちに見てもらいたいのですが……』

『力は誇示するものじゃなく、見せるべきときに見せるもの。それが護衛の……いや、フィアレス家の信条ということにしておこうか』

『はい。兄様の仰せのままに』

ジルドは自信に満ちた顔でいる——カノンにいいところを見せようというのだろう。

「では、全員目の前の水晶に手をかざし、私の指示に従って魔力を操作すること」

指示通りに俺たち五人は手をかざす。水晶の向こう側で、ジルドが笑う——まず相手の出方を見てから、こちらもどこまで力を見せるかを決めることにしよう。

# 第四章　千人目の受験者

## 1　水晶投影

俺たちの準備が終わったところで、女性の試験官と補佐官二人が少し距離を置いて立ち、三方からこちらを見てくる。

怪しい動きをしないように監視するということか。確かに魔力を補助するものや、魔道具を使えば、測定結果を有利にすることは不可能ではない。

（ジルドたちも普通に測定を受けるようだ。余裕に見えるのは……伯爵家の俺には勝てそうということか）

天帝国は七帝国で随一の魔法大国である——しかし、天人族の魔力が絶対的に他種族を凌《しの》いでいるということはない。

アルスメリアは魔法の技術と魔力量のどちらもが卓越していた。しかし彼女がいない今となっては、天帝国は七国同盟の盟主であるものの、人材的に他国より優位というわけではない。

魔帝国の侯爵家が、天帝国の伯爵家を下に見る。千年前ならそうはならなかったのかもしれないが、今の時代にジルドのような考え方をする貴族がいるのは不思議な話ではない。

（さて……ジルドが事前に接触してきたおかげで、彼らの考え方は分かった。そして、この試験において達成しておきたい水準も把握できている）

そして、もう一つ新しい要素が出てきた。先ほど渡されたこの仮学生証だ。

「諸君らの前にある魔導器は、魔力を測り、視覚化する。水晶の中に変化が起こるので、私たちはそれを見て資質などを判断する。視覚だけでは評価にブレが出るので、詳細な結果を仮学生証によって測定する。これも魔道具の一種で、測定結果が数値などで出るようになっている」

つまり、二つの基準で受験生の能力が判定される。

仮学生証はどのように魔力を測定するのか。これが魔道具であれば、ある程度想像はつく――魔道具にどのように魔力が流れるのか、それは実際に使ってみるのが一番いいが、俺は観察しただけでもある程度把握することができる。

《第一の護法　我が眼《め》は魔力の軌跡を辿《たど》る――『轍《わだち》』》

仮学生証には数々の詠唱が詰め込まれ、複雑な機能を構成している。しかし、量産されているものだけあって、一見して気になるところが幾つか見つかった。

『カノン。抑制の試験は、僕が言った通りにできるかな。魔力を抑えていって、一瞬だけ零《ゼロ》にする。そして、少し戻すんだ』

『魔力を零にし続けるのは難しいですが、一瞬だけなら……』

『僕も同じようにする。成績は近いに越したことはないからね』

俺とカノンの魔力感応には誰も気づかない――やはり、そうだ。

魔力感応は、解析のできない人物に悟られないようにすることができる。俺と同等の魔法が使えるなら、看破できるはずだが――。

「それでは、９９６番……ジルド・グラウゼル君から、平常時の魔力を見せてもらう」

ジルドの魔力は、赤色——炎の系統だ。彼が手をかざした先、水晶の中に赤色が揺らめく。

ヴェローナは紫色、バルガスは土色——それぞれ毒の系統、土の系統を得意とする魔力だ。毒魔法使いは千年前に戦った刺客には多くいたが、転生してからはほとんど見なくなっていたので、久しぶりという気分になる。

と、感慨にふけってもいられない。次はカノンだ——彼女はいつも、平常時は身体《からだ》を光が包み込んで目立ってしまうので、ある程度抑制している。そのため、抑制を解除すると補佐官二人が驚きを声に出した。

「稀少《きしょう》な系統……それに、平常時でこれほどとは……」

「光の系統……聖帝国の聖導力にも似て非なるもの……」

補佐官二人は動揺しているが、試験官がこほんと咳払《せきばら》いをすると背筋を正す。

ジルドたちにもカノンの魔力は見えているが、彼らは動じないように努めているようだった。

「では、1000番……ロイド・フィアレス君」

平常時の魔力。俺の魔力が、どんなふうに『見えている』か——それを、目の前の水晶が忠実に再現する。

「「……えっ？」」

まだ若い補佐官二人が、思わずというように声を出した。

「……やはりそうか。ロイド・フィアレス、君は……」

「996番、ジルド君。私語は慎むように」

「失礼……僕も少々驚いたもので。まさか、本当に『魔力が無い』とは……事前審査は筆記試験だったとはいえ、よく魔法学園に入ろうと思ったものだ」

子供の頃、ヴィクトールにも言われた。『魔力のない子を伯爵家が拾った』と。

俺の魔力はあれから八年経《た》った今も、平常時では無色のまま。視覚にとらわれずに魔力を肌で感じることをしなければ、俺は『魔力なし』に見えるだろう。

試験官だけが、薄々感じ取ってくれているようだ——だが、確証は持てていない。彼女が俺を見る目はとても注意深く、しかし焦りが感じられる。

「……あとで、仮学生証を確認させてもらう。では、次の測定……魔力抑制の限界を計測する」

ジルドは上機嫌のままで、魔力を抑え始める——魔力抑制のコツは、魔力の根源である魂魄《こんぱく》を薄い膜で包むように意識することだ。

反復して練習を続ければ、いつか表面に見える魔力を完全に消すことができる。

カノンは多忙な日々の合間を縫って、俺と一緒に魔力制御の基礎として『解放』『抑制』の練習をした。その結果、彼女は自分でも言う通り、短い間だけなら表出する魔力を消すことができるようになった。

ジルドもまた、魔法学園に入るまで鍛錬し、自信を持つだけの技術を体得しているはずだ。

そんな最大限の好意的評価を胸に、俺はジルドの魔力を投影した水晶を見つめ——燃え盛るような赤色が、半分ほどに小さくなったところで止まるところを見て、愕然《がくぜん》とした。

「どうですか？　俺の『抑制』は……できる範囲で、評価を教えてくれますか」

「受験生の中では、平均より上だ。よく修練を積んでいるな」

試験官に対しても不遜さを残して話しかけるジルド——礼を失しているが、それも侯爵家の生徒に対して教官が強く出られないことを見越してのことだろう。評価を聞いたのも、おそらくそういった意識のあらわれだ。

「さすがジルド様です……私も頑張らなくては」

ヴェローナはジルドより少し抑制が甘い。合格圏内なのかは怪しいところだ——そして、三人の中で抑制が最も上手《うま》いのはバルガスだった。しかし彼でも、表出する魔力を零にはできていない。

「999番、カノン・フィアレス。始めたまえ」

「はい。魔力よ……静まって……」

抑制のために詠唱に近いことをするのは、有効な手段だ。水晶に投影された魔力——きらめく光が、少しずつ小さくなっていく。

「……っ！」

——そして、一瞬だけ完全に消える。

カノンの持つ仮学生証に視線を送り、俺は測定結果がどう出るのかを見た。

「……ジルド様、今……」

「な、なかなかやるな……そこまで抑制できるとは。しかし、俺とは拮抗《きっこう》しているな」

彼らは勘違いをしている。カノンは魔力を一瞬零にしたあとは抑制を調節して、試験官やジルドたちに『魔力が見えるように』しているのだ。

「……良く、制御できているな。では、ロイド・フィアレス」

「はい」

「初めから無いものを抑えるというのは、評価しようがない気がするが」

そう言って笑うジルドはもう、俺のことなど眼中にないようだ。それでいい――評価してもらうのは同じ受験生ではなく、試験官なのだから。

俺は魔力を抑えていく――そして『零』にする。そのまましばらく止めていたのに、ジルドたちと補佐官二人は苦笑していた。魔力の色が見えないため、意味のない時間とでも思ったのだろう。

「……終わったのか？」

「はい。お時間を取らせてすみません」

「持ち時間はそれぞれ同じだけある。遠慮をする必要はない」

試験官は水晶の変化を見逃さないようにしている。彼女だけが、俺を『魔力なし』と思っていない――それが分かって安堵《あんど》していた。

しかし、試験官自身の魔力が乱れている。この『流れ』は――少し混乱させてしまっているだろうか。申し訳ないが、後で驚かせることになっても、今はこのままの方針で行く。

## 2　力の片鱗《へんりん》

「では……最後に、魔力を最大まで引き出してもらう。詠唱については基礎詠唱の範囲を越えなければ自由とする」

ジルドが上着を脱いでヴェローナに渡し、息を整える――そして片手を水晶にかざしながら、高らかに言った。

「――燃え盛れ、我が魔力！」

ゴォッ、と水晶の中で赤い魔力が暴れ回る――ピシピシと水晶が鳴っている。

だが、ヒビが入ったりということはない。なかなか堅牢《けんろう》にできている魔道具だ。

ジルドは自信満々で試験官を見る。試験官は何も言わない――何もかも明かす必要はないということだ。

それでもジルドは気を悪くした様子はなく、手応えを感じたという顔で、ヴェローナから服を受け取り、仮学生証を試験官に見せに行く。

「……よろしい、測定は終了だ。次の試験があるので、指示通りに移動すること」

「二人を待たせてもらいます。ヴェローナ、バルガス、抜かるなよ」

「はい……我が主君、ジルド様のためにっ……！」

ヴェローナの魔力はジルドほどではないが、水晶の中が紫に染まる。この魔力で毒系統の魔法を使えば、その威力は高いだろう。

――幼少から魔法を学んだ、十五歳の魔法使いの平均からしてみればという話だが。

「……うぉぉぉぉぉっ……！」

バルガスの基礎詠唱は、空気を揺るがすような気合の一声だった。水晶に投影された土の魔力が爆発的に膨れ上がる。

魔導器の鳴動はジルドと同じか、それよりも大きいと思えた。主君に匹敵する実力を持つ従者――こんな気遣いは無用だろうが、彼はおそらく苦労人だろう。

そして、カノンの順番がやってくる。

「……っ」

『兄様……見ていてください……っ』

魔力感応でカノンの基礎詠唱が聞こえる——俺に見せるために全力を出そうというのだ。

水晶の輝きが際限なく増していく。そして、今まで鳴動するだけだった水晶の一部が、パキンと音を立てて欠けた。

「……これだけの人数が測定をすれば、壊れることもあるか」

「そ、そうですよね……ジルド様を、伯爵家の方が上回るなんてことは考えられません」

「………………」

ジルドとヴェローナは認めていないが、カノンの力に試験官たちは目を瞠《みは》っている。その様子を見て、カノンが俺に向けて微笑《ほほえ》んだ。

「しかし、素晴らしいものを見せてもらった。カノン・フィアレス、また後で会おう」

俺の番まで見るつもりはないということか、ジルドはカノンに爽やかな笑顔を向けると、二人を連れて歩き去る。試験の規則上問題はないようだが、カノンはふぅ、と疲れたようにため息をついていた。

だが、いざ俺が測定するとなると、期待を込めて見つめてくる。

——君の強さは無茶苦茶だな。常識外と言ってもいい。

いつかの言葉が脳裏を過ぎる。アルスメリアは俺の力を理解し、認めてくれていた。

色のない魔力は、転生する前から引き継がれている。初めは自分を、言われるままに『魔力なし』だと思った——だが、違っていた。

（強くなりたいと憧れた。だから自分の理想を探した）

魔法使いは生まれ持つ魔力を、別の系統に変化させることができる。光を闇に変えることはできない——だが、火や風の系統に近づけて、ある程度まで使いこなすことは可能になる。

無色の魔力ということは、得意な系統がないということ。

それは、変化させる系統に不得手がないということでもあった。

「……我が祖国と、——に捧《ささ》げる」

その名前を声に出すことはできない。

心の中でしか呼べない名でも、言いたかった。千年前の自分がそうしたように。

身体の中から熱が溢《あふ》れる。それが俺の魔力——魂魄から湧出する力。

試験である以上、全力を出さないという選択肢はない。俺の力を、この魔導器では測れない——カノンの計測で破損した時にそれは分かっていたが、ならば測れる範囲までで構わない。

魔力を零まで抑制するときの、その逆。限界を設定しない解放を、一瞬だけ行う。

『……兄様の魔力……すごく、綺麗《きれい》です……』

水晶には変化がない。しかし、カノンは分かっている——俺が瞬間的に魔力を解放したことを。

「……これで、終わりですが」

「っ……魔力を最大まで解放したのか？」

試験官は全く知覚していないわけではないが、やはり混乱している。補佐官二人は一切気づいていない。それは無理もない、通常なら知覚できないほどの一瞬だけ魔力を解放し、水晶はそれに感応しきれなかったようだから。

しかしこの仮学生証が測定できる範囲は、俺が思ったよりは広かった。完全に測定できているのというわけではないが、カノンと同等に評価はしてもらえるだろう。

俺は呆然《ぼうぜん》としている試験官の前に行く。ミューリアと同じか、少し年上だろうか——凛《りん》とした瞳が印象的で、教官服姿が良く似合っている。

彼女がずっとまとっていた硬質な空気が、今は少し乱れている。俺が前に行くと彼女が戸惑うような様子を見せた——威圧しているつもりはないが、俺がしたことを察しているのなら、そうなっても仕方がない。

「測定結果を、見てもらえますか」

「っ……は、はい……ではなくて……」

「レティシア先生、どうされました？」

「汗をかいていらっしゃるみたいですが、体調が優れないとか？」

二人の補佐官に心配されても、試験官は答えられない。その目は、俺とカノンが出した仮学生証に釘付《くぎづ》けになっていた。

試験官はこくんと息を飲んでから、仮学生証に記録された結果を書き写す。その手が震えてしまっていて、補佐官二人は顔を見合わせていた。

『すみません、驚かせてしまって。できれば普通の生徒として試験を受けさせてください』

魔力感応で試験官に語りかける——声は届いている。

「……次の会場に移動しなさい。私たちも後から行く」

辛《かろ》うじて答えてくれる。カノンはそれを見て——何か察したのか、じっとりと俺を見てきた。

『な、何かな……僕もカノンも、評価は大丈夫だと思うんだけど』

『いいえ、何でもありません。兄様のお顔をじっと見ていたい気分になっただけです』

明らかに含みがあるのだが、おそらく俺が試験官に魔力感応で話しかけたことを察しているのだろう。カノンはそういうことを理屈を超えた感覚で察するところがある。

俺は試験官に言われた通り、会場を後にした。カノンはしばらく俺を見続けていたが、そのうち溜飲《りゅういん》が下がってきたのか、こう言ってくれた。

「次の試験も一緒に頑張りましょうね、兄様」

## 3　測定不能

ロイド・フィアレス。フィアレス伯爵家の養子で、カノン・フィアレスとは同じ年齢だが、生まれた月が早いので兄ということになっている。

魔法学園に入学した暁には、カノン嬢の護衛を務めるということも願書に記載されていた。しかし試験は試験なので、護衛といえど合格水準を満たさなければ、入学を見送るということもある。

試験官を始めて二年目になるが、去年はそういった事例もあった。従者が試験に合格できず、主人だけでは入学できないと辞退する受験生がいた。

——初め、ロイド君を見た時に、そのことを思い出した。

『魔力なし』という言葉を連想した私は、彼が魔法の知識のみで事前審査の筆記試験に合格したのだろうと思い、最終試験には残念ながら通れないだろうと思った。

しかし、目で見たものではなく、言葉にできない何かが、私に訴えかけてきた。

ロイド君は魔力を持っている。水晶に投影されず、目に見えなくても、彼が何も持っていないとは思えなかった。

魔力を抑制する試験のときは、私はロイド君の変化を感じ取ろうと懸命に集中した。しかし、何も感じ取れなかった。私から、抑制は終わったのかと尋ねた――補佐の二人がいぶかしんでいたが、それでも聞くしかなかった。

そして、彼が魔力を最大まで解放したとき。

――その力に気づかなかった、彼の妹以外の受験生たち。そして補佐の二人を、私は羨ましいと思った。

手の震えが止まらなくなる。これほどの生徒が、他国の生徒の挑発を受けても全く動じることなく、その爪を隠し続けていたのだから。

補佐官を先に行かせたあと、私はフィアレス兄妹《きょうだい》の測定結果を見返す。

「……『瞬間』最小魔力……零……」

魔法学園の学生証は、魔法使いの力を数値として記録するために作られたもの。

試験官である私の声に応じて、魔力を測定する――高度な術式が組み込まれているが、これはあくまで受験生用のもので、動的な測定をするものではなく、『瞬間的に達した極限値』を記録するようにできている。

あの兄妹は、ジルド君たち三人と補佐官二人が知覚できないほどの一瞬だけ、魔力を零まで抑制してみせた――学生証の記載は、その事実を示していた。

皇姫を除いた993人の生徒の中で、『零』を記録したのは五名。皇姫の中にそれに匹敵する抑制ができる人物がいても、最上級の成績となる。

平常時の魔力は、カノン・フィアレスは光の系統だった。その色は『琥珀白《アンバーホワイト》』――純粋な白に近いが、暖色がほんのわずかに混ざっている。明度は9、受験生の中では最高に近い。

そして、ロイド・フィアレスの魔力の色は。彼の仮学生証を見て、そのまま書き写した結果は――。

「……『無色《カラーレス》』……？」

この学生証で測定される色の名前は、多くが開示されている。数百の色の名前があるため、教官といえど全て覚えようとする者はいない。自分の受け持ちの生徒について把握できていれば、指導にあたるには十分だ。

そんな考えは、言い訳にすぎない。

私は見たことのない色の名前を前にして、自分がまだ学生であった頃のことを思い出していた。自分を凌駕《りょうが》する才能の持ち主に追いつこうと努力した日々。

ロイド・フィアレスの力が、自分の理解の及ばないものかもしれない。そう感じた時から、私は彼を教師としての目線で見ることが難しくなっていた。

情けなくも手が震えていた私を見る目は、十五歳の少年とは思えないほど大人びていて――いや、そんなことはいい。私の個人的な感想などどうでもいい。

「――なーに見てんのっ、レティちゃん」

「っ……せ、先輩、どうしてここに……」

後ろから声をかけてきたのは、私が学生だった頃の先輩――ユユカ・アマナギだった。ダークブルーの長い髪に、鬼族としては大きいという角を隠す帽子を被《かぶ》っている。

その種族と名前から『鬼天薙《おにあまなぎ》』という異名で呼ばれた、私より二年上の世代では最強と呼ばれた魔法使い。今では魔法学園の研究所のひとつを預かる所長となっている。

私にとっては憧れの先輩。けれど、学園にいたときからなぜかずっと気に入られてしまっていて、私のことを愛称で呼び続けるなど、困ったところのある人だった。

「あ、やっぱりお昼寝から起きてきて良かったー。そろそろ優秀な実験台……じゃなくて、研究員が欲しいから、今年の受験生につばつけとこうと思ったんだよねー」

「駄目です。まだ、入学者の選抜が済んでいないんですよ。その段階での引き抜きは、各所に対して示しが……」

「ふふん、わたしが後ろにいつからいると思ってるの？」

「あっ……ぬ、盗み見をしたのですか？　いくら先輩といえど、それは問題になります」

「まあまあ、取って食べようっていうわけじゃないんだし。ちらっとしか見えなかったけど、これは由々しき事態なんじゃないかなーって」

ユユカ先輩は私の持っていた記録をあれよと言う間に取り上げ、中を見てしまう。魔法学園の職員ということで、必ずしも違反行為ではない――けれど、この人が面白そうにしているときは、必ず何か突拍子もない思いつきをする。

「……このアンバーホワイトの子は、『A＋級：50』……そうじゃなくて、さっきの、物凄《ものすご》いのは……」

「先輩……彼が魔力を測定するとき、何か感じたのですか？」

「どーかなー、気のせいかもしれないし、わたし寝ぼけてたから……うーん？」

ロイド・フィアレスの記録を見たユカ先輩は、怪訝《けげん》な顔で首をひねる。帽子が落ちそうになり、手で押さえる仕草――それは学生の頃から変わっていない。

「『A＋級：50』……？　えっ、こんなはずないよ？　レティちゃん、何か隠してない？　これがアンバーホワイトの子のあとに測った子の測定結果？　同じ数値を間違えて書いたんじゃないの？」

「い、いえ、間違いありません。二人の生徒は同じ数値として出ていました」

「……あっ。仮学生証だと、ここまでしか測れないんだった。じゃあこの子たち二人、もう合格で良くない？　卒業したらわたしの研究所にちょうだいね」

「まだ模擬戦の試験が残っています。二人の魔力が極めて高いことは確かですが、試験は最後まで受けてもらわなければ」

「それ、お姫様たちもやるの？　そういうことなら、わたしも見て行こっかなー」

ユカ先輩は私に記録を返す。そして、立ち去ろうとして――不意に、思い立ったように振り返る。

「……ロイド・フィアレス……ロイドちゃん。本当に欲しくなりそう」

「え……？」

――魔導器の水晶に、急速な変化が起こる。

水晶の中に、さまざまな色の光が星のように煌《きら》めき――強まる光が、銀色に変わる。

「『無色』……やっぱりそう。全ての色になれる、あの方と同じ……」

「っ……ユユカ先輩、危険です！　魔導器が鳴動して……っ！」

水晶に亀裂が入る。投影されていた光は消えて、魔導器は停止する。

カノン・フィアレスの魔力を計測した段階で、わずかに破損はしていた。しかし、ロイド・フィアレスの魔力は――同じ数値として出ていても、同じではなかった。

魔導器はロイド君の力を測りきれずに、水晶への投影を即座に行うことができなかったのだ。

「仮学生証だけでの測定じゃなくてよかった。魔導器での測定は、来年からも必須にしたほうがいいかもね。こんな子はそうそう入ってこないだろうけど」

「は、はい……しかしこの魔導器は……」

「記録を見せてもらったから、後でわたしが直してあげる。予算はかかっちゃうけどね」

ユユカ先輩は無邪気に笑う。しかし、振り返ったときの彼女は――妖しささえ感じるほど、熱を帯びた目をしていた。

「……彼に何か言われた？　ロイド・フィアレスに」

私は答えられない。生徒から言われたことを、簡単には口外できない。

「レティちゃんは律儀なんだから……まあいっか。それにしても、ロイドちゃんが最後の最後で良かったね」

一人になったあと、私は立っていられなくなり、その場に座り込んだ。

（……世界は広い。それは分かっていたつもりだったが……ロイド・フィアレス、あなたは一体……）

割れた水晶が、陽光を浴びて煌めいている。

ロイド・フィアレスが、なぜ力を一部の人間にしか悟られないようにしたのか。

高すぎる壁を見て、登ろうと思う者が全てではない。彼は自分の力を自覚しているからこそ、同期で入学する生徒たちの壁にならないように配慮したのだ。

しかし、片鱗は見せている。私と、私よりもロイド君の能力に着目しているユユカ先輩。これからも、学園に彼の能力を知る人物は増えていくだろう。

彼はこの学園に新たな歴史を刻むことになるかもしれない。力を隠すだけでなく、然《しか》るべきところで皆が知るところとなれば——。

次の試験科目である模擬戦で、ロイド君がどんな戦いを見せるのか。試験官として公正に見届けなくてはならないが、期待する気持ちを抑えるのは難しかった。

## 4　獣皇姫姉妹

コロサリウムを出て、俺たちは次の試験が行われる会場に向かう。

「兄様、先ほどの場所が模擬戦に使えそうなのに、どうして場所を移動するのでしょう？」

「普段の授業で行う模擬戦なら人数が少ないけど、千人となると特殊な方法が必要になるんじゃないかな。それと、もう一つ……」

港とクリスタル・コロサリウムがある区画と、俺たちが向かう区画は、歩いて渡ると五分ほどかかる橋で繋《つな》がっている。

その橋の途中で、うなだれている男子生徒がいる。俺たちに気がつくと、彼は意を決したように向こう岸へと歩いていき――その姿が光に包まれ、消えた。

「兄様、これは……」

「……この橋で、一度選別されるっていうことだ。魔力が一定水準以上でないと、この橋は渡れない。短距離転移で、港に戻されてしまうみたいだ」

「そう……なのですね。兄様と私は、大丈夫でしょうか」

「ジルドたちが渡っているのなら、僕らも渡れるだろう。行ってみようか」

カノンは少し不安そうにしている。俺の見立てでは確実に通過できるはずだが――橋の向こうを見てみると、無事に通った生徒たちが次の会場に向かっているのが見える。その中にはジルドたちらしき姿もあった。

「……兄様、手を繋いでもいいですか？　そうしたら、何も怖くないので」

目の前で生徒が脱落するところを見れば、何も思わないわけにはいかないだろう。

「橋を渡るまでだよ、カノン」

「っ……はいっ、兄様」

もうそんなことをする年齢じゃないと言うのは簡単だが、そうしたらカノンはずっと遠慮したままになるだろう。

夜会服ほど華美でないにしろ、二人とも貴族の正装で来たので、ドレス姿のカノンの手を引いていくと何かエスコートでもしているかのようだ。

「……ここから先は一斉に進みましょう。兄様、一斉にですよ」

「うん、分かってるよ。三、二、一……」

橋の途中で一旦止まり、タイミングを合わせて踏み出す。無事に合格水準を達成できていたようだ。

「良かった……兄様の測定も、ちゃんとできていたのですね。兄様がジルド様がたに気を遣っていたので、どうなることかと思いました」

「この仮学生証はすごくよくできた魔道具だよ。魔法学園に入ったら、ぜひ作った人に会ってみたい」

「兄様は、もう学園に入ってからの目標を見つけられたのですね」

「まだ合格してないのに気が早いかな。カノンは何かやりたいことはある？」

聞いてみると、カノンは少し考える仕草をする。そして俺をちら、と見ながら言った。身長の差があるので、自然に上目遣いになる。

「知りたいですか？」

「……もしかして、僕の思いもよらない目標があったりするのかな」

そういうこともありうると思って聞いたのだが、そんな俺を見てカノンが嬉《うれ》しそうにする。

「私は兄様に、毎日美味《おい》しいご飯を食べてもらうことと、兄様を起こすことが目標です」

「そ、それは……男女で寮が別にならないかな」

「兄様、分かっていてはぐらかしていませんか？」

「うっ……分かってるって何を？」

カノンは人差し指を立てる。これは『カノン先生』になりきった彼女が、俺に何かを教えてくれるときの仕草だ。

「伯爵家の生徒は、従者か護衛を伴うことができます。兄様は私の護衛ですから、フィアレス家に貸与された宿舎で一緒に生活するしかないのです」

そう――それはミューリアが俺に提案した、魔法学園に入るための条件だった。

『お兄ちゃんが、護衛としてカノンちゃんを守ってあげて。そうすれば、これまで通り二人一緒に暮らせると思うし……』

『私もついていきたいけど、しなきゃいけないことがいっぱいあるから。でも大丈夫、私はいつでも二人を見守っているわ』

最後はいい話のようにまとめていたが、カノンは俺と二人で生活すると聞いたあと、なぜか数日間様子が変だった。俺を避けているようで、昔のように戻ってしまうのかと不安になった頃、ある朝顔を合わせたときには何事もなかったように落ち着いていた。

一体何があったのだろう――思春期だから、兄の物と一緒に洗濯をするのが嫌とかそういうことだろうか。しかし今の上機嫌を見ると、そういう心配も要らなそうで、妹といっても最も近しい隣人であり、全て理解するとはいかないものだと思う。

「兄様、自分の立場がおわかりになりましたか？」

「まるで悪役のお嬢様みたいなセリフだね……カノンには役者の才能があるよ」

「そういうひどいことを言う兄様は、もっと困らせてあげたくなります……でも、今は保留にしておきます。ここからもっと気を引き締めないと」

「そうだね。ところで、カノン……まだ手を繋いだままだけど」

カノンはしばらく聞こえていないかのように歩くが、そっと手を外す。

「もっと気をそらしておけば良かったです……と言ったら、兄様はがっかりしますか？」

「しないよ。緊張しているより、リラックスできている方がいいからね」

「……兄様、時には私を怒ってみたりはしないんですか？」

「怒るようなことがないから……」

歩きながらも、常に周囲に気は配っている。この場所で危険なことなど『ありえない』と思うのは、護衛にあってはならない大いなる油断だ。

『ありえない』は『起こり得る』。森羅万象の一切が有為転変であり――と、護衛の心得を暗唱している場合ではない。

「そこの子たち、さっきから仲がいいけど、もしかして恋人同士？」

「ユズリハ、手を繋いでるだけで勘違いしないでよねって言われちゃうよ。今どきの子たちは進んでるんだから。あたしたちと比べて」

――獣帝国の皇姫と思《おぼ》しき、二人の少女。

獣帝国では獣の毛や革を使った服装が伝統的だが、皇姫の身につけているものは見るからに稀少な毛皮で、それでいて身体の一部のように馴染《なじ》んでいる。

百の氏族の中から頂点を決める戦いを行い、獣皇帝を決めるという、魔法のみならず戦闘能力全般が重んじられる国。皇姫の着ている服は姫君としては大胆に肌が露《あら》わになっている部分があるが、それは動きやすくするための加工だ。

ふさふさとした獣耳、尾、そして髪や瞳――全ての色が異なっているが、やはり双子なのか、顔立ちは寸分違わず同じだ。

「初めてお目にかかります、天帝国伯爵家のカノン・フィアレスと申します。こちらは兄のロイドです」

「お兄ちゃんなの？　それにしては似てないね」

「そういうこと遠慮なく言っちゃだめだよ。何か理由があるかもしれないでしょ？」

ユズリハの方は天真爛漫《てんしんらんまん》といった印象で、もう一人――クズノハと呼ばれた方は、ユズリハを窘《たしな》める様子からも、落ち着いた性格のようだ。

## 5　獣皇姫姉妹・2

皇姫が二人だけで学園の構内を見て回っているということは考えにくい。やはり護衛が少し距離を置いて待機している。皇姫二人とは違って全身が灰色の毛皮に覆われている、狼《おおかみ》獣人――かなりの手練《てだ》れのようで、距離を置いても圧が届いている。

威圧されて動じないというのは難しい。俺はカノンと手を繋いだ間に、念のために準備しておいた魔法を発動させる。

《第二の護法『寂幕』――彼我を隔て帳《とばり》は降りる》

周囲に畏怖を与えるような魔力を遮断する――カノンの力を考えると過保護ではあるが、この威圧を受けて無防備なままにしておきたくはない。

「ロウケン、同じ受験生なんだからそういうのは抑えて。あたしたちは妨害しに来たんじゃないんだし」

「……かしこまりました、ユズリハ様」

「この人たち、全然怖がってないけど。ロウケンって、獣帝国だと若手では随一の強さって言われてるんだよ？」

「道理で迫力を感じると思いました。皇姫殿下、遅《おく》れ馳《ば》せながら、お目にかかれて光栄です。妹から紹介にあずかったロイドと申します」

「初めまして、あたしはユズリハ・ティルファ。そういう堅苦しいのはいいよ……って言っても聞いてくれないかな」

他国の皇姫に対して、もちろん礼を欠くことはできない。堅苦しいと言われても胸襟を開くわけにはいかない。

「あたしはクズノハ・ティルファ。先に生まれてきたからユズリハの姉ってことになってるけど、あたしたちの間ではどちらが姉ってことでもなくて、対等な関係なの」

「素敵ですね、ご姉妹でお友達のような関係でもあるというのは」

「うん、あたしの一番大事な友達で、姉でも妹でもあるの。カノンは話が分かるね」

「そうだね、ユズリハ。カノンもロイドも一緒に入学できるといいよね」

和やかな空気――だが、まだ気を抜くことはできない。彼女たち二人が話しかけてきたことには、おそらく何か理由がある。

「皇姫殿下たちも、模擬戦に参加されるのですか？」

「うん、それはね。全部の試験免除ってわけにもいかないし。リューネイアがいる手前、示しもつかないしね」

「そのことはいいの、ユズリハ。あたしたちと竜人族のことは、天帝国の人には……」

「関係あると思ったから来たんだよね。君たちから、強い獣の匂いがするの。あたしたちの感覚でないと分からないものだけどね」

強い獣といえば、バスティートのことか。

獣帝国において、バスティートはどんな存在なのか。それをティートに聞いたことは今までなかった。

俺たちがバスティートに乗ってきたところを見られているにしても、そうでないにしても、今後のことを考えると曖昧に答えるのは得策ではないか――隠す理由も、現状では思い当たらない。

「領内の森に、バスティートが住んでいたんです。騎獣になってくれるようにお願いして、魔法学園まで乗せてきてもらいました」

「……天帝国に、バスティートが住んでたの？」

「ありえなくはないけど……天人族と契約して騎獣になるなんて。『猫の王』バスティートは、滅多に人を背中に乗せたりしないのに」

皇姫二人が怪訝な顔をする――それだけで飽き足らず、だんだん距離が詰まってきている。敵意がないので退くわけにもいかずにいると、二人はくんくんと俺の匂いを嗅いでくる。

「……嘘《うそ》をついてる匂いはしないね、クズノハ」

「そうだね、ユズリハ。それならこの人、猫の王に好かれるような何かがあるのかな」

「何かいい匂いがするよね。これって、マタタビ……？」

「っ……いけません、クズノハ様、ユズリハ様！　マタタビは猫族だけでなく、他の種族にも効果がある場合が……！」

　ロウケンが慌てる――寡黙な武人という振る舞いだったが、こうしてみると体格が大きい種族というだけで、少年らしいところがあるのかと思える。

「そんな慌てなくてもいいよ、匂いだけで酔っ払ったりしないし」

「あたしたちにはそんなにマタタビは効かないもんね。好きは好きだけど」

「時々、バスティートにマタタビ酒を贈っています。匂いがしたら申し訳ありません」

「マタタビ酒……あたしたちはまだ飲めないけど、美味しそうだね」

「姫様、他国の生徒に初対面で酒の話などはお控えください。獣帝国の品格に関わります」

「父上が一番飲んでるんだからいいじゃん、固いこと言わなくても。ねー、ロイド」

　ユズリハがおどけた仕草をして微笑む。皇姫という尊い身分でありながら、とても親しみやすいと感じる――そして。

　何か、もっと他に話さなくてはならないことがあるような気がする。

　獣帝国の皇姫に話したいことなんて、そうそう思いつかない。まして初対面で、俺は彼女たちのことも、自分がどんな立場で接するべきなのかも、はっきり分かっていない。

　フィアレス家の一員として、カノンの護衛として恥じないように――当然の礼儀を尽くす、今はそれだけしか意識できていない。

「ユズリハ、バスティートのことは聞けたし、そろそろ時間だから行かないと」

「あ、うん……ごめんね、こんなところで声かけちゃって。橋を渡ってきたところで話したいと思って待ってたんだ、あたしたち」

「皇姫殿下から声をかけてくださって、とても嬉しかったです。御学友になれるように、兄と一緒に頑張ります」

カノンが言うと、ユズリハとクズノハが同じ表情をする。

——好戦的な微笑み。心から戦いを楽しみにしている、そんな目だ。

「もしあたしたちのどちらかと当たっても手加減しないでね。こっちも本気でいくよ」

「竜皇姫に当たったら気をつけて。あたしたち皇姫の中では、悔しいけどかなり強い方だから。他の子たちも強いけど、リューネイアは別格」

「ありがとうございます、肝に銘じておきます。ですが、皇姫殿下であっても、他の生徒であっても、力を尽くす所存です」

「……ロイド殿は並々ならぬ戦士のようだ。もし某《それがし》と当たったときも、互いに後悔のないように戦おう」

ロウケンは右手を差し出してくる——俺が彼の威圧に動じなかったことで、一目置いてくれたようだ。俺は彼の手を握り返し、獣皇姫一行と別れた。

「兄様、お二人の目的は、本当に猫様のことだけだと思いますか？」

「どうだろうね……今のところは、それを信じていいと思うよ」

ティートには獣皇姫たちのことを後で伝えなくてはいけない。

模擬戦で皇姫と当たる可能性があるのか分からないが、もし当たった時には——生徒たちの中で明らかに突出している皇姫たちの力を目の当たりにできるとしたら、それは光栄なことだと思った。

## 6　幻影舞闘

次の試験会場は、まるで水上に浮かぶ神殿のようなところだった。

白い石で作られた建物が真ん中に一つ、四方に同じ形のものが一つずつある。この作りは天帝国の古代――といっても俺が生きていた千年前だが――の神殿に似ている。この区画を担当した技師は天帝国の出身なのだろうか。

他の生徒たちは男性教官の案内に従い、五つの建物に分かれて入っていく。今回の教官は鬼族だ――鬼族は獣人族とはまた全く違う服装文化を持つが、今は教官の制服を身に付けている。銀縁眼鏡をかけていて、いかにも学者という雰囲気だ。

「君たちが最後の二人ですね。僕はセイバ・ミツルギ、今回の試験を統括する教官です」

眼鏡を直しながら彼は言う。温和な笑顔を浮かべているが、先ほどの女性教官と比べると、こちらは一癖も二癖もありそうだ。

「先ほど魔帝国の三人が来て、残り二人ということで待っていました。ここまでは個別ではなく、数十人単位で説明をして、次の試験に入ってもらっていたのですが」

最後とはいえ、直々に統括教官が俺たちを待つためだけにここにいるというのは、少し引っかかるものがある。

俺が最大魔力を測定した、あの一瞬を感知できる人物が教官の中にいるなら、セイバ教官もその一人ではないか――と思いはするが、それを確かめるのは今でなくても構わない。

「よろしくお願いします。私はカノン・フィアレスです、天帝国から参りました」

カノンはスカートを摘んで会釈をする。目上の人に対して正式な礼をするときの作法の一つだが、彼女がそれをすると相変わらず絵になっていた。

「僕はロイド、カノンの兄です」妹の護衛でもあります。

「兄妹で仲がいいというのは素晴らしい。僕にも妹がいましてね……と、つい世間話をしたくなってしまいますが、時間の関係もありますし、二次試験の内容について説明しましょう」

「他の受験生は、あの建物に入って行ったみたいですが……あの建物では、模擬戦を行うには狭いようにも思えますが」

俺が質問してみると、セイバ教官はいい質問だと言わんばかりに微笑む。

「魔法学園の試験は、毎年内容が変わっています。模擬戦については、今年は負傷者を極力出さないように、新しい方式を取ることになりました。それが『幻影舞闘』です」

「幻影……舞闘？　実際に戦うわけではないということですか？」

「ええ、そうです。あの五つの建物の中には、『幻影闘技場』に『幻体』を送り込むための魔法陣があります。幻体とはあなたたちの魔力で作った、いわば分身のようなものですね」

「その分身を戦わせる……ということですか。『幻体』が倒されるとどうなりますか？」

カノンが続けて質問する。セイバ教官は自分の胸のあたりに水平に手を当てて、そして言った。

「魔力全てを使うわけではありませんから、消耗はこれくらい……半分です。ここに来るまでの橋で、魔力量による足切りをしたのはそのためです。魔力が一定量以上なければ幻体を作れないか、作っても戦うことができませんからね」

「そういうことだったんですね……納得がいきました」

「酷なように思えるかもしれませんが、魔法学園の設立理念を踏まえると、この学園の生徒には高い資質が求められます。そして、できるなら一人でも多く無事に卒業してもらいたい。魔法使いには知性だけでなく、身を守る強さも必要です」

無事にという言葉に込められた不穏さを、俺はあえて問いただささなかった。

ただ平和なだけの学園ではない。各国の強者と権力者が集まったこの場所で、争いや事件が起きないということはない――戦争は終わり、休戦の約定が守られていても。

だからこそ、俺は護衛としてここにいる。何があってもカノンを守る、それだけだ。

――そして、アルスメリアの魂魄を持つ人物を探す。天帝国以外の六国にいるのなら、その手がかりを得られるよう、人脈を広げる。

「幻体同士で戦うことが『幻影舞闘』であり、幻体が消失しても死ぬようなことはありません。しかし入学してからは生身で戦う授業もあります。そして場合によっては、決闘を申し込まれるということもあるかもしれません」

「決闘……そういった風習は、この学園にもあるのですね」

「ええ。個人の諍《いさか》いをルールを設けて解決するには、有効な方法です」

アルスメリアは貴族社会の慣習の中でも、決闘については容認するべきではないと考えていた。死者が出ることがある決闘は、ほとんどの場合で禍根を残すからだ。

それでも決闘を廃止できなかったのは、家同士の全面衝突のような事態を避けるためにはどうしても必要だったからだ。それほど貴族というのは、誇りを重んじるあまりに命を賭けることを美化している。

形は違えど、カノンにヴィクトールが申し込んだ『魔力試し』も事実上の決闘だ。魔法学園でも、そういった生徒同士の闘いが起こり得るということだ。

「あまり脅かしていてもいけませんから、そうですね……二人とも、真ん中の建物に入ってください。お二人はご兄妹ですから、兄妹で対戦するということはないように計らいます」

「ありがとうございます。カノン、行こうか」

「はい、兄様。私、絶対に勝ってみせます。兄様やお母さまに手ほどきを受けましたし」

俺の贔屓目《ひいきめ》もあるが、うちの妹は——率直に言って、同世代の魔法使いでは、天帝国では敵なしだった。

俺も同じ世代ということにはなるのだろうが、どうしても俺の目線では、カノンは教え子のようなものだったりする——彼女は俺が教えることをよく吸収したし、今では『空転』を再現できるくらいには体術も育っている。

中央の建物に入ると、他の生徒の姿はなく、魔法陣だけがある。

幻体を作って幻影闘技場という場所に送り込む術式。そしてもう一つ、試験終了後に別の場所に本体を転移させる術式が組み合わさっている。

（なるほどな……魔力でできた幻体なら、肉体とは体感する時間を変えられる。大人数の試験を短時間で終えるにはいい方法だ）

「では……兄様、お先に行ってまいります」

「うん。試合が終わったあとに転移すると思うけど、合格できれば次の段階に進めると思うよ」

「はい。合格して兄様と会えるのを楽しみにしています」

カノンが魔法陣に入り、祈るような姿勢で起動させる。

それから十秒も待たないうちに、カノンの身体が光に包まれ、転移して姿を消す。

彼女の魔力を追跡すると、やはり別の場所に移動している。港ではないので、無事に合格できたようだ。そして幻影闘技場では体感時間が早いというのも思った通りだった。

（……俺の相手がまだ残ってるとしたら。やはり、そういうことになるか）

この仕組みでは、受験番号が近い者同士が当たる可能性が高い。俺は魔法陣に入り、目を閉じる
――魔力を魔法陣に通すと、『幻体』が生成されて身体を離れるのが分かった。

そしてもう一度目を開くと、俺はまったく違う場所にいた。

巨大な岩の点在する、広い荒野のような場所。ある意味では決闘に向いた場所ではある。見ているだけで心が乾きそうな風景ではあるが。

幻体に感覚が移っているが、精神と肉体の接続が切れたわけではない。そこまで危険な術式ではないというのは事前に分かっていた。

だが、だからこそ幻体のダメージがある程度肉体に反映される。負傷者を出さないようにとは言っていたが、『極力』ということは、この方式でも肉体にダメージが及ぶ可能性があるということだ。

「やはり君か、ロイド・フィアレス。俺の踏み台になってくれるのは」

前方の岩陰から姿を現したのは、ジルド・グラウゼル。その台詞《せりふ》が想像の範疇《はんちゅう》を出ないもので、思わず苦笑してしまう。

「お待たせしてしまったようですみません」

「俺が志望して、バルガスより順番を後にしてもらった。バルガスは前の組の誰かと当たっているだろう。カノン嬢はヴェローナと当たるはずだ……そのときは、善戦して引き分けとするようにと言ってある。この幻影舞闘では必ずしも勝つ必要はないからな」

「全力で戦わなければ、試験の意図に反している。僕はそう思いますが」

「……何だと？」

俺の言葉に、ジルドは苛立《いらだ》ちを顔に出す。

「ロイド・フィアレス。言ったはずだ。君の国では、家格が下の者が上位者に口を出すのかと」

「お言葉ですが、侯爵家三男のジルド殿。我が国の侯爵に礼を払うのは当然ですが、貴国の爵位に準じて無条件に従うというのは、必然とは言い難《がた》いものがあります」

「魔帝国の侯爵位が、天帝国の侯爵位に劣っているというのか？　大昔に同盟を主導したとはいえ、今の天帝国には皇帝がいない。魔皇帝を頂点に頂く魔帝国には国力が劣る。それすらも分からずに今のようなことを言ったのか？」

話しているうちに自分の正当性を確信したのか、ジルドの口調が芝居がかったものになっていく。

演説の上手さは貴族に求められる能力の一つだ。そういった意味では向いていなくもない。

だが、今の言葉がどんな心境で出てきたものだとしても。

アルスメリアを永久皇帝とすることが、天帝国の選んだ道であること。それを理由に弱国呼ばわりをするのは断じて認められない。

「……まあいい。ロイド……君はここで脱落しろ。妹のことは俺に任せておけばいい。俺の家が学園に入ってからの後見人に……」

「ジルド殿」

「っ……言ったはずだ、口を挟むなと。おまえは俺に……っ」

勝てない。それを全て言い終える前に──俺は幻体の表面に出る魔力を、ほんの少しだけ強めた。

「……何か……いや、そんなことはない。おまえは『魔力なし』だ。幻体では魔法の力がものを言う、体術に優れていたとしても意味はない。勝ち目はないんだよ、ロイド」

俺の魔力はやはり見えていない。気づきかけたのに、ジルドは自ら機会を手放した。

幻体を作るには一定の魔力が必要になるということを、ジルドは聞かされていないようだ。

「あなたは自分が勝つと確信している。しかし僕も負けるわけにはいきません」

「理解してもらえなくて残念だよ、ロイド」

魔帝国侯爵。その血を引くジルドは、自分の力に絶対の自信を持っている──ならば。

護衛の俺が扱える程度の魔法で、どれだけ通用するのか試してみよう。

「一撃で終わらせてはつまらない。三度でその幻体を焼いてやろう……！」

ジルドの幻体を包んだ赤い魔力が、かざした手の先に集中する。

「炎魔神よ、その息吹を火炎として、この指より放て……炎指弾《フレギス》！」

魔帝国の炎魔法は、魔神の力を借りるものと言われている。炎指弾《フレギス》は中級の魔法であり、大樹を貫通するほどの威力、そして一瞬で燃え上がらせる熱量を持っている。

炎の塊が放たれ、瞬時に着弾する。炸裂《さくれつ》する爆炎を見て、ジルドが高らかに笑った。

「はははは……俺に生意気な口を利くからだ！　天帝国伯爵がどうした、こんな魔法も防げずに何が……」

《第一の護法　『護輪の盾』。万物は流転し、廻《まわ》り巡る》

護衛対象の身を守る力を強化するのが『第二の護法』。

そして『第一の護法』は、護衛自らが盾となるために繰り出すもの。両方に属するものもあり、その一つが『護輪の盾』だ。

「ははは っ……はは……は……⁉」

愉快そうに笑っていたジルドの声が止まる。

炎が消えたあと、俺は変わらず立っている——熱まで相殺してしまえば、後には爽やかな風しか残らない。

「今のは様子見ですか？　なかなか派手な炎でしたね」

「っ……ふ、ふざけるな……炎魔神の力を借りた中級魔法だぞ！　大木ですら燃やす炎を受けて、なぜおまえごときが立っていられる！」

炎魔神の力を借りても、放つのは幻体であり、魔力量はジルドの本体に依存している。

炎指弾《フレギス》は中級魔法だが、威力でいえば下から二段階目の魔法だ。俺の魔力を炎の属性に変え、魔力の盾を作る『護輪の盾』で防ぐことなど造作もない。

「……気が変わった……魔力なしがどんな手を使ったとしても、圧倒的な力の前には関係ない。跡形もなく幻体を消し飛ばせば済むことだ……！」

ジルドはまだ戦意を失っていないが、俺も防御ばかりしているつもりはない。

天帝の『盾』だった俺が、一切『剣』を振るわなかったわけではないのだから。

自分から攻撃をするのは久しぶりだ。俺はジルドが次の詠唱を始める前に、これから先の『流れ』を読み終えていた。

# 第五章　神護衛の片鱗《へんりん》

## 1　白い部屋

幻影の荒野にも風は吹く。巻き上がる砂埃《すなぼこり》の中で、俺はジルドと対峙《たいじ》する。

赤い魔力がジルドの幻体を包み、まるで全身が炎に包まれているかのようだ。感情の高ぶりで魔法が乱れることもあるが、怒りは攻撃魔法の威力を増幅させる。

しかしジルドはそのまま感情に身を任せることなく、震えるような息をして一度は抑えてみせた。

「……三度で幻体を焼いてやると言ったな。あと二度だ。俺の炎指弾《フレギス》を防いだことは褒めてやろう。しかしロイド、この魔法は防げるか……？」

ジルドの右手に赤い魔力が集まり、燃え上がる──その手を前にかざすと、魔法陣が展開された。

「煉獄《れんごく》で戯れる炎精よ……我が敵を追い、その影を地に焼きつけるがいい。『炎精召喚《フレーガ・ロゼナ》』……！」

召喚魔法──魔力が限られている状況でも、一定の威力が保証される魔法を選ぶ戦術。

炎精《フレーガ》召喚は上位魔法にあたる。魔法陣から炎の塊が二つ現れ、人と蛇の中間のような形状に変化したあと、炎の槍《やり》を振りかざしてこちらに迫ってくる。

「どうだ、防いでみろ！　それともさっきのは運が良かっただけか、ロイドッ！」

挑発は俺の注意を引きつけるためのものにすぎない。

「──炎精よ、『分かれろ』っ！」

二体の炎精がさらに分裂する。前方に二体、分裂した二体は両の側方から。

炎精が突き出した四本の槍が、俺を貫く――正確には、『俺のいた場所』を。

《第一の護法　その気は近づくものを猛《たけ》らせる――『残気』》

炎精の攻撃には、ジルドの意志が忠実に反映されている――ならば。

そこに俺がいると感じさせるだけの闘気を残してやれば、攻撃は誘導される。

「また……今度は消えただとっ……!?」

「――前ばかり見ていていいんですか？」

「っ……!?」

ジルドは炎精の攻撃にばかり目を向けている。死角があまりにも広い――そこを突いて裏に回ることはさほど難しくない。

振り返り、大きく飛《と》び退《の》くジルド。その顔は驚愕《きょうがく》の一色で塗られている。

ジルドの背後では、炎精がその熱量を失って消えていく。炎を炎の盾で防ぐこともできるが、水の魔力で相殺することでも消すことはできる――炎精の場合はその方法で対処する方がより有効だ。

「何を……何をした、貴様……この俺に、一体何を……」

戦いの中で相手にそれを聞くのは、負けを認めることと何ら変わりない。

生まれ持った魔力に任せ、強力な魔法をぶつけるだけで勝ってきたのだとしたら、俺の戦い方が理解できないのは仕方のないことだ。

「……これで終わりにしますか？　それともまだ続けますか」

ジルドの頬に汗が伝う。何を言っているのか理解できないというように、彼は唇を震わせ――ギリ、と歯を食いしばる。

「終わり……終わりか。そうか……」

納得などしていない。するわけがない――分かっていても、こうしてここで向き合った以上は。

「ああ――終わりにしよう」

ジルドの幻体に残された魔力。それが全て炎魔神に捧《ささ》げられ、炎に変換されていく。

赤の炎は怒りに染められ、黒に変わる――魔族は全ての魔法に、闇の属性を乗せられる特性を持っている。

「――炎の魔神よ、裁きの炎で全てを焦がせ……！　『業炎焦熱球《フレギア・シュガル》』！」

ジルドの両腕が黒い炎に包まれ、それを俺に向けて突き出した瞬間、燃え盛る炎球に変わる。

この距離でも、回避することは難しくはなかった。詠唱破棄、高速詠唱、術式変換などを習得しなければ、俺に攻撃魔法を当てる条件を満たすことはできない。

――だが、俺は動かない。迫る黒炎を前に、右手を差し出す。

「俺が貴様に敗れることなどありえない！　グラウゼル侯爵家の力を見たか、ロイドォッ！」

高らかに宣言するジルド。その声を聞きながら――俺は。

三度目の詠唱を聞いたことで、ジルドが炎魔神の力をどのようにして借り、魔法を使っているのか。その解析を終えていた。

《第三の護法　水面に映る月のごとく――『湖月』》

「――炎の魔神よ。今一度我が声に応え、その力を示せ」

俺の幻体、その片手を包む魔力が赤く色づき――炎に変わる。

「な……っ！」

ジルドは声が出せないでいる。彼の契約を、俺が『借りた』こと――それで魔法が発動したなど、簡単に受け入れられはしないだろう。

魔族の闇属性に対抗するには、聖帝国の人々――聖族の持つ、神聖属性が必要となる。

あるいは、天人族のごく一部――俺の妹が持つ光属性。

そのいずれにも、俺は自分の魔力を変化させられる。

「――『業炎焦熱球《フレギア・シュガル》』！」

右手には白い炎、左手には赤い炎。二つの炎が混じり合って打ち出された炎球は、ジルドの黒い炎球とぶつかり合い、せめぎ合う。

「うぉぉぉっ……ぉぉぉ……あ、ありえない……この俺がぁぁぁっ……！」

魔法を立て続けに使って消耗していたジルドは、じりじりと下がり――そして幻体を維持できる限界が訪れた。

「――うぐぉぉぁぁぁっ……！！！」

白い炎球が黒い炎球を飲み込み、ジルドのいた場所を突き抜けていく。さらに後方の岩を幾つか貫通してそれでも止まらず、荒野の彼方《かなた》へと飛んでいった。

少しやりすぎたか――いや、あれくらいでないと薬にはならないか。

俺が消耗した魔力は、ほんの僅かな量でしかない。ジルドは俺を『魔力なし』と言ったが、あの橋を通れたこと、幻体を作れたことをそのまま受け止めていれば、認識を改められた可能性はあった。

そもそも、あの橋の仕組みを理解していないということがありうる。俺たちは橋の途中で港に転移させられた生徒を見たから気付いたが、ジルドたちは目にしていなかったのかもしれない。

いずれにせよ、試合には勝った。過剰な攻撃をした場合は減点ということにならないよう祈りたいところではある。

そのうちに、目に映る全てが見えなくなり、黒に染まっていく。

『幻影舞闘』が終わり、幻体から意識が離れようとしているのだと思った。

しかし、俺の意識は自分の身体《からだ》には戻らなかった。

黒に染まっていた風景が再び明るくなり、違うものに変わっていく。

俺はどこかの城の中のような、広い部屋の入り口にいた。俺の横を通り過ぎて、何人もの少女が歩いていく――それが現実でないことは、彼女たちの半分透けた姿を見ればわかった。

聖皇姫、魔皇姫、竜皇姫、人皇姫。獣皇姫二人と――もう一人、鬼の角隠しをつけているのは、鬼皇姫なのだろうか。

彼女たちは部屋に置かれた白い机を囲む椅子に座っていく。そして、俺を見る。表情までは、この距離ではうかがえない。

なぜ、こんなものを見ているのか。俺は今、どこにいるのか。

疑問に思う以上に――自分でもわけがわからないままに、奇妙な感覚を覚えていた。

『幻影舞闘』に皇姫たちも参加したか、試験の一環で幻体を幻影闘技場に送り込むなどして、思念が残留しているのか。

分からないことばかりで。けれどこの時間が、大きな意味を持つように思えて。

――そのとき、俺は。

誰かが後ろに立っている気がした。それでも、どうしても振り返ることができない。

何かを語りかけられている。すぐ後ろからのはずなのに、声は聞こえない。

それでも、必死に耳を澄ませて。

やっと聞こえた、かすれた小さな囁《ささや》きは――ひどく懐かしいと、そう感じた。

## 2　特別科

「――兄様っ……！」

声が聞こえる――瞬きをした瞬間に、見えていた風景が切り替わる。

「カノン……」

俺の目の前にはカノンがいる。とても近い――こんな距離で声をかけられていたのか。

バラバラになっていたような五体の感覚が、再び組み合わさっていくようだった。

そして自分がどこにいるのか、何をしていたのかを思い出す。荒れ地のような場所でジルドと戦い、そして彼を倒したあと。

（倒したあと……何があった？）

何かがあったような気がする。幻体が肉体に戻り、この場所に転移するまでに。

――欠落している。連続している記憶が、不自然に抜け落ちている。

同じ不自然さを、俺は何度も味わっている。魂魄《こんぱく》が記憶していても、声に出すことのできない存在——アルスメリア。

しかし、その欠落しているという感覚が、逆に確信となる。アルスメリアを探すためにここに来たことは、間違いではなかったのだと。

幻体を作り出した、神殿のような場所ではない。カノンと同じ場所に、俺も転移させられていた。

「兄様……私の声が聞こえていますか……？」

それは、どこかの建物の屋上だった。足元には魔法陣が描かれ、見上げると青い空が広がっている。

吹いている風の『流れ』を読み、場所を把握する。魔法学園のある島の西部——港があるところからはかなり離れたが、ティートにはそろそろ退屈させてしまっているだろうか。

「うん、聞こえてるよ。ごめん、転移には慣れていると思っていたけど、気を抜いてはいけないね」

カノンはほっと息をつく。そして目の端に滲《にじ》んだ涙をハンカチで押さえ、顔を赤らめてはにかんだ。

「模擬戦で何かあったんじゃないかって、想像してしまいました。兄様がお強いこと、私が一番良くわかっているのに……すみません、心配性で」

「心配してくれてありがとう。でもこの通り、僕は無事だよ。ジルドが相手だったけど、何とか勝つことはできた」

「……何とか、だなんてまた謙遜をなさっています。それが兄様のいいところではありますけど、妹としては時折焦《じ》れてしまうこともあります」

魔帝国の侯爵家の生徒に、天帝国の伯爵家が勝つ。国ごとの貴族の序列、そして各家の背景や個人の資質には差があり、一概に侯爵家が伯爵家より強いという話ではない。

しかし貴族は位が高いほど強くなければならないという暗黙の了解が、どの国の貴族社会にもある。ジルドが俺に勝てると過剰な自信を持っていたのは、彼が家督相続の順位が低いと見られる立場で、この魔法学園で地位の地盤を築こうと考えていたからだろう。

(伯爵家の次期当主……カノンを手に入れたい。そう思う人物が現れるとしても、俺は護衛として、何より兄として、妹に手を出す人間には容赦しない。というのは、場合によっては過保護と言われてしまうんだろうか?)

「に、兄様……そんなにじっと見て、もしかして怒ってしまいましたか……?」

「い、いや、怒ってはいないよ」

「……本当ですか?　本当の本当に怒っていませんか?」

「怒ってないよ。それより、ここに来られたっていうことは、カノンと同じクラスになれたと思っていいのかな」

不安そうにしていたカノンがぱっと笑顔になる。貴族の間では感情の起伏が少ない方がよいとされるが、俺個人としては妹の感情表現の豊かさは、見ていて安心するものがある。

「ここは、どこかの建物の上みたいだけど……」

「新入生校舎の屋上とうかがいました。校舎はいくつかあって、こちらは『特別科』に入った生徒が使用するのだそうです」

カノンの話によると、試験の合格者はそれぞれクラスを分けられて、これから学ぶことになる校舎に送られたということだった。

この学園には『特別科』と『一般科』があり、『特別科』の生徒は事情によって数がかなり絞られているそうだ。そして学年が上がると選択することのできる科が増え、専攻したい分野を選ぶことができるらしい。

「兄様が絶対にこちらに来てくださると思っていたので、待っている間に教官の方からお話を聞いていたのですが……その方が、兄様が来る前に慌ててどこかに行ってしまったんです」

「そうだったのか……いや、僕をそんな目で見られても」

「兄様が『幻影舞闘』で、ジルド殿とどうやって戦ったのか。それ次第で、騒ぎになってしまってもおかしくないと思います」

ジルドの魔法は、炎魔神の力を借りるものだった。『魔力の色』と『詠唱』が一致すれば、どんな魔法使いでも同じことができる。

そういった『借り物の力』を行使する種類の魔法は、場合によっては全く有効ではなくなってしまうのだ。俺でなくても、ジルドと近い色をした魔力を持ち、その魔力がジルドを上回るような魔法使いがいたら、その時点でジルドに勝ち目はなくなる。

しかし自分の力のみで行使する『創生魔法《スペリオル》』は難度が高く、簡単には高い威力を出すことができない。炎魔神の力を借りる場合、資質があれば炎系の最上位魔法まで鍛錬次第で使えるようになるため、魔力の色が適合していれば魔神などの力を借りるのは良い選択といえる。

「兄様……ジルド殿の魔法を『剣』になさったのではないですか？」

「カノンは何でもお見通しだね。あの技はこれまで、二度見せただけなのに」

「そのうちの一度は、私とのお手合わせのときでした。兄様があの技をお使いになったとき、私は感激しましたが、ジルド殿はショックを受けてしまいそうです」

「彼が無事だといいんだけどね。少しやりすぎてしまったかもしれない。魔力を抑制する試験のあとだったのに、威力が抑えきれていなかったから」

「兄様が最小限に抑えてジルド殿と同じ魔法を使っても、きっと兄様の方が何倍も強くなってしまうと思います」

炎の魔法に適した赤い魔力の持ち主より、俺の方が適性が高いということはない。

差が出るとしたら、詠唱の精度だろうか。同じ詠唱句でもより精度を高めるほど魔法の威力は上がるので、延べ千時間以上は基礎練習をして完璧にしてある。

「ジルドが合格圏にいるかは分からないけど、入学できたとしても僕らと同じクラスではないのなら、基礎から学んでいくことになるのかな」

「そうかもしれません。私は兄様に基礎を教えていただいたので、学園の授業ではしばらく余裕がありそうです」

嬉《うれ》しそうに言うカノンを見ていると、つい昔の習慣が出てしまいそうになる。

今はしていないが、カノンと仲直りをしてからは、彼女が何かを頑張ったりしたときに頭を撫《な》でていた。金色の柔らかい髪が乱れないようにそっと触れるだけだが、喜んでくれていた――成長した今では、昔のようにはできないが。

階段を降り、廊下を歩いていると、二人の教官が俺たちを待っていた。

レティシア先生と、セイバ先生。二人とも、特別科を受け持つ教官なのだろうか。

「二人を待っていた。まずは合格おめでとうと言わせてもらう」

真剣そのものの面持ちでレティシア先生が言う。セイバ先生は手に持っている記録簿らしきものを開き、眼鏡を直しながら読み上げた。

「カノン・フィアレス。総合成績九位。魔力測定A+、幻影舞闘の評点は加点式で135点。いずれも、最高位に位置する……皇姫の方々を含めてもね」

「ありがとうございます、身に余る評価をいただき、大変光栄に思います」

やはり皇姫たちも魔力測定を受け、幻影舞闘を行っているのか。

そしてその結果が、クラス分けにも反映されるとしたら――。

「そして……ロイド・フィアレス。魔力測定はA+、後日再測定の打診が来ています。こちらについては任意で、僕やレティシア先生から強制することはないが、ある方面から是非にと言われています」

「分かりました、できれば再測定を受けるようにします」

「そう言ってもらえると僕も助かります。個人的に、あの先生は……」

「セイバ先生、脇道にそれている場合ではありません」

「ああ、そうでした。ロイド・フィアレス君。君の幻影舞闘について、その評点は……」

記録簿を目で追うセイバ先生の瞳が、かすかに細められる。魔力の流れから感じ取れるその感情は――『感嘆』。

「先生、兄上の評点は……」

やはり、やりすぎてしまったか――俺も修行が足りない。妹を狙う輩《やから》には容赦しないという私情が、ジルドの魔法を返したときに出てしまっていたというのは否めない。

護衛騎士は常に、波のない湖面のごとき心を持つべきである。どのような状況でも、どんな悪辣な相手でも、深呼吸一つで波を無くすことができるのが理想だ。

感情制御の面において減点。そう言われてもおかしくない——と思っていると。

「ロイド君、例年の試験においても珍しいことですが、貴方《あなた》には今回の試験全てを統括し、本年の入学生審査の総責任者でもある副学長から呼び出しがかかっています。『幻影舞闘』の評点については、マティルダ副学長から直接お話を聞いてください」

「兄上が、これから副学長さまとご面会をするのですか？」

「カノン殿も同席してかまわないが、教室に残っていてもいい。それは二人で相談して決めるといい」

レティシア先生は硬質な口調だが、俺たちのことを本当に気遣ってくれているのは伝わってきた。

カノンは大事な話だからと遠慮しているようだが、一緒に行きたいという様子は何となく感じ取れた。彼女の社交性があれば、教室にいる生徒たちともつつがなく打ち解けられると思うのだが。

「では、妹と一緒に行かせてもらいます。僕は彼女の護衛でもありますから、妹には一緒に来てくれるようお願いする立場ですが……来てくれるかな、カノン」

「はい、ぜひ。兄上に関わるお話は、私にとっても大切なお話です」

「分かりました。副学長が本校舎の一階談話室に来ておられますので、そこまで案内します」

セイバ教官が言い、俺たちを案内してくれる。俺たちがいるのは三階で、階段を降りていく途中の踊り場では、大きな窓から日差しが降り注いでいる。

「……いつもながら、急に兄上と言われると、少しそわそわするね」

「これからずっとそう呼んでさしあげましょうか？　あ・に・う・え」

カノンがセイバ教官たちには聞こえないくらいの声で反撃してくる。『兄上』と『兄様』では、俺としては後者の方が親しみを感じる。

「僕は『兄様』がいいかな。カノンがそう呼んでくれると安心するから」

「……ど、どうしてそんな冗談にまで真面目に答えるのですか。だから兄様は……」

「ん？」

「何でもありません」

貴族の女性は長いスカートの裾で足元が見えにくいので、階段を降りるときはエスコートが必要になる。今日のカノンの服はそこまで視界を遮るものではないが、俺はいつもの癖で彼女の手を引き、転ばないように配慮していた。

「……仲の良いご兄妹《きょうだい》と言っていたが、その通りだな」

「ほら、やっぱりレティシア教官も興味が……すみません、軽口は慎みます」

前を行く教官たちのやりとりを見て、俺はカノンと顔を見合わせて笑う。

――幻影舞闘を終えたあとに、わずかに残っていた感覚。

『懐かしい』という感情を覚えたのは、きっとカノンが俺を呼んでくれていたからなのだろうと思った。

# 3　副学長面談

校舎を歩いていて思ったことだが、まだ建てられてそれほど時間が経《た》っているようには見えない。

ちょうど建て直された後に俺たちが入学することになったのだろうか。建築様式は天帝国のものではなく、高位貴族の屋敷《やしき》ほど華美ではないが、なにげなく廊下に置かれている彫像や花瓶などは意匠からして趣深く、室内装飾まで一流の職人の手によるものだとわかる。

美しく照り返すこの床石の材質は何だろう――目に映るもの全てを新鮮に感じつつ、談話室の前に辿《たど》りつく。

「マティルダ副学長、フィアレス家の二人が到着しました」

レティシア先生が扉に声をかけると、施錠が外れた。魔力で操作して外したようだ――それだけでも魔力の主がマティルダ副学長であること、彼女の魔力の色などがわかる。

（この色は……宝石色か。見るのは久しぶりだな）

淡い緑の、ペリドットという宝石と同じ色。魔力が宝石色である場合、必ず特殊な性質を持っているとされている。

セイバ先生が扉を開け、俺たちが先に入室させてもらったあと、先生二人も入ってくる。

部屋の中には長方形のテーブルが置かれ、その向こう側にマティルダ副学長が座っていた。先ほど幻影で見たときと同じ、ヴェールのついた角隠しの帽子を被《かぶ》っている。

これから入学する学園の、おそらく最高クラスの魔法使いに対して考えることでもないが――副学長となると相対したときの圧力も相当なものがある。

マティルダ副学長から少し離れ、部屋の隅に一人の女性が立っている。校舎の雰囲気に合わせているのか、それとも彼女個人の趣向なのか、メイドのような服装だ。

おそらく彼女はマティルダ副学長の秘書なのだろう、レティシア先生の前まで歩いてきて応対する。

「こちらが、二人の審査資料となります」

「二人とも、ご苦労だった。あなたがたの役目はひとまずここまでだ。退出していい」

「はい。それでは、失礼いたします」

レティシア先生とセイバ先生が一礼して出ていく。マティルダ副学長は俺たちに、向かいの席に座るように促した。

「改めて挨拶をしておこう。私はマティルダ・リントブルム。竜帝国の出身で、縁あって副学長という地位を預かっている」

「初めてお目にかかります、副学長様。私はカノン・フィアレス、天帝国伯爵家の長女です」

「続けてご挨拶をさせていただきます。僕はロイド・フィアレス、カノンの兄です」

俺が名乗ったところで、マティルダ副学長が視線を送ってくる。

——心の中まで見通してくるような眼光。魔力上位者は下位者の思考を読み取ることができるが、彼女は俺にそれを仕掛けようとして、いくらもせずに止めた。

「……失礼した。どうか無礼を許してほしい」

「……えっ？」

魔法学園に入ったばかりの俺たちにとって、副学長ははるか目上の存在だ。

最大限の敬意を払うのは当たり前で、魔力感応についても、必要ならしてもらって構わないのだが――副学長となると魔力は当然俺より大きく、感応を弾くこともできないので、自分が学園に害をなす人物ではないと伝えられればと思って、身構えていた。

カノンも少し戸惑っている様子だ――副学長が、初対面の俺にいきなり謝罪しているのだから。

「い、いえ。すみません、初対面の方の魔力感応に対しては、いつでも一定のフラットな感情を返すようにしているので」

「それが反射的にできる生徒は多くない。皇姫殿下の方々、そして高位貴族の生徒は幼少から習得するが、伯爵家では珍しい。この学園での平均的な経験則ということになるが、生徒数を考えれば的外れではないだろう」

「そう……なのですね」

ますます戸惑いつつ、カノンが俺を見てくる。

ミューリアのように感情に干渉したり、読んだりしてくる母を持つと、常に何もかも見せているわけにはいかないので、こちらからも防ぐことを考えるようになる。

もっとも、魔力の差を考えれば簡単にミューリアに全てが筒抜けになるというわけではない。しかしそれではミューリアを驚かせることになるので、屋敷にあった本で勉強し、魔力感応を自分で操作できるようになったということにしてある。

それが通じたのは、家の中だけということか――いや、普通の学生として扱ってほしいとレティシア先生に伝えたとき、呼吸するように魔力感応してしまっている。生徒たちの中に埋没した方がいいと思っていたわりに、何という片手落ちだ。

「……何か理由があって、その力を隠したいということか？」

副学長が俺たちを呼んだ理由は、もはや明白だ。今日の試験を通して、副学長は俺の力に気がついている。

「申し訳ありませんでした、副学長。僕は護衛として、妹を護《まも》りたいと思ってここに来ました。できるなら、多くの生徒に対して力を誇示する形以外を選びたいと思い、これまでの試験に取り組みました」

「……兄上……」

「……自分の裁量の中で力を出したと。それでも、自分の実力を私たちや、教官には伝わるようにした。それには正面から力を出し切るより、苦心したことと思う」

俺にも考えがあってのことだが、学園側からすれば、それは個人的な事情にすぎない。

ここが勝負どころだ。俺が学園にとっての不穏分子ではないこと、入学してからは他に目的があるとはいえ、勉学には全力で取り組むという姿勢を見せなければ。

マティルダ副学長はしばらく俺を見ていたが、ふっと目をそらす。そしてふぅ、と息をついた。

感情が見えにくい竜人族が、明らかに物憂げにしている——これは由々しきことなのではないか、と背中に冷や汗が伝う。

「……不本意なことではあるが、告白をする。私はレティシア教官から報告を受けるまで、貴君の力に気がついていなかった」

「僕は妹……カノンを護るために、彼女と同等の魔力を示したつもりですが」

「あの魔導器と学生証では、貴君の力を測りきれていない。それゆえの『再測定』だ。その希望を出したのは魔法学園の職員で、研究開発科にいる。貴君の判断に委ねるが、彼女……ユユカ・アマナギについては、安易に信頼することは推奨しない」

「研究開発科……魔力測定に用いる技術も研究されているんですね」

「それについては最先端と言っていい。他の研究も行われているし、興味があればアマナギ女史を通じて情報を得ることはできるだろう。しかし、推奨はしない」

二度言った――それほどユユカ・アマナギという人物には、警戒すべき理由があるということなのか。

「貴君の試験結果については、魔力測定についても最優秀の水準にある。しかし、それだけではない……先ほどの『幻影舞闘』を観《み》させてもらったが……」

マティルダ副学長は言葉を選んでいる――やはりやりすぎてしまったのか。

「僭越《せんえつ》ながら、質問をしてもいいでしょうか」

「……許可しよう」

「僕の対戦相手だった、ジルド・グラウゼル殿は……」

無事なのか、という言い方は安易にはできなかった。ジルドにしてみれば、俺が彼のことを案じていること自体が不快だろうからだ。

「幻体を作る際に使用した魔力は全喪失し、一度意識を失ったが、付き添いの従者たちの看病によってただちに回復した。彼ら……ジルド・グラウゼルと従者二人は一般科の貴族クラスに配属される」

「兄上はジルド殿、私はヴェローナ殿と模擬戦をしましたが……私たちが勝っても、相手のお二人は十分な成績を残されたということですね」

マティルダ副学長は何も言わずに頷《うなず》く。必ずしも勝つ必要はないということだったし、負けた側が全員落ちるなら、定員の五百人を大きく割ることになる。

「違う科に配属されても、選択授業などでは顔を合わせることがあるかもしれない。ジルド・グラウゼルの言動についてはある程度把握をしていて、試験会場における『知識審査』においても幾つもの失点をしている。今回の試験において、この審査の評点は平均的に低いのだがな」

「試験会場にあった、幾つかの仕掛けのことでしょうか」

「詳細な内容については触れないが、試験中の発言も審査に含まれているということだ」

そこで失点をしてもジルドが合格しているということは、魔法学園においてはやはり、魔法の資質が何より求められるからだろう。

「……その知識審査で満点を取っている生徒の一人が、ロイド・フィアレス。貴君であることは伝えておこう」

「っ……ぼ、僕がですか？」

不意に言われて驚いてしまう。知識審査と言われても、特に変わったことをした覚えはない。

「そして『幻影舞闘』の内容について。カノン・フィアレス……あなたはヴェローナ・フロリンダとは相性が良く、終始有利に試合を運んだ。相手の力を出させてから自分も対抗するというのは、兄君の影響だろうか」

「それは……最初から力を出すことも、礼儀だと思っています。でも、それだけでは彼女が力を出しきれないまま終わってしまうと思いました」

「そこまで配慮をしたことも含めて評点に入っている。それで全体で九位なのだから、カノン殿も当たる相手次第では難しい試合になったことだろうな」

カノンは戦いにおいて相手に容赦しないという考え方はできない。その優しさを、俺は尊ぶべきものだと思う。

「そして、ロイド・フィアレス……貴君については『幻影舞闘』の内容を見て、質問したい点がいくつかある。答えられない部分は答える必要はないが、可能な限りは話して欲しい」

これがここに呼び出された本題だ——と言わんばかりに、角隠しの帽子につけられたヴェールの向こうで、マティルダ副学長の瞳が鋭い輝きを放つ。

何を聞かれるのか、どこまで話すべきか。俺はこの先の『流れ』を読みながら、幾つもの展開を頭に巡らせていた。

## 4　試験評価

マティルダ副学長は手元にある魔道具を使い、空中に幻影を浮かび上がらせた。

「これは……どこかの荒れ地でしょうか。幻影闘技場の風景ですか？」

「僕がジルド殿と戦った場所ですね。幻影闘技場は複数あって、そのうちのいずれかに幻体を送っていた」

「そういうことになる。できれば受験番号に関係なく無作為に組み合わせを決められると良いが、そうすると逆に不公平という声が出ることもある。これだけ番号が離れているのに強い相手と当たるのは理不尽という意見も出てしまうのだ。それなら出願順で近い番号の者が戦ったほうが、感情面の摩擦は少ない」

各国の貴族も受験するということは、家の威信を背負っている者同士、絶対に勝たなくてはならない競争という側面もある。

受験生から不平不満が出てしまうのは学園としても避けたいところだろうから、毎年試験の形式を変えているのだろう。

「そしてどの教官が審査を担当するかは、事前に情報が出ないようにしている。幻影闘技場の数についてはおよそ五十ほどあり、魔力的な干渉をしなければ入ることができない。その一つが、幻体を送り込むという方法だ」

「それは……学園にとっては、機密にあたる情報ではないですか？」

「これくらいのことまでは話しても構わない。卒業後も学園に残って職員となるなら、所属次第でより詳しく知ることになるだろう」

マティルダ副学長は微笑《ほほえ》むと、ずっと立ったままの俺たちに着席するように促した。椅子は用意されていたが、微動だにもせずにいたメイド服の女性が歩いてきて椅子を引いてくれる。

「兄上や私たちの試合を、審査をされる方々がこの魔道具で見ていたのですね」

「そういうことになる。先ほどの二人も見ていただろうな。それで、ロイド殿を前にして緊張が見られた……その理由を、貴君は自覚しているか？」

「それは……幻体同士の戦いとはいえ、相手を消滅させるまでするのは行きすぎだったと思っています」

思ったままを答えると、マティルダ副学長はじっと俺を見てくる——今の答えは正しいのか、彼女がどんな心証を持ったのか、現状では判別できない。気分を害してはいないようだが、好意的でもない。

「……それについては、幻体を使用する意義のひとつが『加減なしで実戦訓練ができること』なので問題はない。むしろ幻体の魔力を全損させる形で勝利することに関しては、幻影舞闘においては高く評価される」

「そういうことであれば、求められた結果を出せたと考えます」

「カノン殿は相手を降参させて勝ちをおさめているが、それも同様に高く評価されている。時間切れになる形では優勢な側が評価されるが、明確な形で勝利するよりは評点は低くなるのでな」

「魔力を喪失させる毒魔法は、私の魔法に対して不利でしたから……運が良かったと思っています」

カノンの試合についても可能なら見たかったが、受験生は他の試合を見られない形なので、そこは仕方がない。

ヴェローナの毒魔法を治癒魔法で相殺する戦術か、光魔法で距離を取って戦うか。相性の話が出ているので、おそらく前者が軸になっているだろう。

「……しかし『求められた結果』とは。ほとんどの受験生は、幻影舞闘の意図など考えず、ただ目の前の相手を倒すことしか考えていなかった。その時点で、貴君の視野が相対的に広いものであるのは疑うべくもない」

「試験の内容には多くの意図があると思いましたが、僕が一面的に見たものを自己解釈しているだけに過ぎません」

マティルダ副学長はすぐには答えず、再び俺をじっと見つめてくる——誤解を恐れずに言うなら、綺麗《きれい》な女性にこうも見られると、この学園において上から二番目の地位にある教官と分かっていても否応《いやおう》なく意識させられてしまう。

「……貴君の考えについては承知した。しかし、こちらとしても困惑している。知識審査で満点と言ったのに、その考え方はいささか謙遜がすぎるのではないか。この試験の意図全てを理解しているという評価なのだから」

「全てを……というと？」

そう答えたところで、メイド服の女性がふっと笑い、口元を隠した。副学長の秘書のような立場ではあるが、思ったより厳格な関係というわけでもないらしい。

「兄上が、教官のお二人とお話しされたことなども評価されていたのですね。そして、移動中のことも」

あの何気ないと思っていたやりとりが、それほど評価されていたのか——セイバ教官と話せたのは、俺たちが最後の受験生だったからで、偶然だったように思うのだが。他の教官が幻影舞闘について説明するときも、会話の内容が評価されていたということなのか。

「魔力測定用の魔導器と仮学生証について、何も説明を受けずに詳細を理解していた。その時点で幾つかの科から誘いがかかるだろう。二年次から入れる魔工技術科に今から編入してもやっていけるほどだ」

その話を聞きながら、俺はようやく事態を理解した。

他の生徒には知られず、教官だけに気付いてもらえる形で評点を取る。そのための『過程』すらも、測定された魔力や幻影舞闘の結果と同様に評価されてしまっていたのだ。

「……もう十分とも言えるが、やはり当初聞くつもりだったことは聞いておく。貴君の魔力は『無色』と判定されている。それは生まれつきのものなのか？」

「はい、生来のものです。父と母から継いだ魔力が偶然に目に見えない色になったのかもしれませんが、確証はありません」

それはヴァンスだった頃の俺についても言えることだった。物心づいたときには『魔力なし』と呼ばれていて、俺の魔力に気付く人物に会ったことで、ようやく色のない魔力の存在を自覚することができた。

それまでは『異形の力』なんて扱いをされていて、良い記憶がない。見えない魔力を無意識に使っていた俺は、天人ではない別の種族と言われたこともあった。

しかしミューリアは見えなくても魔力があると理解してくれていたし、俺も魔力の色を変えられることを徐々に示すことで、『そういった魔力もある』と家の中で周知することができた。

「測定用の魔導器に『無色』というものが登録されていたのは、先ほど言った人物の意向によるものなのだ。本来、両親の魔力の色がどのように混ざっても、白や黒に近づくことはあっても、透明になることはない。宝石色は半透明とされる色もあるが、それは透明とは異なっている」

「この魔法学園においても、僕のような魔力の色は珍しいということですか」

「……あまりに稀少《きしょう》過ぎる。はっきり言って、前例がない」

ずっと遠回しに、外堀を埋めるような話し方をしてきたのだろう――しかしマティルダ副学長は、ようやくここに辿り着けたというようにはっきりと言った。

「有り体に言ってしまうと、貴君の魔力は研究材料として唯一無二の価値がある。そのような人物が自ら志望して来てくれたことに、学長に代わって感謝したい」

「……兄上が、何かの研究に協力しなくてはならないのですか?」

「それもまた、強制ではない。この魔法学園では個人の自由意志を尊重する。こちらから要請をすることはあるが、それを受けるかの最終決定は学生自身に委ねられる」

その言い方だと、要請の内容が簡単に受けられないほど重大な場合もあるということだ。

しかし強制されないということなら、受けるかどうかは内容次第で決めればいい。カノンを護ること、アルスメリアの魂魄の欠片《かけら》を探すこと——その二つができなくなるような要請でなければ応じられる。

## 5　協力要請

「……幻影舞闘について話を続ける。ロイド殿、貴君の戦闘中の所作については一つ一つが驚嘆に値するというのが、セイバ教官の評点に付記されている。それは私にとっても同じ意見で、一度攻撃に転じる気配を見せたが、最終的には『受け』を起点にしている。自分から攻撃をせず、ジルド殿と同じ術式を返した理由は?」

「それが僕の礎となる戦術だからです。自分から攻撃をしないというのは、手心を加えているからではありません」

護衛騎士としての理念については語ってもいいだろうか——俺は今騎士ではないが、果たすべき役目は護ることだ。

「護衛の基本は、『受け』を起点に考えることにあります。敵の攻撃を無効化し、護るべき人物の安全を確保した後に反撃する。先手必勝の考えもありますし、攻撃は防御を兼ねるという考え方もありますが」

今度はメイド服の女性が両手を合わせている――目がキラキラと輝いているのは気のせいだろうか。

何となくだが、彼女の立場はマティルダ副学長の護衛でもあるのではないかと思えてきた。それで俺の考えに共感してくれているというのは、考えられなくはない――だろうか。女性の考えることは海のように深遠なので、推測にしても頼りない。

「一対一の試合においても、その考え方を重視したと……しかし、それを実行することは容易ではない。まず一つ、魔力の色が一致しなければ相手と同じ魔法は使えない。そして、詠唱についてもただ闇雲に唱えるだけでは魔法は発動しない。さらに言えば、鍛錬を重ねた相手の魔法と同じ詠唱をしてその場で凌駕《りょうが》するなど、ますます難度は極まる」

話しているうちにマティルダ副学長の声に熱が籠もってきているのは気のせいだろうか――竜人は感情の起伏が少ないというのは、強い種族であると自他共に認めているために、感情を動かす出来事が少ないからというだけなのかもしれない。

「……ロイド殿、ここまで言って伝わったかと思うが。貴君の実力には、未だ底知れないものがある。魔力の特殊性以外にも、評点を高める要素は幾らでもある。しかし最も私が称賛すべきと思ったのは、いくら挑発を受けても相手を尊重しようとしたその心だ」

「いえ……僕はどんな方法を選んでも、自分が勝たなければならない以上は、彼の誇りを傷つけるだろうと分かっていました」

「それでも辞退するという考えはなかった。私はそのことについても感謝したいと思っている。貴族の上下関係を意識し、力を発揮できない生徒もいるからだ。そういった生徒もなるべく正当に評価したいと考えてはいるが、取りこぼしは出てしまう」

魔法学園が貴族間の関係に介入するのは、政治的にも難しいことだというのは分かる。

バルガスが主人より優れている部分を持ちながら、ジルドより低い評価に甘んじているのは、主人に対する忠誠によるものだ。まして同じ国で爵位が異なる貴族が同時に受験したら、上位貴族の成績を下位貴族が上回ってはならないという暗黙の了解が働くのだろう。

今回の試験において、天帝国の公爵・侯爵家の生徒は参加していない。上の学年には在籍しているそうなので挨拶をする機会はあるだろうが、俺たちに対してどんな見方をするかは、個人で大きな差がありそうだ。

「色々と話をしてきたが、あまり時間を取らせるわけにもいかない。まだ今日のうちにやることは残っているのでな……まず一つ。ロイド・フィアレス殿、貴君の成績は全体順位から除外させてもらってもいいだろうか」

「入学の許可がいただけるなら、それは構いませんが」

「すまない。本来なら、生徒全ての代表として挨拶をしてもらうほどの立場にある。しかし今年は、貴君らも知ってのとおり、天帝国を除いた六国の皇姫殿下が入学される。彼女たちの中で序列をつけることにも異論があり、七位より上は順位をつけないこととなった」

「皇姫殿下の皆様は、やはり他の生徒とは違う環境で授業を受けられるのでしょうか」

カノンの質問に、マティルダ副学長が視線を伏せる——しかし沈黙している時間は長くはなかった。

「六国からそれぞれの要望があり、中には個別で授業を行って欲しいという要請もあったが、最終的には皇姫殿下は同じ教室で学ばれることになった。最初から全員が揃《そろ》うということは無いかもしれないが、所属は特別科ということで、本学園で学んでいただく」

「特別科……僕たちと同じクラス、ということですか？」

俺たちが上位の成績を取ったとしても、皇姫殿下たちは他の生徒と一緒に学ぶことはないのだろうと思っていた。

しかし、どうやらそうではないらしい。皇姫たち同士の交流を行うことは、現状ではリスクがあるようにも思えるが——聖皇姫と魔皇姫は、生徒たちの前で張り合ってしまうほど関係が良くない。

「特別科に所属する生徒については、成績が優秀であることは勿論《もちろん》だが、皇姫殿下と良好な関係を築けると見込まれる者を選抜したかった。爵位の関係で力を発揮できない生徒もいると言ったあとで、皇族の方々に特別な配慮をするというのは、矛盾していると思うかもしれないが……」

貴族の間にも特権階級としての意識はあるが、皇族を同じ次元で語ることは、この七国の民にとってはありえないことだ。

絶対的な支配者。尊敬と畏怖の対象——各種族の頂点に立つ存在なのだから。

「同時に、私たちは皇姫殿下が学ばれるうえで、一部の生徒に協力を依頼したいと考えていた。ロイド殿はカノン殿の護衛をしているので、その務めが優先されることは理解している。そのうえで、是非頼みたいことがある」

その次に言われることは、すでに想像がついていた。

妹の護衛という以外は、普通の学生として過ごすことになる——そう思っていたのだが。

マティルダ副学長が席を立ち、自分から机を回り込んでこちらに歩いてくる。そして彼女は俺に頭を下げたあと、こう言った。

「ロイド・フィアレス殿。貴君には、皇姫殿下が安全に学ぶことができる環境づくりに協力を願いたい」

## 6　協力要請・2

副学長が自ら頭を下げる。その意味は十分すぎるほど理解できていたが、それでも即座に承諾はできなかった。

確認しておくべきことが幾つかある。『皇姫殿下たちが安全に学ぶことができる環境』という言葉は、その最たるものだ。

「学園内で、皇姫に危険が及ぶ可能性がある……副学長はそのようにお考えということでしょうか」

ここから先は慎重に言葉を選ばなければならない。このひりつくような空気は懐かしくもある——俺が護衛騎士であったころ、他国の護衛と話をするときは、こんな空気になることもしばしばあった。

腹の探り合いはあまり好きではない。フリードも同じだと言っていた——策謀を巡らせるのは軍師や参謀に任せればいいことだと。

「七国同盟が結ばれてから久しく、恒久的な和睦ということは、七国全ての人々にとって疑うべくもない。魔法学園も当然そのように考えている。しかしそれは国家間の問題であり、個人の行動まで完全に統制することはできない」

「皇姫殿下同士のご関係について、魔法学園からは干渉できないということですね」

カノンの質問を受け、マティルダ副学長は頷きを返す。

しかし、皇姫同士での諍《いさか》いだけが危惧されているわけではないはずだ。

皇姫が同じ時、同じ場所に集まっているこの状況――各国は、皇姫が何者かに狙われる事態を最大限に警戒しているのだろう。

（その『何者か』が存在するとして、それをここで聞いていいものなのか……）

これは非常に繊細な問題だ。魔法学園が皇姫に害をなす勢力の存在を知っているとして、それが皇姫たちの祖国に伝わると、入学自体が考え直される事態もありうる。

「……徒《いたず》らに危機感を煽《あお》るべきではありませんが、避けては通れない質問です。皇姫殿下に危害を及ぼす者が、魔法学園に侵入する可能性はありますか」

「この魔法学園が、皇姫殿下の自国の城よりも安全と言うことはできない。それでも、これはもう決まっていることなのだ。それぞれの帝国の指針を預かる人々が会談し、皇帝の承認を得て決定した」

六皇姫――双子の獣皇姫を二人の姫と数えて、七人の姫がこの学園に集まり、同じクラスで学ぶことには大きな意味がある。

「そのために、クラスにも彼女たちの警護に協力する人物がいた方がいい……ということですね」

「本来なら、魔法学園が皇姫殿下の安全を保証するべきで、生徒には学ぶことに集中してもらいたい……しかし、貴君の能力は今年の入学生の中では突出している。『無色』の魔力という特性も寄与しているだろうが、魔力変化の練度については……」

「――マティルダ閣下、それ以上は貴女《あなた》の沽券《こけん》に関わります。勇み足はされませぬよう」

メイド服の女性が口を開く――マティルダ副学長に仕えているとばかり思っていたが、その発言は窘《たしな》めるようなもので、まるで同格以上のような話し方だった。

「……貴君の能力が高いと知って頼み事をしたいというのは、都合がいいとは分かっている。私のことを軽蔑しても無理はない」

「いえ、そんなふうには全く思っていません。むしろ、何も知らされずにいるよりも、こうして話していただけて良かった。この学園を志願して良かったと心から思います」

アルスメリアの魂魄を探すために、直面するだろう問題。それは、他国の皇族の関係者にアルスメリアの魂魄を持つ人物がいる場合、俺の身分では接触することもままならないということだ。

それぞれの国に入国する許可を得て放浪し、手がかりを探す。その方法ではあまりに時間がかかりすぎるため、魔法技術の最先端であるこの魔法学園で、魂魄の行方を探す方法を見つけたいとも思っていた。

特別科に配属されたことで、俺は目的に大きく近づいた。しかし魔法学園で学ぶこと、カノンの護衛という務めを疎《おろそ》かにしてはならないし、魂魄を探す前に周囲の信頼を得なくてはならない。

「皇姫殿下たちと同じクラスに配属して頂けたことは、身に余る光栄です。微力ながら、良いクラスにするために、僕なりにできることをしたい。ですから、先ほどの申し出をお受けしたいと思います」

「ロイド殿……その厚意に感謝する。カノン殿は、それでよろしいか？」

「はい。私も兄に、自分の身を守る方法は教えてもらっています。兄やクラスの皆さんと協力して、安心して学べるように日頃から努めます」

メイド服の女性が音を立てずに手を合わせる。ずっと張り詰めていたマティルダ副学長も安堵《あんど》したのか、かすかに微笑んで見せた。

「……改めて、二人に礼を言う。長く時間を取らせて済まなかった、教室での正式な顔合わせは明日となるので、これから宿舎に向かうと良い」

「先に教室に着いた人たちに挨拶をしたいと思っていたのですが、もう解散したのでしょうか」

「レティシア教官たちにはそうするようにと伝えてある。合格者は今日からここで暮らすことになるのだから、宿舎の確認をお願いしている。場合によっては宿舎を変更することもできるが、基本的には不自由のないように家具や生活用の魔道具は備えられている」

カノンは家にいたときと同じように料理ができるかを気にしていたので、台所の使い勝手は気になるところだろう。

今まではカノンとメイドの人たちが協力して食事を作っていたが、妹に負担をかけすぎないように仕事分担を考えなくてはならない。

「あの、猫様……いえ、私達の騎獣も一緒に住むことができますか？」

「貴族の生徒は騎獣とともに生活できるよう、宿舎も相応のものを用意している。本学園の『魔工建設科』は、魔法を利用することで短期間での建築が可能だ。貴族家の数だけの宿舎は常に確保できている。中には、同じ国の上位貴族の屋敷に間借りする生徒もいるのだがな」

「では、宿舎が集まっている区画には各国の貴族が集まることになるということですか」

「七つの国で区画が分かれているし、学年ごとでも学ぶ区域自体が分かれている。初年度はこの校舎を含む『碧海《へきかい》の区』で生活してもらう」

「『碧海の区』……この島は幾つかの区に分かれているのですね」

区が分かれているのなら、他学年の生徒と接する機会は限られるということか。

護衛をする上で、これからカノンが接する人物については事前に情報を集めておきたい。まず一年生の情報集めに集中できるなら、こちらとしては有り難い話だ。

同じクラスになるだろう、皇姫以外の生徒についても――級友については全員が信頼できる人物であれば理想だが、どんな生徒か最低限は知っておきたい。明日の正式な顔合わせまでに全員でなくても、数人には会っておけるのが理想だ。

「マティルダ副学長、そろそろお時間です。次のご用件もございますので」

メイド服の女性が言うと、マティルダ副学長は最後にということか、俺たちに右手を差し出した。最初にカノンが、その次に俺が握手をする。

「ロイド殿、先ほどの件についてだが……無償で協力を要請するという考えはこちらにはない。私の裁量が許す範囲で、貴君の要望に応じよう」

「ご配慮いただきありがとうございます。しかし、皆が安全に学べる環境を作るということは代償を求めてすることではありません。微力ながら、皇姫殿下の級友となれた光栄を噛《か》み締《し》め、務めを果たしたく思います」

「……務めと、そう言ってくれるのか。ロイド殿、貴君の高潔な精神に敬意を表する」

マティルダ副学長は再び頭を下げ、角隠しの帽子が落ちないように押さえつつ顔を上げると、先に談話室から退出する。

後から動き出したメイド服の女性がこちらにやってくる——そして。

俺とカノンを見ると、彼女は柔らかい微笑みを見せた。肩に届く長さの水色の髪に、切れ長の鋭い瞳が印象的な女性だ。ただの水色ではなく、彼女の髪色も宝石色——これはアクアマリンだろうか。

彼女は何も言わないまま、俺たちを先に行かせて恭しく一礼する。部屋から出たあと、俺は隣にいるカノンと顔を見合わせた。

「兄様、あの方は従者の服装をされていましたが、副学長様のことを主人というよりも……」

「友人として接しているように見えたね。年齢が近いみたいだから、もしかしたら学園時代の同級だったりするのかもしれない」

「あっ……そ、そうです。副学長様に『貴女の沽券に関わります』とおっしゃったとき、友達に忠告をするような言い方で……兄様、すごいですっ」

「予想でしかないから、正確なところはわからないけどね。主従関係だとしても、どこか対等なところがあるように感じた。そうなると、なぜ副学長があの人を同席させたのかということになるんだけど……」

「それも、兄様には全部お見通しなのですか？」

期待するように聞いてくるカノン――そんなに目を輝かせられると、こちらも期待に応えたくなってしまう。

「それが、さっぱりなんだ。見当もつかない」

「……意地悪をしないで教えてください、兄様っ」

「いや、本当に。ただ、何か重要な理由があるんだとは思う。でも、それが何なのか……」

分かるとしたら、もう一度副学長と会って話ができたときになるか。彼女に課せられた役目を果たせれば、話をする機会はまた巡ってくるだろう。

――そんなふうに、楽天的なことを考えていたから。

廊下の向こうに立って、窓からの光を浴びて立っている人物――『彼女』が誰なのかに、不覚ながら気がつくのが遅れてしまった。

## 7 助教官

あえて、ということなのだろう。こちらに歩いてくる女性は、平常時に身体を包む魔力も完全に抑制してこちらに歩いてきた。

魔力で判別などしなくても、俺とカノンにはその姿を見ればひと目で分かるというのに。

「……お母さま？」

髪の色までは偽装できないし、普段から仮面をつけている女性も俺たちの周囲にはそうはいない。天帝国では仮面をつけること自体は稀《まれ》ではなく、貴族の舞踏会などで仮面をつけた人を目にすることはあるのだが。

　俺もカノンと同じくらい当惑している——ミューリアがまるで、教官のような服を着ているからだ。レティシア教官の服とは細かい仕様が異なっているが。

「ふふ、何のことかしら。私はあなたたちの指導にあたる教官の一人、臨時講師のミュ……ミュー先生よ」

「いえ、母さまだというのは分かっているので……そこの前提は崩せませんが」

「そんなつれないことを言わないで。私はあなたたちの母親である以上に、この学園にいる間は講師として公平でなくてはいけないの。だから、先生と呼びなさい」

「は、はい。では、お母さま先生……でしょうか？」

　そういうことではない、と護衛にあるまじき指摘をしそうになる。カノンも分かってはいるのだろうが、すぐに切り替えられないようだ。

「カノンちゃんの気持ちは嬉しいけれどね、私は学園の中ではあなたのことをカノン殿って呼ばないといけないの。お兄ちゃんはロイド殿で、私はミューリア先生。そう、私は今日からあなたたちの先生になるのよ」

　もうミューリアと呼ばれること自体は受け入れたらしい。長く一緒に暮らしたが、未《いま》だに母の考えることは俺にとって時折難解だ。

　しかし、彼女がなぜここにいるのか、このところ家を空けることが多かったのはなぜか——それを考えると、俺はミューリアが突拍子もないことをしているとばかりも思えなくなる。

「呼び名を変えると、愛称を呼んでいるみたいで照れますからね……親子で何をしているのかって」

「お兄ちゃんがそんな初々しい反応をするのは珍しいから、それはそれで楽しそうね……じゃあお兄ちゃんだけはミュー先生にしようかしら」

「お母さま、兄様に恥ずかしい思いをさせるのは駄目です。家の中と外では、ちゃんと切り替えるのがいいと思います」

「カノンちゃんったら、すっかり大人になっちゃって……私と服を入れ替えたら、私の方が学生に見えてしまうかもしれないわね」

「い、いえ……その、私の服では、お母さまには……」

カノンが何を言いにくそうにしているのか——と考えて、俺は思考を散らした。カノンの服ではミューリアには胸がつかえるというのは、察しても口に出してはいけない。

「母さま、以前この学園に在籍していたというお話でしたが、その……教官というのは、その関係でのことでしょうか」

「そう、可愛《かわい》い子どもたちの顔を見に来ただけじゃないのよ。今回私がここにいることには、れっきとした理由があります」

ミューリアはふんす、と胸を張ってみせる。ここで俺たちに会うまで長い間密《ひそ》かに準備をしていたのだろうから、かなり張り切っているようだ。

「私がここにいたころ、事情があって領地に帰ることになったことは、二人とも知っているのよね。マリエッタが話しちゃったって言っていたけれど、それを聞いてお母さんはとても悔しい思いをしました。いつか私が自分で話すつもりだったのに、って」

「申し訳ありませんお母さま、私がお母さまの昔のことを知りたいと、マリエッタさんにおねだりをしてしまって……」

俺もそこに居合わせて話を聞いていたのだが、マリエッタさんはどちらかというと進んで教えてくれたので、カノンがおねだりしたというわけでもなかったと思う——が、まあ細かいことなので言わずにおく。

「でも、二人が小さいころはこの学園に来ると決まっていなかったから、家から通うのなら心配はないと思っていたの」

「それが、僕の我がままで家を離れることになって、心配になったと……」

「そんなことはないわ。ただ、機会があるとしたら今しかないと思ったの。私の籍が魔法学園に残っていて、卒業することができなかったから……当時学園で知り合った人たちに相談することにしたの」

「お母さまも、学園に復学されるのですか？」

その発想は全くなかった——ありえなくはないと思ったのだが、ミューリアは口元を隠して笑うと、自分の服の襟に触れて言った。

「教官の人はこれと似た服を着ているでしょう？　さっきさりげなく言ったけれど、私は臨時講師として戻してもらえることになったの。受け持ちは特別科の助教官という立場ね」

「助教官……凄《すご》いです、ミューリアお母さま。在籍していたときの成績がとても優秀だったから、そういった役職を頂けたのですね」

「さすが母さまです」

「カノンちゃん、ロイドちゃん……じゃなくて、お兄ちゃんまでそんなに褒めてくれるなんて。やっぱり色々と調整してここに来たのは、間違いじゃ……」

なかった、と安易に答えることもできない。それはミューリアが、天帝国の領地を預かる立場にあるからだ。

「しかし、フィアレス家の者としては、当主が魔法学園で助教官をしているというのは、責任ある立場として少し心配ではあります」

「そのために、中央でお仕事をして根回しをしておいたのよ。宰相様の覚えを良くして、他の貴族の方々にも貸しを作ったりして、今後の領地の方針についても家臣団に話してあるわ。昔ロズワルド家のことがあってから、みんなすっかり大人しくなってしまっているけれどね」

ミューリアが若い女性の当主だからと軽視する者は、もうフィアレス伯爵家の領内には存在しないと言っていい。ロズワルド家がフィアレス家を転覆させようと企《たくら》んだ行為を毅然《きぜん》として処断したことで、誰もミューリア個人の力、そして統治者としての資質を疑わなくなったからだ。

彼女が今日まで俺たちにも知らせずに色々と動いていたのは、全てこのため。俺たちが魔法学園にいる間も、傍《そば》にいたいと思ってくれたからだった。

「……お母さまは、本当に、無茶をなさいます。でも、私はそんなお母さまが大好きです」

カノンがそう言うと、ミューリアは少しだけ躊躇《ちゅうちょ》した――それは、大きくなった娘を衒《てら》いもなく抱きしめることに、遠慮を覚えたからだろう。

そんなミューリアを見て、近づいたのはカノンのほうだった。昔はミューリアが屈《かが》み込《こ》んでカノンを抱きしめていたが、今は少しミューリアの方が背が高いだけだ。

「ごめんなさい、心配性で。あまり過保護にしたら二人に嫌われてしまうと思ったけれど、私も未練が残っていたの。ここで過ごした日々は、私の人生の中でも大切な時間の一つだったから」

「嫌うなんて、そんなことは決してありません。お母さまがここに来るために頑張ってくれたこと、これからも一緒にいられることが嬉しいです」

「ありがとう、カノンちゃん。お母さんもここに来られて嬉しいわ。助教官という責任のある立場を任せてくれた学園の方たちにも、感謝しなくては」

俺たちの親であるからと、ミューリアに特別な便宜が図られた――ということでもないのだろう。彼女が在学中に優秀な成績を残していたこと、本意ではなく学園を離れたこと。学園の上層部に当時のミューリアを知る人物がいて、彼女の要望を聞いて、学園に復帰する形を考えた――それで、助教官という役職が与えられたということか。

「公平を期すために、私がいつも授業のお手伝いをするわけではないのだけど、一緒になることもあると思うわ。宿舎は同じにしてもらえることになったから、これから案内するわね。ティートちゃんは港で待っているの？」

「はい、これから呼びに行くつもりです。かなり退屈をさせてしまいました」

「騎獣が自由に遊べる場所もこの島にはあるから、後で行き方を教えてあげる。それじゃ、港まで一緒に行きましょうか。学園の中の主要な場所には、転移陣で行けるのよ」

ミューリアはカノンと連れ立って歩いていく。俺が後ろからついていくとミューリアが振り返る――何を伝えたいのかは分かるが、素直に従えないのは、我ながら年頃の息子という感じがする。

「お兄ちゃんも恥ずかしがらないで、隣に来て」

「そうですよ、兄様。せっかくお母さまが来てくれたのに、格好をつけていてはだめです」

「い、いや、そういうわけじゃ……分かった、僕の負けだよ」

俺は二人に追いつき、ミューリアの横に並んで歩いた。昔は手を繋《つな》ぐこともあったものだが、今はそうしない――出会ってからの時間を感じ、俺はしばらくミューリアとカノンの話に相槌《あいづち》を打ちながら、周囲の景色を見て歩いた。

しばらくして話が落ち着いたあと、ミューリアは俺に尋ねてくる。

「……ロイド、私が嘘《うそ》をついてたって怒らないのね」

入学する前、ミューリアは『私もついていきたいけど、しなきゃいけないことがいっぱいあるから』と言っていた。それで先に学園に着いているというのは正直を言って意表を突かれたが、今にして振り返れば、ミューリアはそれらしい兆候をあらかじめ見せていた。

「僕たちをいつでも見守っている……とも言っていましたから。考えてみれば、そういう意味だったのかと納得しています」

「ふふっ……ロイドには見抜かれてもおかしくないから、あのときは緊張していたのよ。でも良かった、怒っていないみたいで」

「こんなことでは感謝こそしても、怒りはしないですよ」

何気なく答えるが、しばらくミューリアは何も言わなかった。そのうちに、カノンが口を開く。

「お母さまは、兄様が許してくれるかが一番心配だったのですね。兄様の優しいところを、誰より分かっているはずなのに」

「でも、お兄ちゃんが責任感が強いことも分かっているから。伯爵が領地を離れるなんて何事だ、って思っているでしょうし」

「思っています。ですが、領民をないがしろにするわけではない。合間を見て天帝国に帰ることができるなら、大きな問題はないと思います」

「ああ……こうしてお兄ちゃんのお墨付きを貰《もら》っても緊張しちゃう。息子にお説教をされるお母さんってどうなのかしら……」

「マリエッタさんにも、改めてお礼をしないといけませんね。お母さまが安心して領地を留守にできるのは、家臣団の長であるマリエッタさんのおかげですから」

そう——彼女はフィアレス家のメイド頭としてミューリアを支えてきたが、元は子爵家の出身で、家臣団の長の役職を父親から継ぎ、領内で二番目の権限を持つ人物となった。

「マリエッタがこちらに来るときは日程を調整するか、私と入れ替わりでというのが条件の一つになっているの。彼女もここに来るのを楽しみにしているでしょうね」

ミューリアの気持ちを尊重して周囲が動いていた。彼女の積み重ねた人望があってこそ、今回のことが実現したというわけだ。

ティートはどこかに行っていたようだったが、俺たちが港に行くころには戻ってきていた。

『そこに見えるはロイドの母君か。私はティートという、会うことができて光栄だ』

「私はミューリア・フィアレスです。こちらこそ会えて嬉しいわ。猫の王バスティート」

『私は流浪の獣にすぎない。今は契約に基づき、ロイドとその家族である二人とともにありたいと思っている』

俺と話すときに比べると随分丁寧な対応だ——と、妬《や》いている場合ではない。

「猫様、私と兄様は無事に合格することができました。これからお家《うち》に向かいましょう」

『何となく感じてはいた。ここに転移してくる生徒が皆落胆していたのでな。ロイド、何かやったようだな。一瞬おまえの魔力を感じたぞ』

「ティートも少しここを離れていたみたいだね。何かあった?」

聞いてみると、ティートは少し考えるが、どうやら教えてくれる気はないようだった。

『猫にも色々とあるものだ。機会が来れば話してやろう、合格したのならここで過ごす時間も長くなりそうだからな』

ティートはそう言って、ミューリアに案内され、宿舎に向かうために転移陣のある場所に向かう。俺とカノンもその後に続いた。

この学園に知り合いがいる――ミューリアだけではなく、もしティートもそうだとしたら。それを確かめるのは、もう少し先になりそうだ。

## 8　貴族居住区

俺たちが昼食を摂《と》った港近くの広場。そこにある転移施設は試験前は封鎖されていたが、今は学生証があるので利用可能となっていた。

転移魔法陣を囲うように、八方向に石柱が立てられている。二十人くらいは一度に移動できそうで、俺たちとティートが一緒に入っても余裕があった。

魔法陣の中心に設置された水晶とその台座は、転移先を決めるためのものだ。この辺りの技術は千年前からあまり形が変わっていない。

転移魔法陣はどんな場所にでも転移できるわけではなく、対応する陣のある場所とつながっているのみだ。自由自在に移動する転移魔法は、この時代においても使用できる魔法使いは稀少を極める。

存在しないと言い切らないのは、アルスメリアがそう言っていたからだ。彼女は世界のどこにでも行けて、それでも転移魔法を生涯で数度しか使わなかった。

不戦結界ができた今は、もし『自在転移』が可能な魔法使いがいたとしても結界を超えて転移するようなことは不可能となった。

アルスメリアは後世に幾つも枷《かせ》を残してしまったと自分を戒めていたが、俺には彼女の言う通りなのかは分からない。騎士であった俺が思うことではないのかもしれないが、戦がないことが人々にとっての最大の自由だと思えるからだ。

「二人とも初めてだと思うから、この魔導器の使い方を教えるわね。基本的にはこの部分に触れて、行き先を念じればいいの。まだ『想念固定』の練度が低い人は、行き先を声に出すと確実になるわ」

「兄様に手ほどきをしていただいたので、大丈夫だと思います」

「お兄ちゃんったら、カノンちゃんと遊んでると思いきや魔法の授業をしていたのね」

「魔法学園で役に立つと思ったので、色々と予習をしていました。『想念固定』は家に指南書《テキスト》が置いてあったので」

「あの一冊を読みながら授業を受けて、前期が終わるころにみんな身につけるくらいのものなのよ。お兄ちゃん、クラスのみんなにも教えてって言われてしまいそうね」

成績上位者の集まるクラスであれば、その辺りの心配は無用に思える。

一部の科目が突出していて他の科目が苦手という生徒がいる可能性もあるが、少なくとも皇姫たちに関しては魔法の素養は高く、同年代の中で各国を代表する力を持っているのは間違いない。

「お兄ちゃんが一番成績が良かったっていうから、お母さん本当に嬉しくなっちゃって……さっき顔を見た時にハグをしようと思ったんだけど、それは我慢しておいたの。先生として威厳を保たないといけないし」

「い、いえ。僕は八位か、カノンより下の順位ということになると思うので、一番というわけでは……」

「いいのよ、マティルダも喜んで教えてくれたんだから……あっ、驚いてるみたいだから言っておくとね、彼女は私と同じクラスだったの。私も特別科で、あなたたちと同じだったのよ。建物は新設されて新しくなっていたけれど」

そんなことまでずっと秘密にしていたのか――と、鋼鉄のような口の固さに感嘆する。

「お母さまも私たちと同じ科だったのですね。マティルダ副学長さまとはどのようなご関係だったのですか？」

「彼女は昔から変わっていなくて、誰に対しても公正で誠実な人よ。男子にも人気があったんだけど、今でもお互い独りなのよね、ってさっき話していたの……あっ、これはまた会うことがあっても内緒にしておいてね」

「あまり私的なことをお話しする機会は無さそうですが、心しておきます」

「ふふっ……お兄ちゃんったら。そんなに身構えなくてもいいのよ、彼女は優しいから」

一言ずつマティルダ副学長のイメージを変えるようなことを言うミューリア――久しぶりに学園

に戻ってきて、気分が高揚しているようだ。

ヴァンスとしての視線では、今のミューリアはいつもよりあどけなく見える。大人の女性に対して思うことではないが——と考えていると、ティートが尻尾で触れてきた。

『積もる話もあるとは思うが、そろそろ移動しようではないか』

「ああ、そうしようか。母さま、話の続きは宿舎に着いてからにしましょう」

「ええ。最初は行き先を言って転移するわね。『魔法学園島西部二十一番　貴族居住区』へ」

ミューリアが水晶に向けて言うと、足元の魔法陣が淡く発光を始め、柱の外の風景が変化する。

転移した先は、庭園の中だった。この庭園が貴族居住区の中心に位置しており、七つの方角に門があって、それぞれの国の貴族が暮らす宿舎に通じているということらしい。

「この転移魔法陣を、貴族居住区の人たちが共同で利用することになるわ。ここで他国の方とお会いしたときは挨拶をするようにね」

「はい、お母さま。あちらの屋根のあるところは？」

「庭園の花を見ながらお茶会ができるように、テーブルと椅子が置いてあるのよ。お母さんもまだ入学したばかりの頃、クラスメイトを何人か誘って……ああ、懐かしいわね」

転移魔法陣のある場所から、七方に向けて道が延びている。天帝国の貴族宿舎があるのは北西の門を通った先のようだ——門の周囲に、天帝国の風土で生育する花が咲いている。

天帝国の国花は限られた場所でしか育たない。ここに咲いている花は別のもので、天帝国では多くの場所で見られるものだ。だがありふれた花だからこそ、郷愁を抱きもする。

「まだ一日も経っていないのに、この花が懐かしく思います」

「故郷を離れても想《おも》えるように植えられたものなのだけど、合格したあとで見ると泣いちゃう子もいるわね。お母さんもそうだったから」

目を潤ませるカノンを見ていると、こちらも胸に迫るものがある——感動屋ではないつもりだが、妹の涙には弱い。

「兄様、空を見上げてどうしたんですか？」

「いや、何となく青いものが見たくなっただけだよ」

「そういうときはお母さんの胸で泣いてもいいのよ？」

「そうしたくてもできないのが男というものですから」

母の甘やかしを受け流すことにも、我ながら慣れてしまったものだ。ミューリアは残念そうにしているが、それ以上押してはこない——これが今の俺たちの、親子の距離感だ。

学生証が鍵の代わりになり、近づいただけで門が開いていく。

（……ん？）

何者かの視線を感じて、俺は振り返らずに気配をうかがう。

一度見たことのある魔力——それは、魔皇姫が聖皇姫と対峙していたときにまとっていたものに相違なかった。

その魔力はフッと消えて、視線も感じなくなる。振り返って見てみると、魔帝国の宿舎に通じる門が閉まるところだった。

「兄様、いかがなさいましたか？」

「誰かが見ている気がしたけど、害意があるわけじゃないと思う」

「相変わらず鋭いわね……私もカノンちゃんも何も気が付かなかったのに。お兄ちゃんが護衛をしてくれているとやっぱり安心ね」

「い、いや、頭を撫でるのは、世間体がですねっ……」

「お母さまがそうするのなら、私もしていいということですね」

『やれやれ……何をしておるのだ。少し歩くたびにじゃれていてはいつまで経っても着かぬではないか』

ティートにたしなめられて、ミューリアとカノンは名残惜しそうに離れていく。

家の中では俺をかまうことに執心している二人が、外で見せる姿との落差は、我が家族ながら大きすぎると思う——気を緩めたところを見られるのが家族の特権だというなら、甘んじてかまわれるべきなのかもしれないが。


俺たちが借りることになった宿舎は、二階建ての屋敷だった。天帝国の屋敷と比べると半分ほどの大きさにはなるが、生活する上では全く支障はないし、部屋数は三人で暮らすには余るほどにあった。

裏庭に建てられた騎獣小屋は寝床としては十分に大きく、ティートも悪くないと言っていた。今までは森の中の洞穴を寝ぐらにしていたので、木床の上に毛布を敷いて作られた寝床は居心地が良いらしい。

屋敷裏の警護はティートがいてくれるので、俺は表側に警戒を巡らせることにする。屋敷の敷地周囲に簡易結界を敷き、侵入者を感知できるようにしておく——空からの侵入については屋根に魔道具を設置して対応する。

地中からの侵入――穴を掘って侵入する『土竜戦術《もぐら》』は侮れないのだが、これについては屋敷に地下室があるので、そこに魔道具を設置して対応すれば問題ない。魔道具を設置するたびに対応する指輪を嵌《は》めておく必要があるが、最大で十六くらいまでは装着していられるので、他にも気になるところが見つかるたびに魔道具を設置していく方針だ。

「兄様、地下室に入っていらしたのですか？」

地下室に魔道具を設置して出てきたところで、カノンが様子を見にやってきた。貴族の正装から今は普段着に着替えている。

「食料庫があったけど、今は空になっているね」

「買い物をするときは、居住区に出入りをされている商人の方に注文をするそうです。西地区の十八番地に行くとお店があるとお母さまからうかがいましたので、直接品物を見に行くこともできます」

「店か……実家にいたときは、行く機会がなかったね。何か用事ができたら行くこともあるかもしれないな」

「兄様、連れていってくださるのですか？」

カノンが目を輝かせる――実家にいた頃から、妹が馬車で移動するときに、町の中にある店を気にしているというのは気がついていた。

「他の人たちが休日の過ごし方をどうしているかにもよるかな。店のある区画に行くようなら、僕らも誘われることはあるかもしれないし」

「お誘いを受けられたら嬉しいですが、私は兄様と二人でなら、どこに行っても楽しいと思います」

そう言われると、不特定多数が出入りする場所では護衛の難度が上がるとか、そういった考えを全て飲み込んでカノンの希望通りにしたくなる。

「まずは明日からの授業を頑張って、休暇のことはそれから考えようか」

「はいっ、兄様」

「……お母さんがいないうちに、隙あらば仲良くしちゃって。どんな話をしてたのか言わないと、行き場のない気持ちがお兄ちゃんに向けられるわよ」

自室にいると思っていたミューリアが、いつの間にか二階から降りてきていた。

「い、いえ、休暇になったら他の地区を見てみようかと……実家にいた頃は、町に出たりすることもありませんでしたし」

「そういうことなら、私がついていくとカノンちゃんに怒られちゃうわね……いいわ、二人でゆっくりしていらっしゃい」

「そうおっしゃられると、恥ずかしくなってしまうのですけど……」

妹もお年頃なので、友人ができたときに三人以上で行くというのがいいかもしれない。

しかし、先ほど感じた視線は――魔皇姫が俺たちを見ていたとしたら、その理由は真っ先に一つ思い当たる。魔帝国侯爵家のジルドと対戦したことだ。

（自国の侯爵家が、他国の伯爵家に負けた。それで面目を潰されたと思っているなら、こちらに対する魔皇姫の感情は芳しくなさそうだな……）

皇姫殿下たちと同じ教室になった以上は、友人というのは恐れ多くとも、級友として穏やかな関係を築ければと思う。

魔皇姫と対面する際に、彼女が何を言うのか——杞憂《きゆう》であってくれればと思うが、こういったときの勘が外れることが少ないことを、俺は自身で自覚していた。

## 9　聖帝国の護衛

屋敷の周辺警備について準備を終えたあと、俺は屋敷裏の小屋に行き、授業に出ている間のことについてティートと話していた。

『私が自由にできる場所があると母君が言っていたではないか。そこに行かせてもらえれば退屈もするまい』

「そこにはさっきの転移陣で行くことになるのかな？」

『おそらくそうだろうな。その学生証のようなものを私にも支給してもらえれば、自分で移動するのだが』

意思の疎通ができる騎獣ならば、許可が降りる可能性もありそうだが——と考えていると、ミューリアが屋敷の裏口からそろそろと出てきた。

「母さま、それくらいの物音でも僕は気づきますよ」

「そう？　気づかれちゃってても関係ないけど……えいっ！」

「っ……あ、あのですね、そろそろそういう悪戯は……」

牽制《けんせい》したつもりがミューリアは普通に近づいてきて、後ろから手を回して俺の目を塞いできた。

「母さま……誰でしょう、なんて聞かれても困惑してしまいますよ」

「そんなつれないこと言わないの。でも、今日のお兄ちゃんは逃げないでくれるのね」

ひんやりした手が心地よかったのだが、ミューリアはすぐに手を離す。やはり再会したことではしゃいでいるように見える——困った母さまだが、彼女らしい。

「お兄ちゃんがティートちゃんとお話をしているのを見て、微笑ましいなと思って来てみたの。新しいメイドさんが来てくれたから、カノンちゃんは一緒にお料理をしてるわよ。私は『奥様がお料理をするなんてとんでもない』って言われちゃって」

「そうすると、カノンも『お嬢様がお料理なんて』と言われてしまいそうですね」

「カノンちゃんったら、兄様のお口に入るものは私が極力作るようにしていますって押し切っちゃったのよ。明日は食事会があるからお弁当なしでいいって言われているけど、それも残念みたいね」

この魔法学園において、貴族の生徒が住む宿舎にはメイドが派遣されるということらしい。さっき結界を通って入ってくるのが分かったが、二人組の女性だった。

『ロイドは妹君に食生活を握られているというわけか。それは愉快な話だ』

「ティートちゃんのご飯は、いつもは何を食べていたの？」

『私は狩りをして、果物や木の実を食べていた。身体の小さい獣は人間の味付けでは毒になるが、私の場合それは問題ない』

「私達と同じものを食べられるっていうことね。量はどれくらいがいいのかしら」

『この身体を維持するために多量に食べると思われるだろうが、人間と同じくらいの量で問題ない。どちらかといえば、自然から生気を吸う方が重要なのでな』

そういうことなら、やはり森などの自然が多い場所に連れていってやりたい――と考えていると、ミューリアが胸元から紙を取り出す。

「よりによってそこに入れなくてもですね……」

「ここにティートちゃんが遊べる場所の名前を書いておいたから。お兄ちゃん、夕食の前にティートちゃんを連れていってあげたら？」

『私は明日以降でも良いのだがな。名前が分かれば、門さえ開けてもらえば一人でも移動できる』

「僕も一緒に行くよ。どういう場所か見ておきたいからね」

「私も行きたいけど、もうお家の中の格好に着替えちゃったから。お兄ちゃん、ティートちゃん、行ってらっしゃい」

小屋の中で寝そべっていたティートは目を動かし、俺を見る。そして何も言わずに身体を起こすと、尻尾で背中を示した。

『やれやれ、時には一人で羽を伸ばしたいのだがな。どうしてもと言うなら仕方ない』

「ははは……ありがとう、ティート」

「ティートちゃんってツンツンしてるのに実は……お兄ちゃんったら、猫さんまでとりこにしちゃうのね」

『何か聞こえたが、聞かなかったことにしておこう。母君、ではご子息を借りる』

小屋を出たティートの背中に乗せてもらい、天帝国宿舎区の門を出る。

夕焼けに染まる道を歩き始めてすぐに、転移陣を囲んだ石柱を背にして、一人の人物がこちらを見ていることに気づいた。

（あれは……聖皇姫の護衛。二人いた近侍のうちの、女性のほうか）

聖帝国の『魔力持ち』は髪が白や金色の系統になることが多い。彼女はクリーム色の髪をしており、後ろ髪を結い上げている——腰に帯びている剣は、学園内で所持を許される範囲のものということか、刃のないものだ。

俺は彼女にある程度近づいたところでティートから降りた。聖皇姫の護衛の女性もこちらにやってきて、目が合うなり一礼する。

「初めてお目にかかります。私は聖帝国皇姫エリシエル殿下の従者、クラウディナと申します」

「私は天帝国伯爵令嬢カノン・フィアレスの護衛で、ロイド・フィアレスです。こちらこそよろしくお願いします」

こちらも一礼する——そして同じ護衛の立場となれば、敵意を示さないためにも先に右手を差し出す、それが礼儀だ。

俺が右手を差し出すと、クラウディナも握り返す。それでも彼女は表情を崩さず、俺を真っ直《ま》ぐ《す》に見据えていた。

『聖帝国の護衛が、こちらを牽制に来たか。ロイド、如何《いかが》する』

『護衛同士で現状の認識について確認できるなら、それは悪いことじゃない。少し話してみようと思う』

『ふむ……ロイドがそう言うならば。相手が何か不審な動きを見せたら、そのときはこの尻尾で締め上げてやろう』

それは国際問題になりかねないし、授業が始まる前に問題を起こすのは避けたい。好戦的なティートだが、その辺りの事情は分かっていての冗談のようだ。

「もうすぐ日も沈みますが、こんな時間にどうされたのですか？」

「このようなことを言うと、身構えられることと思いますが。ロイド殿、あなたと一度話しておきたかったのです」

「ということは……私と妹が特別科に配属されたことを、ご存知ということですね」

「はい。私も試験で必要な成績を残すことができたため、エリシエル殿下と同じクラスに配属されております。もう一人、男性の護衛がおりますが、彼も同じクラスになります」

二人とも聖皇姫から離れるわけにはいかないということだろうか。俺もカノンに付きっきりでいるべきではあるが、夜の間も見張らなければならないのだから、ミューリアもいて安心できる状況下くらいは、監視されない状態にしてやりたい。

「皇姫殿下と、護衛の方々でほぼ一クラスが構成されていることになりますね」

「一般の生徒の方、貴族出身の方もいらっしゃいますが、少数のようです。すでに素性などは知らせていただいておりますが、特に懸念される事項などはないようです」

「それを聞けて安心しました。こちらでも何か分かったら情報を共有させてください。皇姫殿下の護衛をされる上では、開示できる内容には制限があると思いますが、その範囲内でも非常に助かります」

大袈裟《おおげさ》というわけでもなく、他国の皇姫とその護衛には最大限の礼を尽くすと表明する。それは当然のことで、警戒されて挨拶すらできないという状況にならないよう立ち回らなければならない。

『随分と下手に出るのだな。見ただけで相手の実力は測れているだろうに』
『かなりの手練だよ。学生という基準で測れば……そして将来的には、かなりの武人に成長するだろうね』
『……視点がもはや育てる側の立場ではないか、阿呆《あほう》』

なかなか酷《ひど》いことを言われてしまった――だがティートの言うことにも一理ある。

生徒と同じ視点で授業を受ければ、周囲に嘘をつくことになる。皇姫殿下の護衛たちを前にして、その演技を悟られてしまえば不審に映る。

周囲を納得させるだけの力を見せつつ、侮られず、恐れられもしない。それは確かに『育てる立場』の人間に近いのかもしれないが、周囲の生徒に理解されるには、相応の実績が必要だろう。

しかし皇姫たちも同じクラスということは、彼女たちをさしおいて一介の生徒が一目置かれるというのは、図らずも非礼ということになり――これではあちらを立てればこちらが立たぬという状況だ。

「……あえて申し上げますが。エリシエル皇姫殿下は、今回の試験で一位の成績を取ることを目標にしておられました。しかし、そうはならなかった」
『その場合』を想定してはいた――試験の実際の成績、あるいは俺が一位であったことを、他の生徒たちが知らされてしまっている可能性を。

「竜皇姫リューネイア殿下が、皇姫たちの中で最も魔法の資質が高いというのは各国に伝わっています。しかしそのリューネイア殿下が、入学生代表の式辞を一度辞退されたのです。『私よりふさわしい人物が他にいる』と仰《おつしや》って」

クラウディナの言葉を聞いて、ティートが笑う気配がする——魔力感応なので表情には出ていないが。

『ロイド、おまえの期待していた通りではないか。おまえの力に全く気が付かぬような者ばかりではないということだな』

『ティートと同じように僕の魔力を感じ取った……ということなのかな。それだけでは、自分より成績が上と決めつけることはないと思うんだけど』

『強者であるがゆえに感じ取れることもあるのだろう。竜皇姫の評価を受け入れることも敬意というものだ』

しかし、竜皇姫の発言が俺に向けられていると限ったわけではない——と、韜晦《とうかい》ばかりに励んでいるわけにもいかない。

「全体九位のカノン・フィアレス殿。ロイド殿は、その兄君……でいらっしゃいますか？　それでしたら、実力は必然的に高いものとお見受けします」

明かすべきか、明かさざるべきか。皇姫と護衛たちが興味を持っているなら、いずれは知られてしまうだろう——ならば。

「恐れ多い話ですが、今回の試験において、私は順位をいただいておりません」

「……お答えいただき、ありがとうございます。大変不躾《ぶしつけ》な詮索をしてしまい、申し訳ありません」

順位はつけられていないが、特別科にいる。それで察してもらうというのはやはり駆け引きにはなるが、完全に伏せるよりは信頼してもらえたようだ。

「しかし……恐れながら、ロイド殿。あなたからは、それほど……」

「私の魔力については、いずれお話しすることもあるでしょう。特異体質のようなものだとお考えください」

「っ……そ、そうなのですか。私も『宝石色』と判定されてはおりますが、特異とまでは……」

「お互い、手札は必要なときまで伏せておきましょう。と言っても、同じ教室ですから、互いに力を見せ、高め合えればと思います」

「はい。しかし……今回は聖皇姫殿下だけではなく、魔皇姫殿下についてもお話ししておきたいことがあるのです」

　ここまで来たらすべて聞く以外にはない。話の内容については、ある程度想像はついていたが。

「入学試験一位を目標とされていたのは、魔皇姫アウレリス殿下も同じなのです。試験終了後に皇姫殿下たちが顔合わせをしたとき、魔皇姫殿下はこう発言されていました」

　ジルドのこともある。だが、それだけでは無かった――そこまでは、正直を言って読み切れていなかった。

「リューネイア殿下の言う『ふさわしい人物』と、手合わせがしたい。実戦が難しいのであれば『幻影舞闘』でもかまわないと。そうでなければ、自分の順位がはっきりしないことにも、皇姫全員が入学生代表となることにも納得できないと……そう仰られたのです」

　――魔皇姫の好戦的な性格についてはこの目で見て理解していた。しかし、彼女が俺に戦いを挑んでくるというのは想定範囲から除外していた。

　皇姫が他国の、それも伯爵家の護衛に対抗意識を持つなど、普通なら考えられない。しかし学園という環境において、そういったことも生じうるのだと今更に痛感する。

「入学式典は三日後になりますが、明日も特別科の生徒は教室に集合します。教室でお会いしたとき、おそらく魔皇姫殿下は……」

「分かりました。知らせていただいてありがとうございます」

「……ロイド殿」

俺が名乗り出なければ、魔皇姫の不興を買う。彼女の言っていることには道理が通っている――魔皇姫が他国の護衛に勝負を挑むというのは、いささかお転婆がすぎると言わざるを得ないが。

聖皇姫と魔皇姫、そして他の皇姫同士の間にもあるという対立関係については、同じ教室で学ぶうえで必ず解決しなければならなくなると思っていた。

皇姫と戦うことを恐れ多いと辞退すれば、魔皇姫の誇りを傷つけることになる。選択は一つしかない――戦って、そして魔皇姫の理解を得る。

そうでなければ、皇姫たちが揃って入学生代表として挨拶をする光景は見られない。七国の友好を示すためにも――というのはお仕着せかもしれないが、多くの人がそれに期待しているはずだ。

「……しかし、聖皇姫の従者であるあなたが、なぜそこまで？」

魔皇姫の従者がどのような人物かにもよるが、聖皇姫の従者が魔皇姫の言動について俺に忠告するというのは、改めて意外に思える。

「エリシエル殿下からのご指示です。アウレリス殿下とは、かねてからご交流がありますので」

「アウレリス殿下の性格を、よくご存知ということですね」

クラウディナは頷きを返す。聖皇姫と魔皇姫は規定よりも年少で入学していることを考えると、クラウディナは主君よりも年上ということになる――だからなのか、ふと見せる表情は優しいものだった。

「エリシエル殿下は心優しいお方です。しかし聖帝国と魔帝国は、同盟下においてもわだかまりを残している……アウレリス殿下が対抗意識をお持ちになるのは、そのような理由からなのだと思います」

二人とも和解することができるといい。それは、まだ二人に会う前に軽率に口にすることではないと思った。

「では……呼び止めて申し訳ありませんでした。私にはロイド殿の実力が見抜けませんでしたが、だからこそ十二位という成績だったのでしょう」

「入学時の成績はあくまで現時点のものです。数年後は分かりません」

「はい、少しでもロイド殿に近づけるよう努力します。それでは」

クラウディナは敬礼をして立ち去る――彼女がここで待っていたのが『最上位の成績の生徒』であったとしたら、ここで会えるかは彼女にとって賭けだったわけだが、出向いてきて良かったといえる。

『時間が少なくなったが、少しくらいは相手をしてもらうぞ』

「運動不足は身体に悪いからね。魔法学園まで飛んできただけでもかなりの運動量だけど」

『それとこれとはわけが違うぞ。おまえと手合わせをする方がよほど効く』

魔皇姫と戦うことになる――そんな話をしていたからか、ティートも気分が高揚してしまったようだ。

俺たちは『原生森林区』を行き先に指定して転移する。そして広がる森林にティートが駆け出していくのを追いかけながら、森でティートと鍛錬した日々を思い出し、『猫の王』の身体能力についていくために意識を切り替えた。

## 10　追憶

原生森林区は島の未踏地域をそう呼称しているだけのようだが、一日で見て回れないほどの広大な敷地があった。森林の中に洞窟を見つけたりもしたが、現時点ではここにカノンが来る予定もないので、調査は保留にしておく。

『ロイドたちが勉学に励んでいるうちに、私が暇つぶしに探索しておこう』

「好奇心は猫を危険に追いやる、というようなこともよく言われるけどね」

『心配してくれているのか？　ならば危険があるとしたらおまえを連れてくるとしよう』

森林を駆け巡りながら魔法の撃ち合いをしたのだが、俺もティートもさほど疲れていない。手合わせが終わったあとは、ティートの背中に乗せてもらって移動した――転移魔法陣まで戻り、宿舎の前にたどり着いたときには、もう日が沈む手前だった。

俺たちが屋敷の門をくぐったところで、中から二人のメイドが出てくる。一人は小柄で、一人は長身――どちらも魔力持ちだ。

「ロイド様、お帰りなさいませ。私は今日から勤めさせていただくことになりました、ソエルと申します」

「同じく本日よりフィアレス家の皆様にお仕えさせていただきます、コゼットと申します」

ソエルは緑の短い髪で、小柄で愛嬌《あいきょう》のある少女だ。コゼットは赤みがかった髪を長く伸ばしており、細身だが何か武術を身につけているようだ――見るからに隙がない立ち姿をしている。

『一人は護身術など嗜《たしな》んでいるということではないか。もう一人も魔力だけ見れば、それなりの資質を感じるな』

ティートの言う通りだが、それに加えてもう一つ気になることがある。それは、二人が俺やカノンと同じ年頃に見えるということだ。

「ソエルさんとコゼットさんですね。その、つかぬことを聞きますが、お二人は魔法学園の学生ですか？」

「はい、魔法学園の二年生です。学園には奨学生枠があって、お仕事をして学費の補助をしていただくことができるんです」

「私とソエルは春休みのうちに研修を受けていますので、従者としてのお仕事に関しては問題なくこなせるかと思います。よろしくお願いいたします」

同じ学生でも、授業が終われば仕事をする人たちもいる――自分たちが貴族として恵まれた環境にあると再確認しながら、彼女たちにあまり負担をかけないようにしなくてはと思う。

「こ、こちらの猫の方《かた》は、お食事の時間はどのようになっていますでしょうか」

『脅かしているつもりはないが、やはり私の見た目は怖いのか』

『身体が大きいから迫力はあるだろうね。ティート、どうする？』

『朝と夜は同じ時間に食事を出してくれればいい。昼はこの者たちも学園にいるのだろう』

「……猫の王、バスティート……天帝国の方が騎獣とされているなんて……」

コゼットはティートを見ても落ち着いていて、興味深そうに見ている――ティートは背中から降りた俺を一瞥《いちべつ》すると、ソエルに付き添われて屋敷裏の騎獣小屋に歩いていった。

残ったコゼットは俺を見ている――何というか、俺という人物を測ろうとしているようなそんな目だ。

「カノンと一緒に料理をしてくれていたと聞きました。僕からもお礼を……」

「い、いえ。それは、お仕事ですから……カノンお嬢様からはロイドお兄様のことを、とても紳士的で優しく、お強いとうかがいました」

「すみません、妹は多少僕に甘いところがあって……身内でも適度に厳格にしなくては、と話してはいるのですが」

そう言うと、コゼットは初めて微笑んだ。

「お兄様がそうおっしゃるだろうとも言っていらっしゃいました」

「いや、まいったな……悪戯なところもありますが、僕にはもったいない妹です」

「仲が良いご兄妹で何よりです。それでは……ロイド様、お召し替えはいかがなさいますか？」

少し緊張した面持ちでコゼットが言うが、俺は笑って答えた。

「着替えは一人で大丈夫ですよ」

「は、はい……かしこまりました」

貴族の男性が、女性の従者に着替えを手伝ってもらう――それは珍しいことでもないが、少なくとも俺は頼んだことがない。

「この家では従者の仕事をお願いしますが、お二人は僕たちにとって先輩です。どうか気を楽に……と言っても、嫌味になるでしょうか」

「い、いえ。そんなことは……そう言っていただいて大変光栄に思います。ソエルと一緒に、これから頑張ってお仕事をさせていただきますので、何卒《なにとぞ》よろしくお願いいたします」

「こちらこそよろしくお願いします」

貴族とそうでない人の間には壁がある。階級に従った振る舞いをしたほうが、貴族に仕える人々を安心させられるというのも、これまで何度も見てきた。

俺は伯爵家の一員となっても、生まれながらに階級が人を隔てているという意識を持ったことはない。

――私の命の価値と、他の誰かの命の価値が違うなどと考えたことはない。

――君が私を守って死んでもいいというなら、私はそれを否定する。

――私に対する忠義が真実なら、ともに最後まで生きてみせろ。ヴァンス・シュトラール。

最後は自分ひとりだけで、終わろうとしていたのに。ともに生きろなどと、あの時どんな思いで俺に言ったのか。

アルスメリアは、どこまでも俺の進言に耳を貸さない、とんでもない主君だった。

「……ロイド様……？」

「ああ……いえ、何でもありません。時折考え事をする、悪い癖です」

俺は屋敷の中に入る――今の顔は、誰にも見せたくはなかった。

自室で着替えを終えて、ダイニングルームに行くと、カノンとミューリアが待っていた。今夜の主菜は魚料理――この島では魚介の類が手に入りやすいのだろう。

「お帰りなさい、兄様」

「お帰りなさい、お兄ちゃん」

同じ食卓を、二人と囲む風景。しばらくの間見られないと思っていたのに、当たり前のようにそこにある。

過去に向けられていた目が、再び現在《いま》に向かう。アルスメリアを忘れまいとする心と、転生した彼女を探し出したいという思いは相反しない。

だが、ロイドとしての俺を見てくれている人もまた大切で。

カノンとミューリア。二人が居てくれるからこそ、今の俺がいると思っている。

「待たせてごめん、カノン。母さま、只今《ただいま》戻りました」

「全然待ってなんていません、丁度兄様が戻られる時間に合わせていたので」

「カノンちゃんの神業よね。お兄ちゃんのことなら何でもわかっちゃうのよ」

長く一緒に暮らしているからというだけではすまない、妹の勘というものがある。

そして彼女は、俺の心情がいつもと違っていると、決まってそれも見逃さない。

「兄様には、明日に向けて元気を出していただかないと。クラスの方々にお会いするのですから、覇気のある姿をお見せしなくては」

特に皇姫たちには失礼のないようにしなくてはいけない。クラウディナから聞いた皇姫たちの発言についても、後で二人には話しておくべきだろう。

「覇気か……そうだね。皇姫殿下は僕の成績を知っているから、背筋を正して堂々としていなくては、落胆させてしまいそうだ」

「お兄ちゃん、最初から正念場を迎えてるのね……何か困ったことがあったらお母さんに言ってね、助教官としてできるだけのことをするから」

「母さまにはご迷惑をかけないように、自分にできることをしてみます。カノン、それで明日のことだけど……」

魔皇姫殿下のことを話すと、さすがのミューリアも緊張した面持ちで、俺のことを心底心配しているようだった――しかし、カノンはというと。

「兄様なら、きっと大丈夫です。でも……一つだけ心配なことがあります」

「ん……？」

カノンは俺の反応を見て「仕方ない兄様ですね」というように苦笑する。

「どのような結果になっても、魔皇姫殿下が兄様に関心を持たれるのは避けられないように思います」

「それは……級友として、お互いに磨き合えるような関係になれれば、願ってもないことだと思うよ」

そう言ってもカノンは不服そうな顔をしている。ミューリアも同調していて、これはとてもよくない流れだ。

「どの国でも、皇族は誇り高い方々だから。お兄ちゃんが一目置かれる……いえ、見初められちゃうなんてことになったら、お母さんとしてどうすればいいのか……」

「試験の成績のことで疑問をお持ちになっているだけです。それについて納得がいく答えを出したいとおっしゃるのは、ごく当然の……母さま、僕の声が聞こえていますか？」

「兄様はまだご自分で自覚がないのです。お母さまと私が、これまでどれだけ心配してきたか……そうですよね、お母さま」

「ええ、お兄ちゃんったら夜会に出て少し踊っただけで注目されちゃうんだもの。身のこなしが洗練されていて、騎士様みたいに頼りがいがあるなんて言われて……お兄ちゃん、聞いてるの？　お母さんは大変だったんですからね」

俺の動きが騎士のようだと感じていた人がいるなら、侮れない観察眼の持ち主だ――と、感心している場合ではない。

俺は母と妹によって女性から護衛《ガード》されていたのだという事実を知らされて、そうだったのかと驚きながら、同時になぜ自分がと疑問に思うばかりだった。


夜間の護衛は、対象の部屋の外で行うのが普通だ。外部からの侵入者をいつでも防げるように、簡易結界に誰かが触れたら目が覚めるようにして休息を取る。

アルスメリアを護衛していたときも、最初のうちはそうだった。皇帝の寝室に入るなど許されるわけがなく、扉の外で仲間と交代しながら寝ずの番をしたものだ。

「この屋敷には天井裏があるから、そこから見守らせてもらうという手もあるんだけどね」

「それでは落ち着きませんし、兄様もよく休めません。本当は天蓋も無くていいくらいなのですから」

夜間の護衛をするために寝室の外で見張ると言ったら、カノンに部屋の中に引き入れられてしまった。

天蓋つきのベッドで、カーテンを閉じれば妹の寝姿は見えなくなる。カノンがそれでいいというのであれば、意地でも外で見張るというわけにもいかない。

「……兄様、本当に大丈夫ですか？　長椅子《カウチ》では身体が痛くなりませんか」

「僕は木の上でも寝られるくらいだから、長椅子なら寝心地が良すぎるくらいだよ」

「もう……兄様ったら。少しでも寝苦しそうにしていたら、こちらに……」

「……カノン？」

こちらに来るように、と言われるのかと思ったが、カノンは最後まで言わないままだった。

彼女はぷい、と後ろを向いてしまう。急な態度の変化に、俺はどうしていいかと考えて――こちらをうかがうカノンが、笑っていることに気づく。

「……私ももっと大人にならないと、兄様に嫌われてしまいますね」

「十分大人だと思うけど。すごくしっかりした妹で、僕の自慢だよ」

「……本当ですか？」

「うん。ゆっくりおやすみ、カノン」

カノンは頷くと、ベッドに入ってカーテンを引く。俺は長椅子に座り、毛布にくるまって目を閉じた。

「……兄様も、私の……」

囁くような声が聞こえてくる。俺は、あえて聞き返したりはしなかった。

「……おやすみなさい」

その言葉を最後にして、部屋の中が静かになる。

俺は音を立てないように振り返る。

淡い月光がカーテンを通り抜けて、眠っているカノンの姿がかすかに見える。

御簾《みす》の向こうにいるアルスメリアと交わした言葉が蘇る《よみがえ》――彼女は、眠りたくないと言っていたことがあった。

「……っ」

胸を搔《か》きむしりたくなるような、言葉にできない感情があった。

――俺が護りたかったもの。

今の俺が、護るべきもの。

どちらも必ず護ってみせる。もう一度出会えたなら、必ずそうすると誓ったのだから。

# 第六章　幻影舞闘　～紅《あか》き霧の魔皇姫～

## 1　朝のフィアレス一家

外が明るくなり始めた頃、俺は長椅子に座った姿勢で目を覚ました。

寝入った時間はそれほど長くはないと思う。短時間で十分な休息を得る訓練はしているし、俺は元から睡眠が短い。

屋敷《やしき》の周囲に張った結界に侵入を試みた者はいなかった。ソエルとコゼットの二人が朝方ここに来ると言っていたので、出迎えの準備をしなくては。

――この、兄泣かせの事態に対処してから。

「ん……兄様……」

ベッドの中にいたはずのカノンが、俺の膝に頭を預けて眠っている。俺の隣に座って、そのまま横に寝そべった姿勢――と、分析している場合ではない。

（起こしていいのか、この天使の寝顔を見せられて……まさかずっとこうしてたんじゃないだろうな？　だとしたら俺は護衛失格だ……っ）

冷静に考えれば、カノンは俺が深く眠った短時間の間にここにやってきたということになる。しかしその隙を他ならぬ護衛対象に突かれてしまうとは――自省しなくてはならない。

そのうちカノンの睫毛《まつげ》が震えて、薄く目が開いた。俺は動くわけにもいかず、起きたばかりで驚かせないように大人しくする。

カノンはもぞもぞと身体《からだ》を起こす。そしてむにゃむにゃと目をこすりながら、大きく伸びをする
――まるで猫か何かのようだ。

「……ふぁ……おはようございます、兄様……」

「あ、ああ、おはよう……」

伸びを終えたカノンは、俺が戸惑う理由が分からないというかのようにふにゃ、と溶けるような笑顔を見せる。

我が妹ながら『フィアレス家の天使』は健在だ――こんな姿を見せられたら、同じ年頃の男子はひとたまりもないのではないだろうか。うちの使用人たちの場合女性でも関係なく、カノンの信奉者のようになってしまっていたが。

「今日から学校ですね……朝ごはん、兄様は何が食べたいです？」

「た、卵焼きなどが良《い》いのではないかと……いや、いいんじゃないかな」

「くすっ……兄様、やっぱりお好きなんですね。あまーい卵焼きがいいですか？　いつもみたいに……」

卵焼きに砂糖を加えるのはフィアレス領特有の食文化なのだが、俺にとっては故郷の味という以上に懐かしい味だ。天帝騎士団の食堂で出ていた卵焼きの隠し味が砂糖だったから――前世で経験した味を覚えていることに自分で驚くのだが。

食は人間の重要な欲求のひとつであり、その記憶は魂に刻まれる。そんなことをアルスメリアに話したら、彼女は笑ってくれるだろうか。

「今日もあーんして食べさせてあげますね、兄様……こうやって……」

「っ……カ、カノン……ッ」

長椅子に座ったままでは逃げ場がなく、妹に強く抵抗もできずに、そのまま後ろに倒されてしまった。カノンは俺の上に覆いかぶさるようにして、口元に手を差し出してきている――卵焼きをフォークで刺して差し出しているという想定だろうか。

「兄様、逃げては駄目です……動かないで……」

「ま、待って……カ、カノン。その服でそんなに近づいちゃ……」

「……？」

カノンが俺に覆いかぶさったままで、自分の服を確認する。寝間着の生地が薄く、窓から差し込む朝の光の中で、微妙に透けてしまいそうになっている――ミューリアは寝ているときも下着をつけることがあるそうだが、カノンにはその習慣がない。

「っ……はわぁぁぁぁっ……!!」

「だ、大丈夫、落ち着いてカノン、はっきり見てはいないから」

何とか妹の心に傷を残さないようにと努めるが、カノンの首から顔まできゅぅぅ、と真っ赤になっていく。

「ち、違うんです、兄様がうなされているようだったので、私、心配で、傍《そば》にいようと思って……それで、そのまま……」

「っ……そ、そっちの方か……」

「……ふぇ？」

「いや、何でもない、何でもないよ。ありがとうカノン、心配してくれたんだね」

俺は手を伸ばし、カノンの頭を撫《な》でる。寝起きでも髪がさらさらとしていて、寝癖も一切ついていない。羨ましくなるくらいだ。

「……兄様に膝枕をしてあげようと思ったのですが、最初は隣に座っていることしかできなくて……そ、それで……」

「眠くなっちゃったのか。いいよ、僕の膝くらいなら幾らでも……」

「『くらい』ではないです、そんなふうに卑下するのは、兄様が許しても私が許しませんっ」

「……良かった。カノン、元気が出たみたいだね」

「あ……」

カノンはいつも「ありがとう」と言いたくなるような言葉をくれる。けれどいつも同じ言葉を繰り返していたら、伝わりにくくなるような気がして――俺はもう一度カノンの頭を撫でて、そして笑った。

「……兄様はずるいです。そうやって笑うと、私は簡単な妹なので、何も言えなくなってしまいます」

「僕には勿体《もったい》ないくらいの妹だよ。簡単なんて、そんなことは全然ないしね」

「それはさっきの仕返しですか……？　いいです、今回は許してあげます。兄様が元気なら、私はそれで十分ですから」

カノンはにっこりと目を糸にして笑う。

妹が言ったことと同じだ。俺もその笑顔を見るだけで、いつも救われている。後悔も焦りも、自分の弱さとして受け入れなくては前に進めない。

「では……着替えをしてから行きますので、兄様……」

「そうだな……僕はちょっと、屋敷の裏で気を引き締めてくるよ」

「兄様ったら……朝は肌寒いですから、風邪を引いてしまいますよ？」

仕方ないというようにカノンが言う。妹にはいつも呆《あき》れられてしまうが、俺には気持ちを切り替えたいときに行う習慣があった。

◆◇◆

屋敷の裏庭には井戸があり、そこで飲み水などを汲《く》むことができる。

水の『流れ』を読んだところ、地中かなり深くに膨大な量の水源がある。岩盤を魔法で掘削して深部から水を汲み上げているため、そのまま飲めるほど水質が良い。

井戸に備え付けている滑車を使い、桶《おけ》を引き上げる――水属性に魔力を変換すれば、深い位置にある水面から水の球を浮かび上がらせることもできる。しかし何でも魔法でやるよりは、筋力を鍛えられる機会は大事にしたい。

（といっても、本格的な鍛錬とは程遠いからな……授業で十分に身体を動かせればいいが）

魔法学園で体術が重視されるということは無さそうだが、全く教えられないということでもない。魔法を行使するうえで体力もまた重要というのは、俺としては全く同意できる考え方だ。

魔法と体術、それらを制御する精神力。この三つを常に鍛錬し、万全の状態であり続けることが護衛騎士としての俺の心得だ。

俺はここに出てくるときに簡素な稽古着に着替えている。上着を脱ぎ、呼吸を整えたあと、水の入った桶を頭の上に持ち上げた。

「……ッ！」

ザバ、と水をかぶる――目覚ましにはちょうどいい、肌に痛いくらいの冷たさだ。

続けて二度目の水を汲み上げ、もう一度かぶる。水で身体を清めるという風習は天帝国では色々な場面で見られるが、騎士の精神鍛錬においても水行が行われる。

前世で護衛騎士となる前、師匠やフリードと山籠りをしたときに、滝行を鍛錬に取り入れていた。呼吸が止まるかと思うほどの水圧を受けても動じなくなったとき、一つのことに気づいた――物事の全てには『流れ』があり、それを理解したとき自然の脅威すらも脅威ではなくなると知ったのだ。

滝行でそんなことを考える奴《やつ》はお前しかいないと言われてしまったが、それは俺の騎士としての在り方が二人とは違ったからなのだろうと思う。彼らは滝を力でねじ伏せたが、俺は滝と一体化することを選んだ。

水行を終えて、あたりを濡《ぬ》らした水を霧粒に変え、辺りの空気になじませておく。鍛錬ができる環境を与えてくれる全てに感謝し、後を汚してはならない。

『何をしているかと思えば……随分と古風な修行をしているのだな』

途中から見られていることは分かっていたが、前世のことを思い出していたことはティートには伝わっていないだろう。

長毛の大猫は騎獣小屋の戸を半分ほど開けて、俺のほうを見ていた。隠れているつもりでもなく、小屋から出てきてこちらに歩いてくる。

『……十五歳でその身体は、よく仕上がっていると言える。道理で私の動きについてこられるわけだ』

「ティートと鍛錬する以前に、食べられてしまっては話にならないからね」

『人の子など、飢えていなければそうそう食わぬがな』

「ははは……僕を喰《く》らいたいって言っていたのは、脅かそうとしてたのかな」

ティートはしまった、というような顔をする――猫も存外、表情が豊かだ。

目を逸《そ》らして少し考えたあと、ティートはこちらをちら、と横目で見る。

『本当に喰らおうと思っていたぞ。しつこいと本来嫌われるものだ、それは理解しておけ』

「これは痛いところを突かれたな」

『ふん……どこが痛そうなものか。それより良いのか？』

「ん？　ああ、ソエル先輩とコゼット先輩が来たみたいだね」

『それもそうだが……全く、おまえはこういうときにどうしてこう鈍いのだ』

二人は仕事をするために、天帝国貴族居住区に通じる門を通ることができる。結界を通ってきたのも分かっているが、ずっと気配を探っているのも申し訳ないので、意識を遠ざけていた――しかし。

「「……あっ」」

屋敷の側面から、裏庭に回る角のところ――建物の陰に隠れて、ソエルとコゼットの二人がこちらを見ていた。

「も、申し訳ございませんっ、ロイド様……猫の方《かた》の朝食をご用意して持ってきたところなのですが、そ、そのっ……！」

「違います、覗《のぞ》いていたわけでは……っ、お風邪を召されてはいけませんから、何か拭くものをお持ちしなくてはと……」

ソエルもコゼットも慌てふためいている——俺から目をそらしているのはなぜかと考えて、遅れて気がつく。

「す、すみません。これは僕の日課で……お見苦しいところをお見せしました」

「そそそんなこと、見苦しいだなんて、そんなことはぜんぜんっ……けほっ、けほっ」

「ソエル、大丈夫？　……私もその、見苦しいなんてことは……その、服を着ているときは、想像ができていなかったので……」

護衛騎士の心得として、筋肉を必要以上に大きくしないというのも一つだ。もし護衛対象が夜会などに出る際、その場に溶け込むような服装は必須となる。

『森で戦っているときは知りようがなかったが、女泣かせなのだな。ロイドは』

『い、いや……こんなところを見たら、年頃の女性なら動揺するっていうことを、もう少し考えておくべきだったとは思うけど。二人を泣かせるつもりはないよ』

『……意味が分かっていないか。妹君と母君の心中が、今後穏やかであることを祈ろう』

ティートは呆れたようにあくびをすると、ソエルを伴って騎獣小屋に入っていった。コゼットはわざわざ持ってきてくれたらしく、身体を拭くタオルを渡してくれる。

「……貴族の方も、そのように厳しい鍛錬をされるのですね」

「僕は貴族といっても、変わり者かもしれません。水行は準備をしてからでないと心臓に悪いので、真似《まね》をしないようにお願いします」

「ふふっ……はい、肝に銘じておきます。それでは、また朝食のお世話をさせていただきますので」

コゼットは赤みがかった長い髪を揺らして頭を下げると、ソエルの後についていく。

身体を拭いてから屋敷の中に戻ろうとしたところで――俺はゾクリとするような感覚に、再びソエルとコゼットが隠れていたところに目を向けた。

「お兄ちゃんったら……風邪を引いちゃうって何度も言ってるのに、またそんなことして……」

ミューリアが見ていた――寝起きがあまり良くないのでそろそろ起こさなくてはと思っていたが、今日は一人で起きられたようだ。

しかし彼女の目が据わっているように見えて、本能が警告する。この『流れ』は良くない、母の不興を買ってしまってはいけない――もう手遅れだが。

「水浴びは、温かいお湯でしなさいってお母さんはいつも言っているでしょう……？」

「母さま、それでは鍛錬として成り立たなくなってしまうので……」

「――駄目です」

言い訳は何も通じない、全て駄目。こう言われてしまうと、母に対して感謝しかない息子の俺としては、全面的にお手上げとならざるを得ない。

「お兄ちゃんをこれからお母さんが温めます……というのは、お兄ちゃんも大きくなったので今は許してあげます」

『今は』とつけている辺りに戦々恐々となる。しかしミューリアは、俺をただで見逃してくれる気はないらしい。

「お兄ちゃん、それをお母さんに貸してくれる？」

「ど、どうぞ……」

ミューリアはタオルを受け取ると、にっこりと笑う――仮面をつけていても、やはり彼女の魅了の魔力には気を抜くと当てられてしまいそうになる。

「じっとしててね、お兄ちゃん……」

じりじりとにじり寄られる――と、彼女が何をするのかは分かっていたので、俺は逃げることはしなかった。

ミューリアは髪を拭いてくれようとしていたのだ。タオルをかぶせられ、優しい手付きで髪を拭かれる――右左と手を動かすと別の部分も追従しているのだが、それが目に入りかけたところで目を閉じた。

彼女が無防備なのは、俺のことを息子として可愛《かわい》がってくれているからだ。それは分かっているのだが、この距離感を甘んじて享受していい歳《とし》でもなくなってきている――俺の上半身はまだ濡れているのに、彼女の胸が当たってしまっている。

「母さま、その……お気づきでないかもしれませんが、服が濡れてしまいますよ」

「あっ……ご、ごめんなさい……っ」

ミューリアがぱっと離れる。「母親だから」と全然気にしないかと思いきや、そうでもないときがあるのは何なのか――と、動揺すると彼女の魔力に影響されてしまう。

「……お兄ちゃんの背がすくすく伸びちゃうから、お母さん背伸びをしないといけなくなっちゃった」

「髪は自分で拭けるので大丈夫ですよ……と言っても、母さまは聞いてくれないんですよね」

「ええ、だってお母さんは幾つになってもお母さんだもの。お兄ちゃんが結婚したら、そのときはお嫁さんのものになっちゃうけれどね……」

朝から一体、何の話をしているのだろう――結婚と言われても、まだ学園に入ったばかりでそういうことを想像していいのかもわからない。

（……アルスメリアを見つけられたら、俺は前世のように、彼女を護《まも》る。だが、アルスメリアはそれを望んでくれるだろうか）

ロイドとしての俺の幸福は、まず家族や隣人が幸せであってくれたらという以外にはない。そしてアルスメリアが望んだ平和が崩されないこと――そのためには、現状で対立している皇姫たちが衝突したとき、何もせずに看過するようなことはあってはならない。

「お兄ちゃんのことが、これからどんどん周囲に認められていったら……その時は、ロイドは何にも縛られないで、自由に、自分のしたいように……」

「僕は何があったって、今とそう変わったりしませんよ。母さまのお力になれるよう、頑張って勉強します。せっかく入学できたんですから」

「……良かった。昨日お部屋を覗いてみたら、お兄ちゃんがちょっと苦しそうにしてたから……カノンちゃんのおかげで元気が出たの？」

「か、母さまも見てたんですか……二人とも、僕の隙を突くのが上手《うま》いですね。完全に寝たのは少しの間だったはずですが」

「だって……本当はお母さんも一緒に寝たかったんだもの。広い寝室とベッドで寝ているとね、みんなで並んで寝ていたところを思い出しちゃって……」

「す、すみません、気遣いが足りず……その、胸に何か字を書くのは止めていただけますか」

さっきからミューリアが人差し指で胸板をなぞっている——くすぐったいというか、母親でなかったら誘惑されているのかと思ってしまうところだ。

「今のはね、一人で寂しかった気持ちを書いてただけです。でもお兄ちゃんが元気なところを見られたので、大目に見てあげます」

「ありがとうございます。そろそろ僕も着替えてきますので、母さまも支度をされてはいかがですか」

「お兄ちゃんったら、なんだか執事さんみたいね……お母さんにそんなに丁寧にしなくてもいいのに。でも、それがお兄ちゃんの可愛いところだけれどね」

ミューリアはひとしきり俺をかまって満足したのか、家の中に戻っていく。寝間着の上にガウンを羽織っただけの格好で、裏庭に出てきてしまうとは——伯爵家当主としては、少々大胆な行動だ。

「……ロイド様、お母様との接し方が、まるで恋人の……い、いえっ、そんなことありませんよね、そんな、禁断のっ……」

「ソ、ソエル……そんなことあるわけないでしょう。ロイド様は水浴びをして、清廉な気持ちでお母様と話しておいでだったのよ」

初対面では年齢よりも落ち着いているというか、厳格さすら感じたコゼットだが、年相応のかしましさというか、ソエルと二人だとそういう面が出てくる。

——君は自分が周囲の婦人からどう見られているか、多少は意識した方がいいな。無意識が罪になることも往々にしてあるのだから。

アルスメリアの言葉を思い出すが、確かに年頃の女性に上半身だけとはいえ、裸は見られてはいけないと改めて思う。どうもそれがきっかけで、ソエルとコゼットが落ち着かないように見えるからだ。

水行の鍛錬をするときは、人に見られないように注意することにしよう。そんなことを考えながら裏口から屋敷に入ると、朝食の良い匂いがしてきていた。

## 2　七国の縮図

カノンは寝起きを俺に見られたということもあって、朝食の席で何か緊張しており、いつものように食べさせてくれたりはしなかった。

そうなると、ミューリアもカノンに合わせて自粛しているのだが――出かける準備を終えて玄関ホールに姿を見せてからも、見るからに魔力が溢《あふ》れかけている。

「母さま、これから皇姫様方と教室でお会いするのですから、その魔力は……」

「ええ、大丈夫……分かっているわ。ごめんなさいね、ちゃんと先生として切り替えるから」

赤らんだ頬を押さえたあと、ミューリアは仮面をつける――外に出る魔力が一気に抑えられるが、それでも溢れそうになっていたりする。

「……お母さまも我慢していらっしゃるのですね。申し訳ありません、兄様が私の恥ずかしいところを見てしまったばかりに……」

なぜか悪者にされてしまっているが、ここは妹に早く気を取り直してもらうためにも、甘んじて好きにさせてあげるべきだろうか。

「いいえ、カノンちゃん。お兄ちゃんに添い寝をするのは悪いことじゃないわ。たとえ寝起きを見られて恥ずかしい思いをしたとしてもね、それは家族の勲章よ」

「家族の勲章……むしろ、誇りに思うべきということですか？」

「ええ。これからも私たちは、お兄ちゃんが巣立ちを迎える日が少しでも遅くなるようにしていきましょう」

「はい、お母さま……！」

この母娘《おやこ》はそろそろ誰かにお説教をしてもらった方が良いのではないだろうか、と思わなくもない。

「ソエルちゃんとコゼットちゃんも、途中まで一緒に行きましょうか」

「はい、奥様。猫の方《かた》はお留守番で大丈夫でしょうか？」

「さっき、首輪に鍵をつけてきたから。あれを持っていれば、この区画に入るための門は通れるし、遊び場にも移動できるわ」

首輪といっても緩いものだが、俺の手でつけるとティートは特に抵抗はないようで、『必要なものだからな』と言っていた。

騎獣は主人との結び付きが強くなると、契約に基づいて『召喚』などを行うことができるようになる。首輪などの装飾品を付けることもその一つだ。

転生前に乗っていた竜との間には、契約という以上の感情があった。人間と竜でも関係はなく、俺は親友だったと思っている――最後に契約を解放したが、今もどこかに子孫がいて、どこかの空を飛んでいるのだろうかと想像する。

「お兄ちゃん、ティートちゃんは大丈夫よ。『猫の王』は獣帝国の『十二覇』だったこともあるくらい強い種族なんだから」

「『十二覇』……」

千年前、確かに『猫』は『十二覇』に入っていた。『百獣』と言われるほど獣人族は種族が多く、それぞれが氏族を形成していて、頂点に立つ皇帝が直属の十二氏族を束ねることで統治を行っている。

『十二覇』が入れ替わることもあるだろうが、『猫』の氏族がそれほど衰退するというのは考えづらい。それとも、俺の想像を超えるような出来事が、遠く離れた獣帝国で起きていたのか――だからこそ、ティートは天帝国に流れてきたのか。

つい考え込んでしまったところに、ミューリアがぽんと肩を叩《たた》いてくる。

「ティートちゃんの事情は、話したいと思ったときにお兄ちゃんに教えてくれると思うわ」

「やはり……天帝国にバスティートがいたというのは、何か理由があると考えるべきということですね」

「でも、猫様は兄様と一緒にここにやってきました。猫様は、ずっとあの森にいたいわけではなかったんです。ここにいたいと思ってくれているのなら、私は猫様ともっと仲良くなりたいです。猫様に昔どんなことがあったのか、それよりも大事なのは、今の猫様が幸せかどうかだと思います……っ」

カノンが天使と呼ばれる理由を、こんなときに最も強く感じさせられる。

ティートが天帝国にいた理由、ここに来た理由。それを確かめなければならないという義務感は、どれだけ取り繕っても、ティートとの間に壁を作るということになる。

それよりも、まず騎獣として一緒に来てくれたティートに感謝すること。カノンが言うように、ティートがここにいたいと思ってくれているのなら、その気持ちを嬉《うれ》しいと思うこと。昔のことを聞くなんていうのは、心を許せる間柄になってからでいい。

『……まったく。いつまでも玄関で話しているから、おちおち外に出られないではないか』

外からティートが魔力感応で語りかけてくる。扉を開けると、ティートは前庭の木陰に座って、頬をこすりながらあくびをしていた。

「あ……す、すみません、猫様がいらっしゃるとは知らず、私、勝手なことを……」

『構うことはない。私のことを尊重してくれるという言葉は、素直にありがたい。身の上を話したくて、ロイドと契約を結んだわけではないのでな』

「それは……現状のところは、っていうことでいいのかな」

ずっと秘密があるままというのは、大人であれば理解すべきだと思いはしつつも――しがらみを取り払って言ってしまえば、寂しいものだ。

『おまえがその強さの理由を私に明かしたら、私も気まぐれを起こすかもしれん。それくらいのものだ』

『ありがとう。可能性がないっていうよりは、随分と優しい答えだね』

『言っていろ』

ぷい、とティートは俺から顔をそむけるようにすると、待っていられないというように先に門から出ていった。尻尾は立っておらず、ふわふわと宙に揺れている。

「兄様、猫様に何をおっしゃったのですか？」

カノンが楽しそうに聞いてくる。俺は肩をすくめる他はない――強さの理由を明かすというのは、ヴァンスという名もアルスメリアの名も使えないいま、雲を摑《つか》むように実体のない話を聞かせることになる。

「僕はもっと、ティートと一緒に鍛錬をしなくちゃいけない。そういう話をしただけだよ」

「それも大事だけどね、お兄ちゃん。今日は、皇姫さまがたとの顔合わせがあるでしょう。気を引き締めて、失礼のないように……それと、注目を浴びないように。お兄ちゃんくらいの人材だと、他国がいつでも引き抜きを狙ってきちゃうんだから」

そういった声がもしかかったとしても、丁重に断る以外の選択はない。

ないのだが――カノンは何も言わないままで、俺の手をそっと握ってきた。

「兄様のことは私がちゃんと繫《つな》ぎ止《と》めておきますので、何も心配はいりません」

「ふふっ……それじゃ私も繫ぎ止めに協力を……そんなにあからさまに逃げなくてもいいじゃない」

ミューリアは普通に抱きしめようとしてくるので油断ができない。母親だからと甘んじて受け入れようものなら、脳裏に戒めの言葉が響いてくる。

――君は女神の彫像のような、起伏の大きな体型が好きなのだな。

――彼女に聞かせたら喜ぶかもしれない。初めは男というだけで怖がっていたが、君のことは認めているようなのでな。

彼女というのは、アルスメリアの侍女のことだ。俺たちが転生したあと、彼女がどうしたのか――それは知る由もなく、アルスメリアがその後の身の振り方をどう指示したのかも俺は知らない。

「はぁ……先生としてお兄ちゃんに接していたら、お母さん焦《じ》れったくてもどかしくて、大変なことになってしまいそうよ」

「お母さま、長くご指導を続けていただくためにも、学園ではしっかりお勤めをなさってください。私も応援しています」

「そ、そうね……こほん。あなたたち、襟を正しなさい。そして楽しくお話ししながら、転ばないように足元に気をつけて、ゆっくり学園に行くのよ。歩き疲れたらすぐ先生の胸に飛び込んでいいわ。頑張っておんぶしてあげる」

先生とは生徒に対して公平であり、時に厳しく、むしろ常に厳しめであるべきだということについて、昨日のうちに母に理解してもらうべきだった――さすがのカノンも困り笑いをしているくらいなので、ここは俺が道中で先生としての心得を説くべきだろう。

◆◇◆

『碧海《へきかい》の区』において、特別科校舎は周囲を水路に囲まれており、そこに結界も敷かれているため、一般科と自由に行き来することはできなくなっている。

しかし、校舎の大きさ自体は、特別科の少数の生徒だけが学ぶということに関係がない。皇姫が学ぶために改修がなされたのか、数年前から準備して建築されたのかは分からないが――この校舎の作りは、魔法学園が皇姫に見合う環境を用意しようとした結果として、まるで宮殿のようになってしまったのだろう。

居住区から転移してきたあと、校舎まで続く長い石畳の道を歩く。前庭にはこの島特有の種なのか、特徴的な形の葉をつけた樹木が植えられている。和らげられた陽の光の中で、魔力で動く噴水が虹を作っている。

校舎の入り口には軽装ではあるが、武装した女性が二人立っている。刃のある武器は持っておらず、長棒《ロッド》を持っているが、両者ともにかなりの手練《てだ》れだ。ロッドには魔石がついており、魔法発動の補助に使うものと見てとれる。

警備兵とあわせて『人形兵』が要所に配置されているので、警備の目が届かない死角は少ない。しかし完全とは言い切れないので、俺たち護衛と連携してくれると有り難いのだが――と思ったが、警備の女性は表情一つ動かさず、こちらに挨拶をする様子もない。

話をするには、任務外の時間に接触する必要がある。しかし一国の護衛が警備兵に接触すると他国の警戒を招くため、まずは六国の護衛と一度は話す場を設けたい。

そうすると問題になるのが、同盟下においても存在する国同士の対立だ。教室に入ればその場で学友というわけにもいかず、各国は互いにどう動くかと身構えているだろう。

校舎一階、中央玄関から入ると、そこは広いホールとなっている。領内の学校をミューリアと一緒に視察したことがあるのだが、こんな作りの校舎はやはり見たことがない。

そのホールから入ることができる教室もまた、一つのクラス分の人数が使うには広いようだ。そして、入り口がとても広い。どこからでも入ってくれという、壁を廃した作りだ。現状では魔法を利用しなければ実現できない、高度な建築様式である。

『……兄様、皆様は何かを待っておられるのでしょうか？』

カノンが声に出さないのは無理もない。ホールの中で、ちょうど六角形の頂点に位置するように、皇姫と護衛がそれぞれ距離を取っているのだ。鬼皇姫だけは今日も不在だが、鬼帝国出身の生徒はこの場にいる。鬼皇姫の側近か、あるいは鬼帝国の貴族だろう。

クラスには皇姫と護衛以外の生徒も配属されたはずだが、ここには姿を見せていない。俺とカノンは今日教室に来るようにと言われていたが、それは特例ということになるのか——それとも、天帝国に属する生徒が俺たちだけなら、自動的にこのクラスにおいて天帝国を代表する役割を担うことになるのか。

『僕たちを待っていた……やはり、そういうことになるのかな』

『兄様、いかがなさいますか……?』

彼女たちが『自分より試験成績が上位だった者がいる』という事実を、到底看過することができないと言うのなら——この場に集まった理由など、一つしかない。

俺たちが来たことに気づいてか、教室からセイバ教官とレティシア教官が出てくる。二人とも緊張した面持ちでいるが、セイバ教官はまず俺の方を見た。

「申し訳ない」と唇が動く。事前に説明を受けていたので、こちらとしては了解していると応える他はない。

「皇姫殿下の皆様に、改めてご挨拶を申し上げます。私はセイバ・ミツルギ、魔法戦術を担当する教官です」

「私はレティシア・プリムローズと申します。魔法理論を担当しております」

二人が一礼しても、皇姫たちの中で礼を返したのは聖帝国、人帝国の皇姫だけだった。他の帝国では、皇族が他者に頭を下げることはない。魔皇姫アウレリスは、教官が話していてもずっと腕を組んだままでいる。

——皇帝が頭を下げることは、一人の個人としての行為ではない。

——三千万の民の誇りを冠として戴《いただ》いている。それを決して忘れてはならない。

それがアルスメリアの考え方だった。各国でそれぞれ考えが異なることについては、彼女は特に問題視していなかった。

いつか各国が融和するために、一度結界という境界線を引いて仕切り直す。天帝国が全てを支配し、慣習に従わせる形の平和ではなく、彼女は互いを尊重し合うことを望んでいた——しかし。

千年経《た》っても、七つの国はまだ分かり合うことができていない。考え方の違いが、そのまま他種族と相容《あいい》れない理由となっているままだ。

「……アウレリス、腕を解きなさい。これから指導を受ける相手に対して、皇姫といえど敬意を示すべきです」

聖皇姫エリシエルの声が響く。凛《りん》としたその響きは、決して声を張っているわけではないのに良く通った——鈴が鳴るような声とはこのことだ。

エリシエルの呼びかけにも応じず、不敵な笑みを浮かべていたアウレリスは、やがて腕を解いて返答する。

「六国の合議の結果として、私たちはここに来ました。帝位継承権を持つ者たちが学園という場で交流するという目的は、魔皇帝陛下のご意志としてもうかがっています……しかし、各国の代表を一つの場所に集めるというのはどういうことか。魔皇家の一員として、エリシエルを含めた各国の姫と無条件で馴《な》れ合《あ》いのようなことをするのは主義に反すると、それははっきりと言わせていただきますわ」

「馴れ合いとは違う、互いに尊敬できる関係を作ること……それが教皇のご意志です。あなたも皇家の一員であるなら、皇帝陛下の決定を遵守すべきではないのですか」

「我が皇帝陛下は、何よりも優先すべきは魔帝国の誇りだとおっしゃるでしょう。全て納得したうえでなければ、同じ教室で学ぶなんてことはできませんわ。そうでしょう？　リューネイア」

アウレリスに名前を呼ばれた竜皇姫は、宝石色の緑の瞳に感情を宿さず――いや、どうやら想像していた以上に豪胆な人物ということに、今この場で気付かされた。

「……何か言った？　今、眠ってたから」

「目を開けたままで眠れるのも、竜人族の特徴とは言いますが……目蓋は閉じることをお勧めしますわよ」

「退屈なことを話してるから、眠くなっただけ。昨日確認したはず……魔力測定で、一部だけが感知できる高い成績を出した生徒がいる。『それ』を含めた順位を発表するべきと言った」

「リューネイア殿、同じクラスで学ぶ生徒に対して『それ』という言い方は感心しない。たとえ皇姫であっても、人を物扱いすることは許されることではないぞ」

竜皇姫を窘《たしな》めたのは、人帝国の皇姫――長い黒髪を後ろで一つに結んでいる少女だった。

彼女は男性のような服装をしているが、それは人帝国の皇家における正装の一つだからだ。その文化は千年前から変わっていないので、時間が流れても廃れない伝統ということか。

「スセリ、クラス委員っていうのにでもなるつもり？　話に聞いたけど、男女で一人ずつ選ぶんでしょ」

「きっとそうだよ、ユズリハ。スセリだとどっちが男の子か分からないけどね」

「……そのような安い挑発には乗らんと言ったはずだが？」

「二人で一人前の獣皇姫では、昨日言ったことも覚えていられないのですわね」

「……ねえ聞いた？　クズノハ。アウレリスはあたしたちに勝てる気でいるみたい」

「そうだね、ユズリハ。怖いもの知らずってこういうことだよね」

　このホールは、まさに七国の縮図だ。一部の国同士には、いつ火がついてもおかしくない争いの火種がある――それは事実として、真摯に考えるべきことだ。

　皇姫たちは将来、各国を統治する存在になる。年齢が近いこともあり、七国にとっての中立地帯である魔法学園で交流し、友好を深める――それで全皇帝の意見が一致しているということなら、七国の関係は変わらないままなどではなく、変わろうとする動きが確実に出てきているのだと言える。

　しかし彼女たちには、皇帝たちの意向よりも優先すべきものがある。

　それは国家の威信を背負う者としての、誰よりも強くあるべきという誇りだ。

## 3　天契

　皇姫たちはそれぞれ温度こそ違えど、試験の結果について思うところがあるというのは同じのようだ。

スセリという人帝国の皇姫はアウレリスの言葉を諌《いさ》めたが、俺に対する視線は厳格なものだ。人帝国は魔法よりも科学が発達している国だというが、皇家に伝わる剣技は他国を圧倒するものがあり、『刀士』と呼ばれる剣士たちは個人戦力の集合体としては七国屈指と言われている。

皇姫である彼女もまた、その腰に帯びている剣——おそらくこの形状が『刀』だ——を振るうのだろうか。見てみたいという思いと、一介の護衛が抱くには大それた考えだという思いが入り交じる。

だが今は何より、魔皇姫アウレリスに注目しなければならない。種族からくる成長の早さは、十三歳という年齢からすると考えられないほどに魔力を充実させ、それを溢れさせないように抑え込む技術も洗練されている。

他の皇姫たちは年下である彼女を窘めようとするが、それを意に介さないアウレリスの態度は、決して自らの力を過信しているということではない。

彼女たちは、それぞれ自分が最強であると自任している。今は竜皇姫リューネイアが突出していても、ずっとその状況に甘んじるつもりはない。だからこそ、入学時の序列についても厳正でありたいということだ。

『ロイド、貴方《あなた》が思う通りにしていいのよ。さっきは目立たないようにって言ったけれど、そうしてしまったら皇姫殿下たちは……』

『母国に戻られてしまうかもしれない。そうと限ったことでもありませんが、一度は学園に入学すると決めてここに来られた方々がそうすることは、七国の関係を悪化させることにも繋がります』

ずっと何も言わずに控えていたミューリアが、魔力感応で語りかけてくる。緊張している彼女を安心させたいが、薄氷を踏む状況であることは否めない。

『皇姫殿下の皆様が入学されるというのは、六国の皇帝陛下が決定したこと……でも、それよりも。送り出したご息女が入学を取りやめて帰って来られるというのは、お父様にとって容易に受け入れられないのではないでしょうか……』

カノンは皇姫本人だけでなく、その周囲も案じている。しかし、皇姫個人の意志で、入学を取りやめるまでには至らないだろうが、本人が拒否した場合に学園側がそれを無視することはできないだろう。

セイバ教官は表情を動かさず、皇姫たちの話に耳を傾けている。レティシア教官は隣に立つセイバ教官の様子を窺《うかが》ったあと、意を決したように口を開こうとするが――皇姫たちを前にして、たった一言が状況を破綻させる可能性もある中で、言葉を慎重に選んでいることが見て取れた。

『レティシア先生、少し話させてもらってよろしいですか』

『っ……ロ、ロイド殿……いえ、ロイド君。皇姫殿下の御前です、魔力感応とはいえ、秘匿した会話をここで行うのは……』

先生はやはり、俺の魔力を見た時に驚いていた様子だったので、それを引きずってしまっているようだ。しかし敬称を使いかけただけで、一生徒として扱ってもらえたのは有り難いことだった。

『僕と先生のやりとりが外に知られることは、そうそうありません。そこは安心してください……僕はマティルダ副学長から、皇姫殿下が安全に学ぶことができるように協力してほしいと言われました』

俺は魔力感応で先生に語りかける。それは、これからすることの許可を得るためだった。

『その件については聞いている。しかしこの場をおさめることに対して、ロイド君が何かの義務を負うべきと私は考えていない。皇姫殿下たちのやりとりを傍観しているだけで、何を言うと思うだろうが……』

『リューネイア殿下は僕をほとんど名指ししています。名乗り出なければ、殿下は決して納得なさらないでしょう』

『君の実力については、授業が始まればいずれ他の生徒も気づくことになる。それでも君は、試験において突出した成績を示すことを望まなかった。今後もそうであり続けたいのなら、教官としてその意志を尊重したい。埋没しようと試みてなお、特別科に所属するだけの成績を残しているのだから』

誰にも気づかれていなければそれでも良かった。護衛が表に出る必要はない。

だが、竜皇姫は気づいた。そして皇姫たちを同率一位とする試験結果にも納得していない。納得できなければ教室には入らない、それは特別科というクラスが成り立たなくなることを意味する。

「教官のお二人に、改めて質問させていただきますわね。竜皇姫の言うように魔力測定の結果が私たちに秘匿されているなら、その理由を説明してください。もしくは、それを受け入れろというのなら、こちらからも一つ条件を出させていただきます」

「アウレリス、私意による言動は控えなさい。必要ならここに五国の皇姫が揃《そろ》っているのですから、意見の統一を図るべきです。本来なら、鬼皇姫のことも待つべきですが」

エリシエルに制止されても、アウレリスは悠然とした振る舞いを変えることはなかった。

自分よりも幼く見えるが、理性によって抑制された聖皇姫の言動を前にして、魔皇姫は扇子を開き、口元を隠して微笑《ほほえ》む。

「あなたの国と私の国とでは『天契』が異なります。千年前の皇帝たちは、不戦結界が成立したあとに天帝と契約を結んでいる。休戦に向けて進むことを約することと引き換えに、それぞれの国が一つずつ、国家の信条を貫く自由を得た……」

天帝──アルスメリアが六国に対して与えた休戦の代償を『天契』と呼び、六国がそれに応じて立てた誓いを『地誓』と呼ぶ。

「本来なら、天帝国は六国を属国にすることもできたでしょう。彼が創り上げた結界を、私たちは千年破ることができていない。許された方法で、許された道を、許された時間に通ることしかできないのです。それが指し示す事実は一つ……天帝はまだ失われておらず、生きているということなのですわ」

──それは、違う。

千年の間に、結界で隔てられた国々で、事実が捻《ね》じ曲《ま》げられている。

アルスメリアが崩御したあと、彼女は永久皇帝となり、天帝国には皇帝が不在となった。

少しずつ、少しずつ。失われない結界に縛られて休戦を続ける六国の間に、疑念が生まれていたとしてもおかしくはない。

記憶は摩耗する。アルスメリアの名は忘れられ、男女のいずれであったのかも曖昧になっていく。千年が経つとは、そういうことだ。

「……恐れながら、申し上げます。天帝国に皇帝が存在しないのは、天帝の地位を継承するお世継ぎがなかったためです。かの天帝が今もご存命であるというお言葉は、アウレリス殿下のお心遣いによるものと感謝いたします」

この場にいる中で、天帝国で最も高い地位にあるミューリアが、代表して謝意を述べる。

天帝国では、永久皇帝であるアルスメリアに奉じられるような祭儀は存在しない。今も神のごとき存在として、天帝が生きていると信じる向きもある――しかし。

「ですが、天帝陛下は地上にはおわしません。不戦結界は陛下が御身を捧《ささ》げて完成させたものであり、それが示す事実もまた一つのみです」

「……あなたは天帝国の方のようですが、教官の制服を着ていらっしゃいますわね。そのような立場のあなたが言うのであれば、今の発言については軽率だったと認めましょう。しかし天帝が今も生きているかのようにこの世界が動いているのは事実です」

「アウレリス殿、『天契』に基づいて何かをするという話のようだが……今の発言を聞く限り、天帝の死すら疑う貴女《あなた》が『天契』を持ち出すことには疑問を覚える。『天契』はそのまま、天帝と六国の契約を意味するのだから」

人皇姫の指摘を受けると、アウレリスは豊かな赤い髪をかきあげ、そして答えた。

「今の発言は確かに私見ですが、誰もが疑問に思っているはずですわ。千年も続く結界を神の如《ごと》き魔法の才で築き上げたというのは、あまりにも私たちの知る『魔法』の可能な範囲を逸脱している。それほどの魔法使いであれば、死すら超越することができてもおかしくはない。笑われてしまいそうですけれど、私はそう思っていますの」

「それなら最初からそう言えばいいのに。魔帝国が天帝国に攻め込もうとしてるんじゃないかって思われても無理ないよ?」

「ユズリハ、あたしもそう思ったけど言っちゃだめだよ。あたしたちは喧嘩《けんか》をするためにここに来たわけじゃないんだし……まず試験結果のことがはっきりしないと、あたしたちもアウレリスの側につくしかないしね」

アウレリスは七国の歴史をただ知識として学ぶだけではなく、自分なりに疑問を突き詰めようとしている。

転生するまでの間、アルスメリアがこの地上から消えていたこと。その身体が喪《うしな》われていたことは、俺が誰よりも良く理解している。

しかし、今はそうではない。俺が七歳のとき、ミューリアは天に魂の行方を問う魔法陣を使い、この世界にアルスメリアの魂が存在することは示唆された。

流離した、魂の光。それを俺は天帝国で見つけられなかったのかもしれないし、天帝国には一つも無いのかもしれない。しかし世界のどこかにあるなら、必ず見つけ出す。

「……あなたは、どう思いますか？　天帝国伯爵家、ロイド・フィアレス」

不意に向けられた問いではない。アウレリスは話しながらも、ずっとこちらの様子をうかがっていた。

昨日、聖帝国護衛のクラウディナと話したときには、『誰が試験で最高の成績を残したか』を悟っているのは竜皇姫だけのようだった。

しかし今は、アウレリスも『俺』だと知っている。なぜ知り得たのかは、ジルドが魔帝国に属することから自《おの》ずと想像はつく。

「今回、魔帝国から試験を受けた生徒の中で、最も爵位が高い者……侯爵家のジルド・グラウゼル。彼を倒した者こそがロイド、貴方だと聞きましたわ。初めは自分で負けを認められずにいましたけれど、事実は事実……」

「それが理由で、ロイド殿を良く思っていないということなら、皇姫として恥じるべき狭量と……」

「エリシエル、綺麗《きれい》ごとはそれくらいになさい。貴女もまた、皇姫の成績に拘《かか》わらず横並びの順位とすることには納得がいっていないはず。昨日話したときにも強い反論はしませんでしたわよね」

「……他国の民に対して皇族の立場で圧力をかけるようなことは、望ましくありません。昨日の時点では、迷いがありました。しかし一晩考えて、今は学園の意向に従うと決めています」

争いを好まず、民に対しても公正と寛容を是とする。聖皇姫に対してはそういった印象を持っていたが、その彼女でさえも、試験結果の秘匿に完全には納得していない。

「ジルドは一般科に配属されることを拒否しようとしていましたけれど、それは彼個人が決めることですから、どちらでも構いません。しかし……『魔皇姫』として、自国の貴族がどのような形であれ他国の貴族に敗れたとき、通すべき信条があります」

静かなままだったセイバ教官の表情に、緊張が走る。隣にいるレティシア教官も。

これからアウレリスが言うことを、二人は想像できているのだろう。勿論《もちろん》、それは俺も同じだ。

「魔帝国の天契は、『誇りに基づくものであれば闘争を許可される』ことですわ。今でも魔帝国では望んだ者同士が決闘を行い、貴族内での序列の入れ替えが起きています」

「……それは、戦うことでしか強さを判断できない種族だから。竜人族は序列をつけるために争ったりはしない。相手の強さは見れば分かる」

「竜帝国の天契は、皇姫であるあなたが闘争に臨むことを許す類のものではありません。この場にいる皇姫の中で、私だけが今、この場で申し込むことができるのです。ロイド・フィアレス、あなたとの手合わせを」

手合わせというのは、あえて言い方を選んだだけだ。

実質上は『決闘』そのもの。ジルドの仇《かたき》を討つという理由ではなく、魔皇姫個人の誇り――彼女が試験結果を受け入れるために必要な、通過儀礼。

## 4　皇姫の指名

『学園は貴君に何も強制をしない。たとえ、魔皇姫殿下のご意向であっても』

レティシア教官の声は、可能な限り抑制したのだろうが、震えを隠せていなかった。

二人の教官が特別科の担当であっても、皇姫たちが指導を受けようとする姿勢でなければ、この場をまとめるというのは荷が重い。

あるいは、セイバ教官は力で抑え込むことは可能なのかもしれない。皇姫たちが並外れた資質を持っていても、それはまだ完成までに至っていない、未成熟なものだ。

しかしまだ開いていない花でも、他の生徒を圧倒するだけの力がある。これまでの人生で自分の実力や可能性を小さなものだと思ったことは、皇姫たちには無いだろう。

その自信を折らず、手加減をしたとも悟られず、魔皇姫と手合わせをする。『流れ』を頭に巡らせても、容易に答えには辿《たど》り着かない。

『……兄様、魔皇姫殿下はご無理をおっしゃっています。でも……』

『確かに難しい問題を突きつけられている。けれど上手く解決策を導き出せなければ、どのみち前に進むことはできない』

『っ……それでは、兄様……っ』

他国の皇姫と、伯爵家の護衛が試合をする。本来なら戦いの舞台に立つことさえ、不敬と見なされる行為だ。

しかし他ならぬ皇姫本人の指名であれば、話は変わる。

受けなければ、魔帝国の天契を拒絶することになる。戦いを止めることと引き換えに、魔帝国が天帝から引き出した譲歩。それは、千年違えることのない取り決めとして存在していた。

アルスメリアが俺をこの場に導いた。魔皇姫が俺と戦う場を、天契が作り出したのだ。

「恐れながら、改めて名乗らせていただいてもよろしいでしょうか」

「ええ。私はアウレリス・グランシャルク。グランシャルク朝第一皇女ですわ」

「私は先ほどもご紹介にあずかりましたが、ロイド・フィアレスと申します。フィアレス家に拾っていただき、妹のカノンの護衛を務めています」

名乗った矢先、皇姫たちの視線に宿る感情が変化する。

俺が伯爵家の正統な血筋ではないこと、そして護衛という立場であること。その両方が、皇姫たちにそれぞれ違う驚きを与えたようだった。

「……魔法の資質において、貴族が平民より必ず優れているとは限らない。けれど、必ず特殊な血が流れているはず。あの魔力は天人族の中でも並外れていた」

「護衛とは……一貴族の護衛がそれほどの力を持っているというのは、やはり天帝国の人材の層が厚いということか」

「皇族の護衛でも特別科に入るのは大変なのに、貴族の護衛が入っちゃう時点でとんでもないよね、クズノハ」

「あたしたちは分かってたじゃない。気がつくのが遅かったアウレリスに主導権を握られるのは不本意だけど……」

竜皇姫、人皇姫、獣皇姫姉妹が感嘆を口にする。聖皇姫だけは何も言わず、ただ俺から視線を外さずに見ているだけだった。

この場により上位の教官が来ていれば、皇姫たちに別の条件を提示することもできたかもしれない。

そうならなかった今、学園はこの状況を許容していると考えられる。

――ロイド・フィアレス殿。貴君には、皇姫殿下が安全に学ぶことができる環境づくりに協力を願いたい。

皇姫たちが一人も欠けずに入学できるように尽力する。それもまたマティルダ副学長の言う『協力』と解釈するなら、俺は自分で答えを決められるということだ。

「天帝国伯爵家は、才能のある子供を養子にしている……しかし、フィアレス家の血族ではなく、さらに護衛ということであれば……」

「アウレリス、それは……っ！」

エリシエルが声を上げる。それでもアウレリスは止まらなかった。

彼女は身につけている指輪――両手に一つずつ嵌《は》められている――のうち、左手につけられたものを外す。そして唇を寄せると、紅の魔力を吹き込んだ。

「皇女殿下……っ」

ずっと何も言わずにいた魔皇姫の近侍の女性が声を上げる。もう一人、少年が付き従っているが、彼もまたかすかに目を見開いていた。

「これが我が皇家に伝わる『主従の指輪』ですわ。天契に従い、私はロイド・フィアレスに勝利した暁には、彼を眷属《けんぞく》にすることを希望します」

誰もが言葉を失っている。カノンも――ミューリアは皇姫の前で抑制しているが、その魔力が今にも溢れてしまいかけている。

「……『手合わせ』ではなかったのですか？　騙《だま》し討ちは、卑怯《ひきょう》ではないのですか」

「それはロイドが一介の護衛であると確認する前の話ですわ。魔帝国の天契は、他国の皇族と貴族以外に決闘で勝利したとき、自らの眷属とすることを許している。もちろん、ロイドがそれに同意した場合の話ですが」

俺が欲しいと思った理由はただの興味か、それとも別の何かか。

そんなことは、今は深く考えるつもりもない。

隙を見せれば付け入られる。ここがそういう場所であることが良く分かったし、『流れ』を読んでいながら身を任せた俺にも責はある。

「……兄様は……たとえ皇姫殿下がお相手であっても、決して……っ」

「いいんだ、カノン」

俺の前に出てくれたカノンを制する。

盾はただ、護るために在る。それは心までも含めてのことだ。

「潔いんですのね。ますます気に入りましたわ。ジルドは負けたことの言い訳をするばかりで、残念に思っていましたの……もちろん、いつも私の傍に侍《はべ》れとは言いません。ただ、必要なときに呼び出しに応じてもらうというだけですわ」

アウレリスの心には、まだ幼い部分がある。

成長すれば、その資質は大輪の花を咲かせるのだろう。しかし今は、自分の才気を過信しすぎている。

この場にいる全員が、俺の答えを待っている。各国の護衛は油断なく俺を見ている——魔帝国の護衛たちは、俺を敵とでも見ているかのようだ。

事実、俺はアウレリスの敵となった。アウレリスが天契を持ち出し、勝利したときの要求を出したということは、魔帝国にとって尋常ならざる事態となったことを意味する。

「……アウレリス、分かっているのですか？　天契に従って他者に要求するということは、自分も同じ条件を背負うということなのですよ」

エリシエルはアウレリスを案じて言っている。だが、アウレリスにはそうと受け取られていない。

「もちろん分かっていますわ。だから私は、ロイド……あなたに今は何も聞きません。あなたがもし勝利したなら、求めるものは自由に決めて構いませんわ」

自分が負けることなどありえないと、アウレリスは言外に示唆している。絶対の自信を支えているのは、魔皇帝の一族が持つ固有魔法、血晶術だろう。

確かに抑制された中にも、感情が高ぶったときにわずかに見える魔力の色は、宝石のように美しい。それは血のような紅の宝石、紅血玉《ピジョンブラッド》の色だ。

「……ロイド君、君の意向を聞かせてください」

セイバ教官が問いかけてくる。俺に任せることを詫《わ》びるようなその瞳を見て、俺は思う。彼のような真面目な人物が、皇姫の集う学級を指導するのは骨が折れるだろう。

副学長の要請を受けていてもいなくても、俺はこうすることを選んだだろう。魔皇姫の前に出て、彼女が手のひらの上に載せて差し出した指輪を確かめる。

「……っ」

「……？　アウレリス殿下、どうなさいましたか」

魔皇姫が勝利すれば、俺はその指輪で縛られることになる。手合わせの前に確認しておくのは必要なことのはずだが――。

『ロイドったら、自然にアウレリス殿下の手を取ったりなんかして……』

『兄様、大胆すぎます……もう少しご遠慮をなさってください、魔皇姫殿下もひとりの乙女なのですからっ……』

「っ……も、申し訳ありません。指輪のほうは、確かめさせていただきました」

目を見開いて固まっていたアウレリスは、思い出したようにぱちぱちと瞬きをすると、弾《はじ》かれたように身を引く。角が空を切る音がするくらいの勢いで。

「ぶ、無礼者っ……触れていいとは言っていませんわ」

「ふぅん……ロイドって結構大胆なんだ。こういうの慣れてるのかな？」

「アウレリスも無理しなきゃいいのに。こんなに動揺してたら戦う前に侮られるよ」

ユズリハとクズノハの姉妹をアウレリスは何も言わずに睨《にら》みつける。そして、二人の教官に、改めて礼をして見せてから言った。

「私とロイド・フィアレスは、これから幻影舞闘を行います。お互い『手合わせ』で傷を負うわけにはいきませんものね……準備をしてもよろしくて？」

「了解いたしました。私とレティシア教官から、事前の報告は行わせていただきます」

「ええ、勿論ですわ。手間を取らせて申し訳ありませんわね……行きますわよ」

アウレリスは近侍を伴って、校舎を後にする。転移陣を使い、幻影舞闘を行う場所に移動するためだろう。

他の皇姫一行もそれに続く。全員がすれ違うときに俺とカノン、そしてミューリアのことを見ていたが、その全てが警戒するような視線ではなく、中には憐《あわ》れむようなものもあった。

一介の護衛が、魔皇姫に勝てるわけがない。侯爵家のジルドに勝っても、皇姫たちとの試合に勝てるとは限らない——むしろ俺の方が敗色濃厚と思われているわけだ。

「……兄様、本当は私がアウレリス殿下とお手合わせをしたいくらいです。たとえ魔皇姫殿下であっても、兄様を好きなときに呼び出すなんて横暴ですっ」

「ありがとう、カノン。アウレリス殿下は、僕を呼び出してどうするかまでは考えていらっしゃらないと思うよ。あくまで、要求の形をつけられただけじゃないかな」

「お兄ちゃんに勝ったという事実があれば、アウレリス殿下は皇姫さまがたの中で優位に立つことができる。入学時点のこととはいえ、生徒たちの中で魔皇姫殿下が最も優秀という意識を与えられたら、影響力は長く続くものね……」

そこまでのことを考えているかは分からないが、魔皇姫は他の皇姫たちに対する対抗意識が特に強いというのは間違いない。

しかし俺がカノンの護衛である以上は、必ず勝たなければならない。戦いの中で見出《みいだ》せる答えの中で、最善のものを選ぶ。するべきことはそれだけだ。

## 5　紅い瞳

『幻影舞闘』を行うための、水上神殿のような場所。ここにある五つの建物は、やはりその印象通り『幻影殿』と呼ばれているそうだ。

第一から第五まであり、観戦する際には空いている幻影殿を利用することで、幻影闘技場の光景を見ることができる。しかし俺と魔皇姫の対戦を見ることを許可されたのは、特別科の全生徒ではなく皇姫のみだった。

魔皇姫は第一幻影殿に、俺は第二に入ることになった。天帝国の出身である俺とカノン、そしてミューリアと立ち会いのセイバ教官が一緒に入ってくる。

「本当なら装備の相談をさせてもらうところですが、どうします？　標準的な男子用の魔法衣であれば用意していますが」

「幻影闘技場に装備を持ち込むことが可能なんですか？」

「ええ。性能は幻影闘技場でも再現されます……慣れていない装備の性能は、完全に再現されるとはいかないのですが」

「セイバ教官の持っている剣のようなものでも、再現できるということですか？」

セイバ教官が腰に帯びている刃がない剣も、いわゆる『魔剣』の類だ。それを再現できるとしたら、かなり強力な魔装具まで持ち込めるということになる。

「可能です。この剣を含め、たいていの魔装具は持ち込み可能です。幻影舞闘の場においては、魔装具の再現に必要なものは本人の制御能力、そして具象化能力ですから」

「具象化……想像したように魔法を行使する力ということでしょうか」

カノンが質問すると、セイバ教官は音もなく手を叩く。しかしその仕草が道化じみていると思ったのか、反省するように眼鏡を直し、苦笑した。

「お二人は、入学前から魔法の基礎をよく学んでいる。本来ならそういった部分も試験に取り入れるべきなのですが、現状は何より素養を見出すことを第一としています」

すると試験内での言動などを審査しているのは、本来公式評価に入れるつもりがない項目ということになる。

それでも無視できないほど評価されたということなら、それは身に余る光栄だ。おかげで、皇姫と友誼《ゆうぎ》を結ぶどころか、これから戦おうとしているわけで——この『流れ』は果たして正しかったのか、フィアレス家の養子ということは伏せておくべきだったかと考える。それを口にした途端に、魔皇姫の目的が変わった気もするからだ。

「ロイドは生真面目だから、血の繋がりがないって言ってしまったけど。私はね、ロイドのそういう部分も含めて、可愛い息子だって思っているから」

「ははは。確かに僕も驚きました、ミューリア先輩のお子さんが入学されるとばかり聞いていたものですから。こんなに大きなお子さんがいて、好青年に育てあげているとは、僕の同期に聞かせたらさぞ驚くことでしょう」

「それはもう、私が手塩にかけてどこに出しても恥ずかしくない男性として……なんて、私がほとんど何もしなくても、いつの間にか立派になっちゃったのよね」

「お母さま、兄様が照れていらっしゃいますのでお手柔らかに……兄様、魔装具はどうされますか？」

　魔装具という意識で持っていたわけではないが、俺が常に携帯している『天騎護剣』には魔法を発動する媒介となる魔石が嵌められている。

　もちろん天帝騎士団正規のものではなく、材料となる金属を用意して鍛冶屋に特注したものだ。刃物の所持が禁止されている場所でも持ち歩けるように打撃用に作られており、護拳《ナックルガード》がついている。

「……皇姫殿下に対して、どのような形でも武器を持って対峙《たいじ》するというのは、本来であれば許されないことですが」

「ロイド君が剣を使うことで引き出せる力があるのなら、剣を持つべきでしょう。ジルド君も全学生の平均より優れた実力を持っていますが、特別科の上位……皇姫の方々の実力とは、大きな隔たりがあると言っていい」

「はい。では、剣を使わせてもらいます」

　ジルドと戦ったときは試験だったので、武装は外して幻影舞闘に臨んだ。今回は試験ではなく、いわば公的な決闘に近い位置づけとなる。

相手の命を奪うようなことはないが、幻体が消失するようなことになれば、一時的に意識を喪失することはある。

「ロイド君、魔皇姫殿下を前に手加減などは考えないことです。君が負けて眷属になるようなことがあれば、今後の人生が変化してしまうんですから」

「ご忠告ありがとうございます、教官。悔いのないよう、全力を尽くします」

俺は一礼し、神殿の中央にある陣の上に立つ。

「兄様、ご武運をお祈りしています」

「頑張ってね、ロイド。私たちも見ているから」

激励に手を上げて応える。セイバ教官が頷《うなず》き、俺は目を閉じて陣を起動させる。

魔力が引き出されて幻体が生成される。そして俺の意識は、幻体と共に幻影闘技場に送られる。

——だが、ジルドと戦ったときとは何かが違っている。

『……よって、このような……』

誰かの声が、聞こえたような気がする。ざらついた雑音の中に紛れて、よく聞き取れない——しかし。

この声を、俺はどこかで聞いたことがある。

もう一度目を見開いた時には、景色は一変し、声は聞こえなくなっていた。

戦いの舞台は、どこかの古城のような場所。この風景と似たものを、俺は千年前に見たことがある。

切り出した石を精緻に積み上げた壁に四方を囲われた、天井の高い広間。縦に長い窓の外には、水と森の気配がする――深い森の湖畔といったところか。

　赤い絨毯《じゅうたん》が敷かれ、少し先で段差があり、祭壇のようなものがある。それを背にして、魔皇姫が立っていた。

「……万魔殿。私の祖国において、そう言われている場所に似ていますわ。魔皇姫である私が来たときのために、こういった場所が用意されていたのでしょうか」

「アウレリス殿下の仰《おっしゃ》る通りかと思います」

　俺が肯定すると、アウレリスは満足そうに微笑む。そらした胸が、年齢にそぐわぬほど前に出ている――直視してはならないが、視線を逃がすと逆にこの場では無礼となる。

「愚にもつかない推論を肯定してもらえると、気分は悪くありませんわね」

「試験結果について、僕に不信を抱いていたのであれば……それについては、申し開きの時間を与えていただけていればと思います」

「そうですわね……尚早に動いたことは認めましょう」

　アウレリスは素直に非を認める。ここに来てからの彼女の態度を見て、そういった『流れ』もあるだろうと思ってはいた。

「私はリューネイアが一位となると思っていました。それは他の皇姫も同じはずです。しかし、そのリューネイアが疑問を呈した。本来なら、リューネイアが貴方と手合わせをしたいと思っていたでしょうし、優先権は彼女にあります。しかし彼女は同時に、天帝国の支配を最も早く受容した国の姫でもある」

　不戦結界を破れなかった竜帝国は、アルスメリアが竜人の叡智《えいち》を超える存在であると認め、その提案に全面的に従った。七国最強の種族である彼らは、自分たちの力を超えた者を、ありのままに自分たちより上位の存在として認めたのだ。

しかし天帝が不在である今、竜人族は他種族と関わりを持ったとき、自分たちが最強の存在であると自負している。リューネイアの泰然とした態度は、言うなれば天帝の不在が起因するものなのだろう。

皇姫たちは、竜皇姫の実力が最も優れていると思っている。そう確信するだけの力を、竜皇姫はすでに他の皇姫たちに見せていると考えられる。魔皇姫も竜皇姫の実力を認めていると、今の発言で改めて分かった。

他の皇姫の前では傍若無人な面を見せていた魔皇姫だが、それは演じていた部分もあるようだ――と思ったところで、彼女は扇子を開き、口元を隠した。

「私達が戦いを始めるまでは、外で見ている人たちには『見えて』いません。幻体転送に使う陣は写像を外部に見せることもできますが、声などは魔力感応において鋭敏な者でなければ聞き取れないでしょう」

戦いが始まれば、アウレリスは『演じていた姿』に戻るのだろう。

本来は、他者に対して気遣うこと、自分の力が及ばない相手を認めることもする。しかしそれだけでは、彼女の理想とする魔皇姫としての姿を全うできないということだ。

「……一つ、聞かせていただいてもよろしいですか」

「ええ。何ですの？」

「エリシエル殿下は、アウレリス殿下とはどのようなご関係なのですか？」

「……停戦下において、聖帝国と魔帝国は国同士の交流が続いています。一つ上のエリシエルとは、幼少の頃から面識があるというくらいですわ」

聖皇姫は魔皇姫に対して諫めるような立場だが、クラウディナを俺のもとに遣わせたことには、魔皇姫を案じる面もあるように思う。秩序を重んじる聖帝国の国風らしいとも言えるが。

「私はエリシエルにも、他の皇姫にも負けたくはありません。一番幼いからと、今は見くびられているのでしょうが……いずれリューネイアにも、私の力を認めさせたいと思っていますの」

「そのために、僕を倒したいと」

「ええ。ですが……今は、他の皇姫たちに私の力を示したいというだけではありません」

薄暗い部屋の中。どこからか流れてくる湿った風が、冷気を帯びる。

魔皇姫の扇子を持つ手――幻体は指輪をしていない、しかし赤い魔力が指輪のように、その小指を彩っていた。

「私より強いかもしれない相手が他国の皇族ではなく、伯爵家の護衛だという。あなたには自覚がないかもしれませんが、私にとっては足元を揺るがされるような発言でした」

その言葉が終わると同時に、戦いの始まりは告げられた。

アウレリスの魔力が、ある一点に集約する――それは、瞳。アウレリスは髪をかきあげながら、その目で俺を一瞥《いちべつ》する。

魔族の中で、一部の種族のみが持つ特殊な眼《め》。それが『魔眼』だ。

「魔帝国を出てもなお、世界の広さを感じることはありませんでした。それを初めて教えてくれたのは……貴方です」

魔帝国において、決闘によって入れ替わるのは貴族の序列だけではない。皇帝も決闘に臨み、玉座を守るために戦うことがある——しかし、現在の皇帝は三百年もの間、無敗で玉座を守り続けているという。

歴代屈指の強者とされる現魔帝の種族は『吸血鬼《ヴァンパイア》』。不死の王とも呼ばれる、魔族最強種の一つだ。

「ここから先も、新しい世界を見せてくださいますか？　ロイド・フィアレス」

吸血鬼の魔眼はほとんどの場合『魅了』一つだけの能力を備えているが、ごく稀《まれ》に二つ以上の能力を持っている魔眼が存在する。

もし対策無く受ければ、どんな手練れであっても為す術もなく敗れる。そんな魔眼の持ち主と、俺は前世において対峙したことがある。

赤い魔力を纏《まと》ったアウレリスの瞳に宿る感情は、哀れみ。そして、寂しさだった。

まるで魔眼を発動した時点で、勝敗が決してしまうと確信しているかのように。

——紅き霧が包む時の牢獄《ろうごく》　紅刻眼《クリムゾングレア》——

## 6　決闘装束

◆◇◆

幻影闘技場に幻体を送り込むための魔法陣は、干渉の仕方を変えることで闘技場の光景を映し出すことができる。

第二幻影殿でロイドとアウレリスの試合を見守っていたミューリアは、アウレリスの瞳が赤く輝きかけた瞬間に、全力で精神防御を試みた。

「……っ」

ミューリアの感覚が誤っていたわけではなかった。しかし、直接アウレリスを見たわけでもなく、映像を見ただけだというのに、その違和感ははっきりとしていた。

アウレリスの身体から、赤い霧状の魔力が爆発的に溢れた。その次の瞬間、霧は晴れ、映し出された光景は一変していた。

「兄様……一体、何が……」

カノンはすぐに理解することができずにいた。彼女には、「ずっと見つめていたはずの兄の姿」が、突然に移動しているようにしか知覚できなかった。

距離を置いて対峙していたはずのロイドとアウレリスの位置が、入れ替わっている。

映像の中で背を向けていたロイドが振り返る——無傷のまま。

アウレリスはまだ動くことができずにいる。ミューリアは自分の身体を抱くようにして、震えを抑えることができない。

「魔皇姫殿下が、開始と同時に固有魔眼を使った……本気で、自分の眷属たりえるかを確かめるための儀式。それを、あの子は防いでみせた……」

「防ごうとして防げるものではないはずです……これで終わっていたかもしれなかった。しかし終わらなかっただけでなく、ロイド君は……」

セイバは感嘆だけでなく、畏怖を込めて呟《つぶや》く。彼もまた、魔皇姫が幻術系の魔法を使うものと見て抵抗を試みたが、何が起きたのかを全て知覚することはできていなかった。

◆◇◆

第三幻影殿に集まった五皇姫と、立ち会いのために随伴しているレティシアもまた、ロイドとアウレリスの戦いの始まりを驚愕《きょうがく》とともに受け止めていた。

「……魔眼を防いだっていうことは、ロイドは魔帝国の皇族と戦ったことがあるっていうこと？」

「あたしたちでも二人でやっと防げるようなものを、一人で……それに、魔眼を受けたあとにあんな優位な位置にいるなんて」

「後ろへとすり抜けた……裏を取ることができていた。それなのに、ロイド殿は剣に手をかけた様子もない。いや、それよりも……あの魔眼を受けて、『なぜ無事でいられる』……？」

ユズリハとクズノハ、スセリはアウレリスの魔眼の原理を一部だけ理解している。

エリシエルは動くことができずにいるレティシアに近づき、肩に触れた。我に返ったレティシアは、小柄なエリシエルに無言のまま見上げられ、思わず一歩下がってしまう。

「っ……も、申し訳ありません。教官として不甲斐《ふがい》ないところを……」

「いえ。アウレリスの魔眼は、事前に知っていなければ熟練の魔法使いでも術中に落ちることがあるほど強力なものです……けれどロイド・フィアレスは、『あえて魔眼を発動させたのちに』対応していますす」

何が起きたのかを理解しているのは、エリシエルだけではない。

言葉を発せずにいるリューネイアが、自らの胸に触れる。それは、自分が想像もしていない方向に感情が動いたからだった。

「……アウレリスは想定していたよりも強い。けれどロイドは、もっと底が知れない」

リューネイアの言葉に、四人の皇姫は息を飲む。

陣の上に浮かび上がった幻影には、振り返ったアウレリスとロイドが言葉を交わす光景が映し出されていた。

◆◇◆

アウレリスは一瞬だけ俺に強い瞳を向けたが、すぐに悠然とした態度に戻る。

「私たちの一族が、近年天人族と戦ったという話は聞いていませんが。あなたは、私と同種の魔眼を経験したことがあるようですわね」

「血晶術については、恐れながら多少の知識があります。しかし、上手く行くかは賭けでもありました」

「……謙遜もほどほどになさいませ。魔眼単体ではなく、血晶術との複合を行っていると理解し……あなたは後手でありながら完全な対応をしてみせた」

通常なら『魔眼を受けてから対応する』ことは不可能に近い。魔眼の影響を受けるということは敗北に直結するからだ。

「アウレリス殿下の展開した魔力……吸血鬼自らの肉体、あるいは魔力を霧状に変える特質。その霧に包まれた領域に影響を与える魔眼。それがどのような効果を及ぼすかは、殿下の瞳を見れば理解することができました」

「……魔眼を見ることの意味を理解しているのですか？　視線が合わずとも魔眼は効果を発揮しますが、直視すればなお抵抗の余地はなくなるはずです。普通であれば、それは愚か者のすることですわ」

「魔眼を破るには、目をそらすことをしてはならない。それが僕の個人的な結論です」

「っ……そんな力押しで、私の『紅刻眼』を破ってみせたというんですの？」

魔眼の全てについて、その効果を一瞬で看破するということはできない。

しかしアウレリスの魔眼であれば、『目が合った後』『魔眼の効果が発動する前』その一瞬だけで、対処は完結する。

彼女の能力について明かせば、見ている全員に知られることになる。俺は会話がそのまま観戦者に伝わることのないよう、魔力を声に乗せることで内容をある程度隠蔽し、そして言った。

「魔眼を目にした者の連続した意識に、強制的な欠落を生じさせる。殿下の赤い霧に変化させた魔力が及ぶ範囲では、意識の欠落時間は延長され、『僕がアウレリス殿下に倒されるまで』効果は持続することになる。たとえ霧の中にいなくても、発動時の魔眼を見ただけで影響を受けるでしょう」

「……それをどうやって防いだのかと、恥を承知で聞いているのです」

「意識が欠落した間にも、予《あらかじ》め魔法を使っていれば身体を動かすことができます。それに、アウレリス殿下は僕をただ一撃で倒そうとされた。その一撃を回避する行動を、魔力による身体操作に置き換えることは可能です」

《――第一の護法『無心繰《むしんそう》』。無に至りて、なお心は糸を繰る》

連続する意識に隙間を作られることで生まれる無意識。その空隙においても、俺は完全な無防備になることはない。

無意識の中でも身体が動くように、予め魔力で命令を与えておくことができる。そうすることで魔眼を見たことによって生じる催眠の影響は無視される。

「……私がどう動くかを完全に読み切っていたと言うんですの？」

「想定を外れる可能性はありましたが、その場合でも僕の身体はひとりでに動いたでしょう。糸を切られても動く人形……自動人形のようなものだとお考えください」

「人形……あのように私の攻撃を避けてみせて、それが予め織り込み済みであったものでしかないと、そう言うんですのね……？」

俺が自分の魔法について話せば、魔皇姫に屈辱と受け取られる可能性がある。

魔皇姫は俺を睨みつけている――その赤い瞳が細められ、憂いを帯びる。

「あなたは剣を抜かなかった。突進する私の力を、強い風にも折れずにしなる枝のように逃がしてみせた……『指一本も』触れることなく」

アウレリスの怒りの理由は一つ。俺が、あくまでも彼女を尊ぶべき存在と考えたままで、試合の舞台に立ったことだ。

「魔眼を破られた時点で私は一度負けています。しかし今だけは、あなたが膝を突くまではそのことを忘れましょう。最後に私が立っていればそれでいいのですから」

魔皇姫の衣服が、無数の小さな赤い蝙蝠《こうもり》に変化して、彼女の身体から離れ――そして、もう一度集まって違う形の衣服を形成する。

それは紛れもなく、皇姫が決闘に臨むための衣装。深紅のドレスを身にまとったアウレリスの両腕に、赤い文字が浮かび上がる――それこそが、血晶術の本領だ。

「あなたは門を開き、私の城に足を踏み入れた。いえ……入ってきてくれたと言うべきですわね。それがあなたにとって降りかかった災難でしかないのだとしても、私は……」

――是が非でもあなたが欲しくなりましたわ。

それを言葉にすると同時に、赤い魔力を纏った両腕を広げたアウレリスは、瞬きの間に俺の間合いの中に踏み込んでいた。

## 7 結晶の華

深紅の決闘衣装《ドレス》を身にまとったアウレリスは涼やかな空気を切り裂き、その両手を十字に振り抜く。

――紅き華散らす双刃　散華双葬《ブラッドダスト》――

どのような魔法にも詠唱は必要だ。魔法の力を発動させるための手続き、それは必ずしも声であるとは限らない。

見破るためには、魔力の流れを読む。魔道具の機能を解析したときよりも集中し、瞬時に解答を導く――この方法で。

《第一の護法　我が眼は魔力の軌跡を辿る――『轍《わだち》』》

魔力の流れだけを見通す瞳。幻影闘技場においては全てが魔力で構築されているが、『軌跡』は俺と魔皇姫によって描かれるものだけだ。

アウレリスの袖の長いドレスには、彼女の腕を隠すという意図があった。彼女の詠唱は、その腕に浮かび上がった文字によってなされているのだ。

自分の血液そのもので魔法の手続きを構築する『詠唱変換』。アウレリスは幻体においてもそれを可能としている。

『――さあ、その剣を抜きなさい！』

アウレリスの声なき声が聞こえる。両手が交差するように振り抜かれ、赤い刃が俺を切り裂こうとする。血晶術によって作られた、華奢《きゃしゃ》な腕からは想像もできないほどの大鎌のような刃――それが左右から襲い来る。

(これが現在《いま》の魔皇族の力か。千年前と変わらず力を保ち、戦い方を受け継いでいる――だが『だからこそ』だ)

魔力で強化した爪の一撃がいかに研ぎ澄まされていても、『護輪の盾』を展開して受けることはできる。

しかし魔皇姫の狙いはそれだけではない。ただ『受けるだけ』という答えを許すほど、彼女は甘い相手ではない。

《――第一の護法――》

『なっ……!?』

アウレリスの右手と左手は『全く同時』に振り抜かれたのではない。

右手から放たれる刃が『一瞬だけ』先だった。

《――その羽は透き通り、空に消える――『蜉蝣《かげろう》』》

全く同じ色のように見える、二つの魔力の刃。だが『全く同じ』ではなければ、俺の間合いに入った時点で見極められる。

『まさか……そんなこと……っ』

アウレリスが右手の魔力刃をほんの一瞬だけ先に放ったのは、その刃が俺の防御を破るためのものだからだ。

吸血鬼は相手の血を吸うだけでなく、魔力を吸う『吸魔』の能力を持っている。血晶術で作られた赤い魔力の刃は、触れただけで並の魔法使いなら魔力を枯渇させられる――それは魔法による展開物、結界などについても同じだ。

ならば、それをどう防ぐのか。

自分の魔力を切り離して『的』を作り、それを吸わせてしまえばいい。

『私の「牙」が通らないなんて……っ！』

そう――『牙』だ。左手が相手を引き裂くための『爪』ならば、右手は守りを穿《うが》つために研ぎ澄まされた牙。魔力による防御は吸血鬼の特質によって『吸われて』しまえば意味をなさない。

アウレリスの放った魔力刃――『牙』が持つ吸魔の力を、俺の身体から切り離した魔力を吸わせて完結させる。すると『牙』が空中に突き立てられて止まり、魔力を吸い上げて赤い結晶の花が咲いた。

「――ふっ！」

気合いの呼吸と共に、アウレリスの左手から放たれた刃を同じ色に変化させた『護輪の盾』で防ぐ。俺の幻体を切り裂くことを想定していただろうアウレリスは、両の刃を防がれたことで見逃すことのできない隙を作った。

「──おぉっ！」

「くっ……！」

アウレリスは後ろに飛び退《すさ》ろうとするが、こちらも反射的に踏み込み、『天騎護剣』の柄を握る。無二の機会が訪れたとき、守護騎士であった頃なら、幾らも躊躇《ちゅうちょ》しなかっただろう。

──しかし俺は剣を抜かなかった。

アウレリスが魔眼を使うこともせず、負けを受け入れるような目をしたからだ。

◆◇◆

第三幻影殿で見守る皇姫たちは、誰も言葉を発することができずにいた。

アウレリスは初撃から決着をつけるつもりで攻撃を仕掛けた。それを完全に見切ることができていたのは一人だけ──竜皇姫のみだった。

聖皇姫は目に映ったありのままを、小さな声でつぶやく。

「……アウレリスの『吸魔の牙』は、相手の魔力を吸って、結晶状の花を咲かせるものです。その花が、空中にいくつも咲いている」

「ロイド殿が魔力障壁を展開する様子は視認できなかった。しかし……『ある』のだな、あの花が咲いた場所に、彼の魔力が」

エリシエルとスセリがどれだけ目を凝らしてみても、ロイドの魔力は見えない。しかし透明な壁に赤い花が咲いているようなその光景は、そのままロイドが左側に展開した防御の性質を示していた。

「右側の方は、アウレリスと同じ赤色の魔力に一瞬だけ変えて、盾を作って防いでる。だけど、詠唱もなしにあんな速さでできるなんて……」

妹のユズリハを横目に、クズノハは沈黙したまま、ロイドとアウレリスの姿を見つめていた。その頬が赤く染まっている――それに気づいた教官のレティシアもまた、自分の体温が上がっていることを自覚していた。

◆◇◆

ロイドが剣を抜かず、浅く後ろに跳んだアウレリスをその腕に捕らえた――その光景を見てカノンは声を出しそうになり、辛《かろ》うじて抑えた。

「……こんなときにもレディ・ファーストだなんて。ロイドにはちょっと怒ってあげたくなっちゃうわね」

ミューリアはもしロイドと立ち合い、同じように情けをかけられていたらと想像する。

本気で勝ちたいと思って戦っていたら、きっとロイドに加減をしないようにと要求してしまう。強い言葉の一つも出てしまうかもしれない。

しかしそれよりも――ロイドとアウレリスの今の姿を見ていて、胸の奥に熱が揺らめく。それは隣にいる娘《カノン》も同じなのだろうと察していた。

「……兄様……皇姫殿下に、あんなふうに……」

カノンの眉が少しつり上がっている。怒っている――それとは少し違う。

（羨ましい……なんて、こんなときに思ってしまうのは不謹慎かしらね……）

ミューリアの視線の先で赤い決闘装束のドレスを身に着けたアウレリスが、まるでダンスのエスコートでもされるかのように、ロイドが背中に回した手で支えられている。空中に咲いた赤い花は、まるで二人の姿を彩っているようでもあった。

やがて結晶の花は砕け散り、古城を模した闘技場に煌《きら》めく光が舞う。

「……まるで舞台劇の一場面ですね。ロイド君、君という人は……」

セイバは眼鏡の位置を直す。その口元には微笑が浮かんでいる。

彼の瞳には、今まで観劇したことのある舞台のどれよりも、ロイドとアウレリスの姿は華のあるものとして映っていた。

◆◇◆

剣を抜かず、しかし後ろに跳んだアウレリスに何もしないわけにもいかずに、受け身を取る気のない彼女の背中に手を回し、衝撃を減殺して支える。

「っ……」

戦いの最中に諦めるなとか、そういう説教をするつもりはない。

魔皇姫が持てる技量の全てを発揮したわけではないだろうが、俺の受け方は良くなかった――『やりすぎ』だ。加減が全くできていない。

『蜉蝣』という技は、初見の魔法を自分の身体に届かせずに防ぐためのものだ。しかし戦う相手次第では『自分の攻撃が全く通じない』と思わせることもある——アウレリスが自分の血晶術に自信を持っているからこそ、その威力を零にしてしまうのは行き過ぎだった。

呆然《ぼうぜん》としていたアウレリスの瞳が、ようやくしっかりと俺を捉える。

「……あ……」

「……申し訳ありません、魔皇姫殿下」

「——っ！」

アウレリスの瞳に強い光が宿る——彼女は手を閃《ひらめ》かせるが、その手が俺の頬を張ることはなく、ぎりぎりのところで止められる。

何も言わずにこちらを睨むアウレリス。彼女の後ろにそらした半身を抱き起こしたあと、俺はそのまま後ろに下がった。

胸に手を当てたまま、アウレリスはこちらを睨み続けている——青白いくらいに白かった顔に、今ははっきりと赤みがさしている。

「……なぜ……剣を抜かなかったのですか」

彼女はやはり気づいている。俺が躊躇《ためら》って剣を抜かなかったことを。

頬を打とうとするほどに憤っても仕方がない。彼女の誇り高さを知りながら、俺は——。

『……君は……』

一瞬、意識が別の場所に持っていかれるような、そんな感覚があった。

視界が白と黒に染まる。彩りを失った世界で、懐かしい声が響いてくる。

『君は、私がそんなに弱いと思うのか？』

『――が近づけば、私が恐れて泣くとでも思うのか』

『それなら私は、君の認識を正さなければならない。護衛の君と争うことをしてでも』

――なぜ、今そんなことを思い出すのか。

ここはあの場所とは違うのに。記憶の中に残る彼女の姿は、もうおぼろげに変わってしまったのに。

それはきっと、目の前の少女が――アウレリスが。

色褪《いろあ》せた記憶の中で俺を咎《とが》める彼女を、思い出させるような目をしていたからだ。

「あなたは、私のことを弱いと思っているんですの？」

「……っ」

アウレリスの言葉が、記憶にある『彼女』の言葉と近いと感じるのは、俺の心が惑っているだけだ。

――それなのに、目を離すことができない。ただ、次の言葉を待つことしか。

「その剣を抜いたら、私が恐れるとでも思いましたか？」

静かな怒り。角のある赤髪の少女は、どこも彼女に似てはいない。

強がりを言っていることは分かっている。力量の差を感じたとき、彼女は諦観を垣間見せた――

それが今は、怒りに変わっている。

俺に対する激情ではない。それは、自分に対する感情だ。

「あなたは強い……私が想像していたよりも遥《はる》かに。それでも私に諦めるなと言ったのは……いえ。私に機会をくれたのは、あなたですわ」

魔皇姫の瞳が赤く輝き、霧状の魔力が辺りを包んでいく。

具象化した扇を開き、魔皇姫が構える。相対する俺もまた、剣を抜く。

「グランシャルク朝第一皇女、アウレリス・グランシャルク。身命を賭して参ります」

「天帝国伯爵家、ロイド・フィアレス。我が剣にかけて、全霊にて臨みます」

皇姫の相手をするなど恐れ多いこと。剣を向けることも決して許される相手ではない。

――それを今は忘れる。同じ魔法学園の生徒として、アウレリスと向き合う。

記憶の中にある姿も声も、やはりアウレリスとは重ならない。

それでも俺は、彼女の真《ま》っ直《す》ぐに前を向いた姿に、確かに心を動かされていた。

## 8　紅の城

魔皇姫として、その力を誇るべき存在。グランシャルク家の次代を担う希望。

母上や、子供の頃から側仕《そばづか》えをしてくれた従者たちは、私のことをいつもそう言っていた。

私は自分の代でもグランシャルク朝を維持し続けるために、ひとつの誓いを立てた。

魔帝国の歴史の中で、女性が帝位についたことは幾度もある。それらの女帝は在位中に誰にも敗北することなく、戦いで負けることと皇帝の座を退くことは同義だった。

決して、誰にも負けたくない。吸血鬼と呼ばれる種族の私たちにとっては、勝利は領土と従僕を増やすもので、敗北はその反対――全てを奪われることを意味する。

千年前、七帝国の境に正体不明の雲海が生じるまで、魔帝国は西に隣接する聖帝国、東に隣接する鬼帝国と全てを奪い合う争いを続けていた。

あらゆる戦闘行為を封じられる『不戦結界』。それは一度も途絶えることなく目に見える国の境界として存在し続けている。

――結界を作り、戦いを終わらせるための道標を立てた千年前の天帝。

その存在に興味を持って調べてみても、その素性が知れる情報は残っていない。男性であった、女性であった、山のような大男だった、人形のように美しい少女だった――不自然なほどに記録は符合せず、まるで誰かが後世に伝わらないように隠蔽したかのようだった。

『永久皇帝』と呼ばれるほどに神格化される中で、ひとりの天人としての足跡は限りなく薄れ、失われた。あるいは意図的に消された。そのいずれであったとしても、私は結界を作った天帝の存在に執着せずにはいられなかった。

どうしてなのか、自分でも分からない。ただ、知りたい――けれど知りたくない。矛盾した思いが、永久皇帝の存在を知った時から、常に私の胸に靄《もや》をかけた。

天帝国の永久皇帝に関心を持っていることを、私は周囲の誰にも明かさなかった。

天帝国が七国同盟の要であっても、魔帝国は天帝国の結界を破れず、天帝国の仲介によって聖帝国との間に和議を結んだことを、今でも忘れられずにいる。

魔帝国がその矜持《きょうじ》を失わないためにできたことは、聖帝国と交流を持ちながら、決して馴れ合うことはしないということ。

『あなたは聖皇姫エリシエルに決して負けてはいけない。それが、魔皇姫として生まれたあなたの守るべき義務です』

誰よりも強く。エリシエルだけでなく、他の皇姫たちにも決して負けたくない。

皇姫たちの中で一番年下でも、私はもう子供じゃない。侮れるようなところは何もない、この魔法学園に来るまでに、一日も休まず努力を重ねてきた。

それなのに、エリシエルも、リューネイアも、私のことを対抗意識を持つべき存在として見たりはしなかった。ただ、各国の皇姫という立場が同じというだけ。

リューネイアが見ていたのは、決して注目を浴びるべき存在でもなく、入学生の中で極めて優れた力を持っていたりするはずのない、伯爵家の生徒。

『魔力測定を最後に受けた生徒と話してからでなければ、私が入学生代表となることはできない』

私は何も気が付かなかった。ただ自分の魔力を測り、幻影舞闘で相手に勝ち、特別科への配属を決めて、わずかな安心を覚えてさえもいた。

二歳年上の相手にも私は負けなかった。いずれ私のことを侮っているエリシエルにも、他の皇姫にも、認めさせてみせる——そんなことばかり考えて。

ロイド・フィアレスに事実上の決闘を挑んだのは、彼への嫉妬でしかなかった。

私は彼の力に気がつくことができなかったのに、それでも私は彼に勝つことで、自分の存在に皆の目を向けさせせられると思った。

『申し訳ありません、魔皇姫殿下』

私の攻撃を何も無かったかのように受け止めて、自棄《やけ》に陥りかけた私の身体を支えながら、彼は心から詫びるように言った。

そのときにはもう、私の心は、彼の持つ色で塗られてしまっていた。

そんな自分を認めるわけにいかないから、私は――。

ロイドとの戦いでは使うつもりのなかった、血晶術の秘奥のひとつを唱え始めていた。

◆◇◆

魔皇姫《アウレリス》が手に持った扇もまた、幻影闘技場においても特有の効果を発揮する魔道具であるのは明らかだった。

自分の魔力を『血晶』に変換する、吸血鬼の固有魔法。その真価は『血晶』の『状態変化』にある。

――深き紅の霧に抱かれ、やがて世界は枯れ落ちる――

それは紛れもない秘術――アウレリスが扇を翻すと、空中に残った軌跡に赤い魔力の文字が浮かび上がる。それは舞踏詠唱とでも言うべき、詠唱変換の高等技術だった。

アウレリスの詠唱は扇を二度翻したところで完成し、纏っている赤い魔力が、霧状に変化して辺りを満たしていく。

初めから彼女は『それ』を仕掛けることもできた。魔眼と血晶術の複合――相手の連続する意識に欠落を生じさせ、その時間を血晶術の影響下で延長させる。

今アウレリスがしようとしていることは、さらにその上にある――両の瞳が燃えるような紅に染まり、さらに自分の魔力を赤い霧に変えて、この古城の空間全てを満たしている。

「分かっているはずですわ。この霧に触れただけで、あなたの血……その幻体を満たす魔力は、私の中に取り込まれていく」

「……こういった領域を、僕は前にも見たことがあります」

千年前、聖帝国の城が魔帝国の侵攻によって陥落の危機にあったとき、アルスメリアは俺に密命を下した。

その城が落ちれば、両国の均衡が傾く。聖帝国もまた天帝国と敵対しているという状況では、誰にも悟られずに干渉を終えることが求められた。

魔帝国の皇族、そして貴族は、その権力に応じて軍事権限を併せ持っている。彼らは司令官でありながら、時に戦局を変えるための決戦戦力として、少数で敵陣の奥深くまで入り込むことがある。

――俺が戦った相手は、魔帝国において公爵の地位にある女性。アウレリスと同じ、吸血鬼だった。

聖帝国の司教、僧兵たちが持つ魔力は魔族にとって天敵であるといえる。その不利をものともせず、彼女は聖帝国の将軍を単独で討ち取り、魔眼によって支配し、足元に跪《ひざまず》かせていた。

そのとき俺は吸血鬼の秘術である血晶術と、それによって作られる結界に足を踏み入れた。そして俺が負けていたなら、聖帝国は今の領地を保つことができていなかったかもしれない。

「吸血鬼と戦ったことがある……魔帝国に赴いたことが？　我が一族には所在の知れぬ者もいますから、天帝国に現れても不思議ではありませんが」

「詳しいことは申し上げられません。それに、今は猶予がない」

「ええ……そうですね。あなたはもう、私の『城』の中にいる」

赤い霧が満ちたこの空間を、アウレリスは城と呼んだ。俺の身体を覆う魔力が、不可視の状態であってもなお、吸われようとしているのが分かる。

その感覚は苦痛を伴うどころか、甘美とさえ言えるようなものだった。

吸血鬼に血を吸われ、眷属とされるときに味わう感覚は、他のことでは決して得られないほどの陶酔をもたらすという。

「さあ、踊ってくださいませ。あの切り取られた空に、幻の月が浮かぶまで」

――紅き霧は鏡となり、我が姿を映し出す　紅晶鏡界《クリムゾンパレス》――

アウレリスの扇が翻《ひるがえ》り、彼女の一方の瞳を隠す。もう一方の瞳が輝きを増す――それは支配の魔眼ではない。

「っ……！」

幻体の感覚は、視覚、触覚など本体とほぼ同じであると言っていい。

アウレリスが使った魔眼は、相対した者の視覚を惑わせるもの。初歩的な幻術の効果に近く、しかし絶対的に違う。

効果が小さいからこそ、防ぐことができない。相手の動きを先読みして、自分の身体を動かすこともできない――なぜなら。

アウレリスの姿が紅霧に溶けるようにして消えた瞬間、彼女の気配がこの紅霧の中で、無数に生じたからだ。

前方に、右上方に、左後方に――そして、背後に。現れた殺気に、ただ感覚だけで応じる。

「――おぉぉっ！」

剣を後ろに繰り出す――だがそこにあったのはアウレリスの本体ではない。

紅い霧が結晶となって作り出した鏡。それは剣を受けて粉々に砕け散る――割れた破片のひとつひとつにアウレリスの姿が映り、こちらに微笑みかける。

『あなたには何も見えていないのです、ロイド・フィアレス。こうなってしまえば、決してあなたの剣は届かない』

勝ちを確信したようにアウレリスが言う。

血晶術によって作り出した鏡。それが映し出したアウレリスの瞳は、本体と同じように魔眼の力を持っている。

魔眼を複製することなど、容易にはできないはずだ。ならば答えは一つ、本体の魔眼が鏡に映って効果を発揮しているのだ。

『──感謝していますわ。あなたのおかげで、私はまた強くなれる……！』

アウレリスの気配が再び後方に生じる。しかし剣を振り抜いても、鏡が砕け散るだけ──手応えを全く感じられない。

（この紅い霧の中で、アウレリスはどこにでも存在し、どこにでも現れる……しかし攻撃しても彼女の姿を映した鏡を破壊するだけ……これが吸血鬼の『城』）

あの時戦った彼女もまた、自らの勝利を確信し、憐れみのようなことを口にした。

『──これではどうですか？』

囁《ささや》くような声と共に、再び後ろに殺気が生じる。思考するより早く反応しかけて、本能が警告する──これは初めに後ろを取られたアウレリスの意趣返しなのだと。

繰り出すべきは、今までよりも速く、鋭く、確実に相手の動きを止める斬撃。

《第一の護法　我が剣は空にして、空を穿つ──『破空』》

天騎護剣による、高速で身体を捻《ひね》りながら放つ薙《な》ぎ払《はら》い。血晶の作り出した鏡とともに紅霧に満ちた空間が二つに裂かれ、古城の壁に斬撃の痕が刻まれる。

砕け散る鏡の一つ一つに映し出されたのは――扇で覆っていない、アウレリスのもう一つの瞳。

――紅き霧が包む時の牢獄　紅刻眼《クリムゾングレア》――

扇で一方の眼を隠したときから、アウレリスはこの瞬間に向けて動いていた。

高位の固有魔眼を発動させる際に生じる一瞬の隙を限りなく零に近づけるために、彼女が選んだ方法は――あらかじめ一方の瞳だけ『紅刻眼』を発動させておくこと。

俺が後方に現れた鏡を砕いた瞬間、アウレリスの本体はさらに俺の後ろに回り、砕いた無数の破片に『紅刻眼』を映す。それはまさに、力持つ視線で織りなされた牢獄だった。

『無心繰《むしんそう》』を使っていない今、『紅刻眼』を受けることは敗北を意味する。同時に二つの魔眼を使うことはできないという意識、そして過去に戦った吸血鬼をアウレリスが上回ったという事実が、俺の想像を超えていた。

――そんなところで、君は負けるのか？

（……っ！）

まるでそこに、彼女が――アルスメリアがいるかのように、声が聞こえた。

――私は七帝国の魔法使いの誰よりも強くならなければいけない。

――君が『天帝の盾』であるのなら、最も強い騎士でいてもらいたい。

誰よりも、強くなると誓った。

主君の理想《ゆめ》を、何者も妨げることができないように。

『君はいつでも高く飛べる。その美しい透明な魔力で、ともに世界を変えよう』

声もなく、心が叫んだ。

紅い視線が俺の意識を支配しようとする。しかし、俺の意識は連続している。

最後の一撃を自分の手で放とうとしたアウレリス――その扇を、俺は剣の裏刃で受けていた。

「――ッ!!」

アウレリスは驚愕する。俺が反応できると思っていなかったのだろう。

魔眼を破るためには、目をそらすことをしてはならない。その言葉には続きがある。

――それは魔眼を破る方法もまた、魔眼であるということ。

「……鏡……」

アウレリスの血晶術による詠唱変換は、魔道具の扇を組み合わせることで複雑な詠唱をも可能にして、この紅霧の結界を作り出した。

――天人もまた、魔道具によって詠唱変換を行う。そして戦いながら、詠唱を完成させる。

《第三の護法　水面に映る月のごとく――『湖月』》

「私の詠唱を……戦いながら、再現して……」

俺の詠唱変換は、剣の刀身に詠唱句を浮かび上がらせるというもの。そして俺の魔力は透明であり、アウレリスに詠唱を悟られることはなかった。

アウレリスの眼前で、俺の姿を映した『透明な結晶』の鏡に亀裂が入り、砕け散った。

《第二の護法　影は騎士の姿を映し、鎧《よろい》をまとう――『影鎧』》

鏡に俺の魔力を鎧《よろ》わせ、俺自らはアウレリスのさらに裏に回る。それだけなら体術だけでできることだ――アウレリスの注意が『影鎧』に向いていれば。

「――まだっ……！」

弾かれるように振り返りざまに放たれた紅牙が、俺の剣を弾く。アウレリスは再び紅霧に溶けるように姿を消す――そして。

『はぁぁぁっ……！』

――紅き霧の中で、夢幻の如く影は舞う　霧幻紅影陣《ブラッディ・イリュージョン》――

紅い霧のすべてが、アウレリスにとっての『爪』となる。

あらゆる方向に浮かび上がったアウレリスの姿全てが、本体と判別できないほどの殺気と共に襲いかかってくる――振り下ろされる爪は紅い霧の中では『無限に』間合いを広げ俺の幻体を切り裂こうとする。

霧の中で影絵のように映し出されたアウレリスの姿が代わる代わる実体化し、俺に向けて魔力を帯びた爪を突き出す――時に同時に、時にわずかにずらして、俺を捉えようとあらゆる手段を使いながら。

『あなたは……どんなふうに生きたら、そこまで……っ！』

それでもアウレリスの爪は届かない。吸魔の力を引き寄せる『蜉蝣』は使っていない、ただ流れを読み、致命的な間合いにアウレリスを入れない――自在に間合いが変化するアウレリスの攻撃を、天騎護剣の裏刃で『流し』続ける。

《第一の護法　激流に浮かぶ葉の如く――『浮葉《ふよう》』》

『……届く……届かせてみせる……私は……私はっ、魔皇姫なのだから……！』

遥か後方にある古城の壁を削るほどの爪撃で薙ぎ払われても、それは避けられないということではない。

流れを読み、最適の回避を選ぶことができれば、降り注ぐような連撃も凌《しの》ぐことができる。この戦いがどのような終わりを迎えるのか、俺の目はすでに終局を見ていた。

幻体が持つ魔力は限られている。紅い霧の結界を作り、魔力で作り出した刃を俺に繰り出し続けているアウレリスは、いずれ限界を迎える。

それを彼女も分かっているのだろう。それでも、最後まで舞う——魔皇姫の誇りにかけて。

正面に現れた影が実体化し、爪を繰り出す。紅い魔力の刃が、顔の横をすり抜けていく。

俺が攻撃を返さないことを、彼女も、見ている誰もが気づいている。こうなってはならなかった、この戦いの舞台に立った時には、覚悟を決めておくべきだった。

学友となる魔皇姫に、正式な模擬戦の場で剣を向けることを。

「……っ！」

霧とは違う、銀色の光の粒が、俺の視界を通り過ぎた。

魔皇姫の流した涙。それは決して、俺との力量の差が流させたものなどではなかった。

## 9　もう一つの護法

◆◇◆

魔法陣に浮かび上がった光景。アウレリスが泣いていることに気づいたエリシエルは、その瞳を見開いていた。

「……あの子が……」

　全てを言葉にすることは、できなかった。

　アウレリスは届かないと知っていながら、敗北の時を遅らせようと攻撃の手を緩めずにいるようにも見える。

　決闘に臨む上で潔さを欠いた行為であっても、誰も咎める者などいなかった。

　アウレリスは泣きながら、笑っている。届かない相手に対して、今少しでも近づけるようにと、その攻撃はロイドに避けられるごとに洗練されていく。

「……アウレリス……あんなに強くなってるなんて」

　ユズリハの手は、隣に立つクズノハの服を摑んでいる。クズノハは妹の手に自分の手を重ねて、震えるような息をしながら、今も続くアウレリスの攻撃と、それを避け続けるロイドの姿を見つめていた。

「このままでは、アウレリスの魔力が尽きる。そうなれば……」

「まだ終わっていない。牙を失っていないのなら、最後まで見届ける」

　スセリを制するようにリューネイアが言う。彼女もまた、ほとんど瞬《まばた》きもしないままに、幻影闘技場の光景を見ていた。

　皇姫たちの表情からは、ロイドの実力に対する疑念は完全に消えていた。

　レティシアは自分が教官として果たせることは、ロイドが今アウレリスにしていることに及びうるのかと考えずにはいられなかった。

アウレリスは戦いを通して変わり始めている。

彼女が泣きながら笑うのは、魔法学園に来た目的――自らを凌ぐ強者に出会うことを、これ以上ない形で示されたから。

レティシアはロイドの言葉を思い出す。

――すみません、驚かせてしまって。できれば普通の生徒として試験を受けさせてください。

そう言った彼の実力がどれほどのものか、ある程度理解しているつもりだった。それでも、ロイドはそれを遥かに凌駕《りょうが》していた。

皇姫たちはまだ自覚していなかった。魔皇姫の戦う姿を見ながら、いつしか自分たちも涙を零《こぼ》していたことに。

◆◇◆

セイバは剣を抜いたロイドの動きの変化に瞠目《どうもく》する。

「なぜこんなことが……どれほどの修羅場を潜《くぐ》り抜《ぬ》けて、君はここに……」

ロイドはアウレリスの攻撃を、全て裏刃を使って受けている。

一度も切り返すことなく、常に完全な体勢でアウレリスの攻撃を受けなければ、そのようなことはおよそ不可能だった。

「あの結界の中では、アウレリス殿下は『どこからでも』攻撃ができる。手段を選ばなければ、紅い霧を形状変化させてロイドを拘束することもできるはず……なのに、それができない」

ミューリアは仮面を外し、ロイドたちの姿を直《じか》に見ながら言う。伯爵として、そしてこれからロイドたちの助教官となる者の矜持として、この戦いについて一つでも多くを理解したい、その思いが彼女にはあった。

「彼は『吸魔』を無効化するために使った技を使わずとも、常に不可視の魔力で身体を覆っている。それがある限り、紅い霧に満ちた空間でも、彼を捕らえられたということにはならない……そして、まるで全方位が見えているかのように、あらゆる攻撃に先んじて反応している」

「それが、私の兄様です。本当は魔法を使わなくても強い……どうやってそこまで強くなったのか分からないくらい」

カノンの横顔を見たミューリアは、娘の手を握る。

そしてカノンは、ミューリアの顔を見上げ――白い頬に、涙が伝う。

「魔皇姫殿下は、今持てる全てを見せてくださっている。でもロイドなら、きっと大丈夫」

「いいえ……違うんです。私はただ、魔皇姫殿下のお気持ちを想像して……」

「……悔しい、でしょうね。でも、殿下は笑っておいでになる。どんな形で決着がついても悔いは残らないと思うわ」

母と娘の姿を見て、セイバは後ろを向く。一度眼鏡を外し、そして向き直った時には、その表情は平常に戻っていた。

「こんな戦いを見られるとは思っていなかった。今日は教わることが多い日になりました」

セイバは自分が剣の柄に手を当てていることに苦笑する。それはロイドの気迫に触発されたからこそだった。

アウレリスがロイドに向ける視線は、もはや敵対する相手に向けるものではない。

そしてロイドもまた、アウレリスのことを認めているとミューリアは感じた。

「……綺麗。まるで、二人で踊っているみたい」

母の言葉に、カノンは目元をハンカチで押さえて微笑む。

アウレリスに対する思いは妬《や》くような気持ちではなく、今は違うものに変わっていた。

◆◇◆

アウレリスの牙は俺の纏う魔力の端だけしか捉えられず、攻撃を繰り出すたびに小さな紅い結晶の花が散る。

「——まだっ……!」

最後まで、諦めることをしない。しかし幻体の維持限界は、目に見える形で訪れた。

アウレリスの纏う決闘衣装《ドレス》が、手に持つ扇が、形を保てなくなっていく。それでも彼女は攻撃を繰り出し続ける。

「くっ……ぅ……」

一撃ごとの消耗が、攻撃の速度と精度を失わせていく。

そのはずなのに、アウレリスの執念が、無駄のない最速の軌道で攻撃することを可能にする。

彼女は戦いの中で成長している。涙はもう止まっている——時に魔眼を発動させるが、その瞳の輝きは魔力の減少に反して増すばかりだった。

『……あなたが魔力にさえ触れさせないように攻撃を避けていたら、私の魔力は尽きていたでしょう。しかしそうでないからこそ、まだ舞うことができている』

伝わってくる心情は、発せられる言葉とは違い、静かなものだった。

ただ、俺に吸魔の牙を打ち込むためではない。彼女が流れるように攻撃を続けた理由は、もうひとつある。

勝つための最後の切り札。それは『城』に足を踏み入れた者を、逃さないための『檻《おり》』。

――紅き血の檻で、鳥は翼を失う　血　獄《ブラッドプリズン》――

アウレリスの魔力で展開した結界を急激に圧縮し、俺を封じ込める。それが『血獄』――彼女の最後の切り札だった。

「私の城から逃げ出すことはできない」

アウレリスの幻体の本体が姿を現す。身につけた衣装はほとんど原形をとどめていない。

「決してあなたを逃さない。あなたが私より強いとしても、この状態で『牙』をかわすことはできませんわ」

「僕の動きを封じるために、限界を恐れずに攻撃を続けたんですか」

「限界などありません。あなたの魔力を貰《もら》うことができれば、見苦しい姿を見せることもなくなります」

大きく露《あら》わになった胸を、ぼろぼろの扇で覆う。アウレリスは恥じらうことなく、ただ満足そうに俺を見ていた。

「――『集束せよ』」

アウレリスの詠唱に呼応し、展開した紅霧の結界が俺に向けて急速に狭まっていく。

「これが私の『牙』ですわ、ロイド・フィアレス……ッ！」

両手を牙を剥《む》いた顎《あぎと》に見立てて、アウレリスは喰らいつくように手を合わせる。

紅霧が大きな牙のように形状変化し、俺に向かってくる——しかし。

——牙が、止まる。

俺の剣に詠唱句が浮かび上がる。それに呼応するように、俺の足元が輝きを放つ。

「魔皇姫殿下の結界を破ることは、絶対に必要なことと考えていました。貴女の言う通り、『城』に足を踏み入れたのなら、外に出るには扉を開ける必要があります」

「……私の攻撃を、避けた軌跡で……足元に、陣を……!」

《第四の護法　我が空は果てなく悠遠なり——『絶色《ぜしき》』》

第一の護法は自らが主体となる。第二の護法は、護衛対象に魔法の援護を与える。

第三の護法は相手の力を利用する。そして、第四は——。

「各国の限られた血族しか使えないはずの結界術まで……なぜ、あなたが……」

天帝アルスメリアは、七帝国最高の魔法使いだった。

彼女が最も得意とした魔法は——皇族が一子相伝で伝えてきた、結界術。

どれだけ修練を重ねても、『ヴァンス』だった俺は到底彼女には及ばなかった。

俺が身につけることができたのは、ごく限られた範囲において魔力の干渉を絶つというだけの結界。

俺に向けられた牙は、俺に届く前に色を無くす。狭まり続けていた紅霧の結界もまた、内側から抵抗を受け——まるで紅の花が開くようにして霧散した。

「……なぜ……もっと早く、私の結界を破ることができたのに……っ」

本当はどんな状況になっても結界術を使うつもりはなかった。

こんな術では、何の力にもならなかった。俺はアルスメリアのために、何もしてやれなかった。

護ると誓いながら、彼女が命を捧げるまで見ていることしかできなかった。

自分の無力を思い出させるためだけの魔法を、なぜここで使ったのか。

「それは……貴女が強かったからです。僕が想像するよりも、ずっと」

「っ……馬鹿にしないでくださいませ！　ロイド、貴方は私になんて、本気を出す必要もないと思って……っ」

「そんなことは決してありません。僕は不敬であると知りながら、殿下に剣を向けました。そして、殿下の技を受けるために多くの技を使った。結界術も、使わなければ負けると感じたからこそ使ったんです」

アウレリスの瞳は涙で潤んでいる。しかし彼女は、まだ形が残っているドレスの袖で涙を拭うと
――最後の魔力をその右手に込めて、俺に向かってきた。

「――それならば最後まで、戦って……っ」

最後まで、言い終えることができないうちに。

がくん、とアウレリスの身体から力が抜ける。幻体が限界を迎えた――意識を保つことすらできないほど、魔力を消耗している。

このまま何もしなければ、幻影舞闘は終わる。

この幻影闘技場から、アウレリスの幻体が消えようとしている――しかし。

戦いが始まる前に、聞こえた声。

はっきりと聞こえなかったその言葉を、今になって理解できたような気がしたから。

『――よりによって、こんなことになるとは』

『きっと君と私は、そういう運命にあるのかもしれないな』

前のめりに突き出された、アウレリスの右手。それを、俺は素手で受け止めた。

一度は消えかけた幻体が『吸魔』の効果で維持される。そして破れたドレスが一瞬で再生する
――しかしアウレリスは俺に抱きとめられても、もう動くことはしなかった。

「……申し……」

申し訳ないと、触れたことを謝罪しなければと思った。しかし魔皇姫は、俺の胸に寄りすがったまま、片手の指で俺の言葉を封じた。

「……貴方の勝ちです。ロイド・フィアレス」

アウレリスの言葉と共に、意識が幻影闘技場から引き剝がされるように遠のいていく。

――決して似てはいない。姿も声も、近くはないはずなのに。

魔皇姫の最後に見せた微笑みが、消えゆく幻影の中で巡っていた。

## 10　祝福

足元からの光が静まり、俺は元の視界を取り戻す。

第二幻影殿の魔法陣の上に、俺は立っている。幻影闘技場で魔力を消耗はしたが、特に疲労を感じてはいない。

振り向くと、カノンとミューリア、そして少し離れたところにセイバ教官がいる。最初に拍手をしてくれたのはカノンで、他の二人もそれに続いた。

「兄様が勝つと、信じていました。何も心配なんてしていません」

神殿に差し込む光の中で、妹は微笑む——悪戯《いたずら》なことを言っているつもりのようだが、その姿はまさに天使そのものだ。

「ん……？」

かすかに違和感を覚えて、俺は妹に近づく。妹は手を叩くのを止めて、俺を見ていたが——急にはっとしたように慌て始めた。

「あ、あのっ、これは……ほ、本当に心配していなくて、ひとりでに……」

頬に、涙が伝ったあとがかすかに残っている。どういうことかとミューリアを見やると、彼女は頬に手を当てる。

「お兄ちゃんがあんなに魅せつけるからいけないのよ。誰だって、本当に心を摑まれると涙が出てしまうものなの」

「そ、そうではなくてっ……わ、私は……」

カノンはハンカチを手に持っているが、その柄には見覚えがある——確かミューリアのものだ。

俺はそれを受け取ると、妹の頬をそっと拭った。綺麗になったところで、頬に手を当てる。

「っ……にぃ……さまっ……」

「魔皇姫殿下はとても強かった。けれど僕は、負けるわけにはいかなかったから……カノンに兄らしいところを見せられたかな」

「……は、はい……とても……」

カノンは俺の目を見ようとせず、口を動かしているが、最後までは音にならなかった。

「ロイド、お母さんも息子の晴れ姿を見守っていたのだけど……？」

「は、はい。もちろん、ミューリア母さまにも感謝しています。いえ、今はミューリア助教官と呼ぶべきでしょうか」

「むぅ……お兄ちゃんったら、露骨にお母さんと妹で対応を変えて。そういうことをする子は、あとでいっぱいお祝いの抱擁《ハグ》をしてあげないと」

どう転んでもそういう方向に持っていくつもりなのでは、とはとても言えない。仮面をしていないミューリアは、視線だけでも油断すれば魅了されそうなくらいに艶美な空気を醸し出している。

「セイバ教官も、立ち会ってくださりありがとうございます」

「いえ……こちらこそ、拝見させてもらったという気持ちです。この世界魔法学園では、在学中の生徒が教官を凌ぐ能力を持っていることは往々にしてあります。分かってはいたつもりでしたが、やはり君は別格だった」

セイバ教官は手袋を外し、俺に右手を差し出してくる。握手をすると、彼は爽やかに笑う——今までならどこか含みがあるような表情だったのに、今は違うようだ。

「いつか手合わせをさせてもらう時が楽しみです。僕のほうが教えられる立場かもしれませんが、一緒に頑張って行きましょう」

「こちらこそ、お世話になります。妹の護衛として、学業と共に務めを果たしたく思います」

「兄様が教室にいらっしゃれば、私は何も怖いことなんてありません。私だけでなく、クラスの方々はみんな……教官はどう思われますか？」

カノンが俺の腕を取って言う——少々人前としては大胆な振る舞いに、セイバ教官はわずかに目を見開いたが、すぐに楽しそうに笑った。

「ご兄妹《きょうだい》でこれほど仲が良いとなると、二人が家族であると知らない他の科の生徒はお二人を恋仲と思われるやも……いえ、ミューリア助教官、これは軽口ではなく一般論というもので……」

「二人とも、私は助教官だけど、セイバ君にとっては先輩の立場だから。この人が不謹慎な発言をしたらいつでもお母さんに報告するのよ」

「い、いえ。妹はこの通り、眉目秀麗で非の打ち所がありませんから……僕も誤解を受けないような振る舞いに努めたいと思っています」

「それは駄目です」

「……え？」

兄妹であらぬ誤解を受けてもいいということか——何ということだ、妹がそんなことを考えていたなんて。最近は一緒に入浴もしなくなったし、兄妹であっても学園では厳正な距離感で接するのではなかったのか。

「兄様を放っておいたら、そのほうが心配ですから。私がしっかり傍で見ていないと」

そう言って、カノンが俺の腕を取ったままで回復魔法を発動させる——詠唱変換を行っている魔道具は、外からは見えないが、彼女が首にかけているネックレスだ。

「偉いわカノンちゃん、お兄ちゃんを癒やしているのね。でも、魔力を使った一番の理由は……」

アウレリスの牙を素手で受けたとき、『吸魔』の効果で魔力を持っていかれた。

魔力は時間が許せば『練る』ことで増やすこともできるのだが、カノンが自分の魔力を分けてくれた。俺の腕にカノンが触れた部分が琥珀白《アンバーホワイト》の輝きを放つ――温かく、そして気分が落ち着く。

「カノンの魔力を貰うと、何というか……お風呂に浸《つ》かってるみたいだね」

「それは、身体の自然治癒力が活性化しているんです。兄様はすぐに魔力が活性化して、いっぱいまで回復してしまいますから……」

俺の魔力は特異なものであるため、他者の回復魔法が効きにくい――そう、千年前は言われていたのだが。

カノンの魔力は彼女の言う通り、少量が俺の身体に入っただけで抜群の治癒効果を発揮する。いつも、回復しようとしてくれたカノンに魔力を返すことができるほどだった。

「っ……に、兄様、お返しは、大丈夫ですので……っ」

「せっかくだから、二人とも万全にしたほうがいいからね。母さまはお疲れではありませんか？」

「……そこで『はい』って言ったら、さすがに助教官失格よね。セイバ君も見ているし、家に帰るまでは自重することにするわ」

「僕のほうこそ、家族のお邪魔をしてしまって心苦しくなってきたところです。いや、本当に仲がいいんですね、お三方は」

セイバ教官は蚊帳の外でも気を悪くした様子はなく、笑ってみせる。そして幻影殿の外を見やった。

「そろそろ、第三幻影殿から皇姫殿下たちが出ていらっしゃるようです。どうぞ、ロイド君。勝者は胸を張るものです、たとえ魔皇姫殿下が相手であっても」

「はい。ありがとうございます、教官」

俺がまず初めに第二幻影殿を出る。太陽の位置は直上に近い——眩《まぶ》しい光の中で、水路を渡る白い石で作られた道が伸びている。

第三幻影殿から出てきた皇姫たち、そしてレティシア教官は、通路の左右に分かれて並んでいる。俺がそちらに向けて歩いていくと、向こうから歩いてくる少女の姿が見えた。

魔皇姫——彼女は従者の女生徒に支えられていたが、途中で彼女に一言断ると、こちらに一人で歩いてきた。

改めて見ても、二つ年下とは思えないほど大人びた姿をしている。幻影舞闘の結果を受け入れているのか、その表情は落ち着いたものだった。

「つい先程まで戦っていたのに、久しぶりのような気がしますわね」

そう言って、微笑んでみせる。俺に対する対抗心などは、今の彼女からはほとんど感じられなかった。

ほとんどというのは、少しは残っているということだ。今は淑女の振る舞いをしているが、勝ち気なところはもう十分に見せてもらった。

——しかし考えているうちに。アウレリスは不安になったように、胸に手を当てる。

「……何か、言ってくださいませ。それとも、こんな女と交わす言葉は……」

「いえ。魔皇姫殿下と同じことを思っておりました」

「ふふっ……あれほどの強者でも、あまり嘘《うそ》は上手ではありませんのね。分かっていますわ、あなたに一方的に要求をして、それで負けた私を滑稽だと思っているのでしょう」

「そのような考えは、心の端にもございません」

「……本当ですの？」

アウレリスは俺を睨んでみせるが、その瞳には鋭さがない。

弱気になるなど、彼女らしくはない。不安になる理由があるのなら、それはおそらく――。

「……皆が聞いていた通り。幻影舞闘の勝者は、敗者に一つ命令できる。ロイド・フィアレス、あなたにはその権利があります」

## 11　約束

魔皇姫に対する要求――それがどのようなものであったとしても、魔帝国が大きく動揺する事態になってしまうとしても、今この場においてアウレリスは受け入れる覚悟をしているのだろう。

俺のことを見ていられず、彼女は目を閉じて両の手を握りしめる。

「では……僭越《せんえつ》ながら。アウレリス・グランシャルク殿下に、一つお願いをさせていただきます」

「……勝者なのですから、もっと強い言葉を使ってください。私は、敗者としてふさわしい扱いをされるべきですわ」

声がかすかに震えている。気丈にあろうとしているのに、それができないのは何故《なぜ》か。

彼女が敬意を抱くべき勇敢さを示しても、その身体が鋼鉄でできているわけじゃない。

俺は他の皇姫たちの姿を見る。彼女たち一人ひとりが、我がことのような真剣な面持ちで、事のなりゆきを見守っていた。

「……私とあなたには、本来私が挑む資格などないほど力の差がある。私はそれを分からないままで、数々の非礼を行いました。ひどく気分を害したことと思います……ですから、私はどのような処遇になっても……」

「アウレリス……目を開けてください」

「っ……エリシエル、私は目を閉じてなんて……っ」

囁くような小さな声でも、聖皇姫エリシエルの声はよく通る。アウレリスは目を開け、目の前にいる俺と――俺が差し出した右手を見た。

「魔皇姫殿下。覚悟はよろしいですか」

「か、覚悟……で、でも、これは……」

俺の手を見て、アウレリスは戸惑っている――もしかすれば、俺がもっと大胆な要求をするものだと思っていたかもしれない。

「僕からお願いさせていただくことは……これから、同じ教室で学ぶことです。魔皇姫殿下、今回の幻影舞闘はあくまで最初の手合わせです。これからも、魔法の腕を磨くために胸をお借りすることはあるでしょう」

「そ、それは……っ、私の方が、貴方の……胸を……」

胸を借りるというのは、どちらかというと騎士同士の鍛錬で使う言い回しだっただろうか。魔皇姫の頬が赤く染まるところを見て、今後は正さなければと思う。

「……私はあれほど、エリシエルにも……あなたにも、無礼なことを言ったのに。どうして、たったそれだけで……」

「僕は妹の護衛です。それと同時に、妹と共に皆様方と穏やかな関係を築きたいと願っています。叶《かな》うなら、学友として見ていただければと」

「そんな……こと……わ、私《わたくし》の方が、お願いしなくてはいけない立場ですのに……」

「いいえ、僕からお願いをさせていただきたいと思っていました。魔皇姫殿下と力を尽くして戦わせていただいたことが、それで全て報われます」

——ロイド・フィアレス殿。貴君には、皇姫殿下が安全に学ぶことができる環境づくりに協力を願いたい。

副学長が自ら呼び出してまで頼んでくれたことを、無下にはできない。その期待に応えたいという思いは少なからずあった。

カノンが言ってくれたように、教室の一員として俺にもできることがあるはずだ。各国の護衛と連携することが許可されれば、間接的にでも皇姫たちの護衛に協力できる。

そう思ったのだが——通路の左右に並んで見ていた皇姫たちが、こちらに歩いてくる。

「ロイド……そんなに強いのに謙遜してると、聖人か何かなのかって思われちゃうよ」

「ユズリハの言う通り……ロイドは勝ったんだから、アウレリスが欲しいって言ってもいいのに」

獣皇姫姉妹は少し感情が高ぶっているようだ——尻尾がふわふわと揺れて、頬も赤くなっている。

特にクズノハの方は摑みどころのない雰囲気だったはずが、心なしか態度が変化しているようだ。

幻影舞闘を観戦したことで良い方向に俺の印象が変わったのなら、それは喜ぶべきことだろう。

理想を言えば、教室の中では身分の上下を意識しすぎないことなのだろうが、それは現状においては大それた考えだ。

「少なくともアウレリス殿が勝利した暁には、ロイド殿を眷属としていただろう。それでも彼女に、同じ教室で学ぶ以上を求めないというのか?」

人皇姫スセリが硬質な口調で問いかけてくる。彼女は誰にも公平な態度で接していると感じたが、俺に対する評価が大きく変わっていることはその目を見ればわかった。

「天帝国でも貴族や皇族同士の決闘において、重要なものを懸けることはあります。しかしそれは、相手の支配権を得ることとは限りません」

「……そうか。貴君は、真《まこと》の……いや、今そんなことを口にしても、おためごかしと取られてしまうか」

「スセリ、今あんまり喋《しゃべ》りすぎない方がいいんじゃない? 今の主役はロイドとアウレリスなんだから」

「む……確かにそうだな。すまない、どうしても聞いてみたかったのだ」

ユズリハに制されて、人皇姫が後ろに引く。次に前に出てきたのは――ずっと表情を動かさないままでこちらを見ていた、竜皇姫だった。

「…………」

「改めて、魔力測定において不信を与えて申し訳ありませんでした。今後は……」

竜皇姫は首を振って、俺の言葉を止める。そして、特徴的な虹彩《こうさい》を持つ瞳で俺を見ながら言った。

「ロイドは実力をまだ全て見せていないと感じた。しかし、それが私たちを侮っているからでないことも理解できた。アウレリスと同じように、私も無礼を詫びねばならない」

「そう言っていただけるだけで十分です。七国が同盟関係にあるということは勿論ですが、天帝国の一人の民としても、六国の方々と友誼を結びたいと存じて……」

「……学友ということなら、かしこまった言葉を使う必要はない。私もあなたをロイドと呼ぶし、あなたも私をリューネイアと呼ぶと良い。手合わせのできる日を楽しみに待つ」

一方的にまくし立てるように言う――しかし、竜皇姫はそれで終わらせることなく、俺のことをじっと見ている。

「その……皇姫殿下に対する呼び方については、竜帝国の民に対しての配慮が優先されます」

「……『善処する』と答えれば良い。すぐに変える必要はない」

「は、はい。身に余るお言葉です」

竜皇姫は小さく頷く。その表情は微動だにも――いや、心なしか微笑んでいるようにも見える。

「……なぜ、ロイドたちの戦いを見て、私は……いや、そのことは今はいい。これから同じ場所で学ぶなら、いずれ分かることかもしれない」

「……リューネイア殿下、それは……」

思わず気になって聞こうとするが、竜皇姫はすでに俺に背を向け、元の位置に戻っていく。

最後にやってきたのは、聖皇姫――小柄な彼女は、俺の目の前に来ると自然と見下ろすような形になってしまうので、俺は早いうちから膝を突いた。

「いいのですよ、そのようなお気遣いをなさらなくても」

「はっ……申し訳ありません」

「……あなたの実力について、私もひと目見ただけでは測りかねていました。今はそれを、自分の未熟によるものと理解しています」

「そのようなことはございません。魔力の色は十人十色と申します。今日はめぐり合わせによってこのような結果となったというだけです」

「本当に謙遜されるのですね。私たちもまだこれから学園で学ぶ身とはいえ、自分の力は自分で一番よく分かっています……あなたには、およそ欠けた能力がないように思えます」

「……護るということについては、自分なりの自負を持っております。しかし私の妹は、私にない才能を持っています。それぞれ欠けているのではなく、補い合うことで良い方向に向かうというのが、当家なりの考え方です」

「……私も、見習いたいものです。欠けたものを、補う……それは素晴らしいことですね」

そう言って聖皇姫が見せた微笑みは、慈愛に満ちたものだった。

母国では聖帝――教皇の息女として、臣民に慕われているという話は天帝国にも伝わっている。

特別科に集まった皇姫たちを護ること、それそのものが七国の安寧に繋がるのは明白だった。

「我が神に、ロイド……そして皆と、今このときに同じ学園に集うことができたことへの感謝を捧げたいと思います。よろしいでしょうか」

「光栄に思います。聖帝国に栄光あれ」

「天帝国に栄光あれ」

聖帝国の人々は胸に手を当てて祈りを交わす。その礼儀はここに来るまでに学んでいた。

「……ロイド、フィアレス。いえ……ロイド様」

「魔皇姫殿下、そのような敬称は、私には……」

「身に余る、と言うのでしょうが。あなたは、私に対して何も求めなかったも同然なのですわ。それは理解していますの？」

鬼皇姫は不在だが、皇姫たちがともに特別科で学ぶことに同意を示してくれた。

その状況では、アウレリスも必然的に断るわけにはいかないということか。

「私がいつかあなたに勝つまで、敬称で呼ばせていただきますわ。もちろんそれも、あなたが私に命令をしたということにはならない……今の私に何も命令することがなくても、あなたは勝者なのですから、命令権は無くならない」

「アウレリス殿下、兄様はとても奥ゆかしい方です。兄様が殿下に命令をするというのは、とても難しいことだと思います」

ずっと見ていたカノンが、物怖《ものお》じせずに前に出る――彼女は、昔からそうだ。

ヴィクトールと戦ったとき、俺を守ろうとしてくれたときの姿を思い出す。勇敢で、誇り高く、そして誰よりも他者の心を大切にする。

「ですが……兄様は、約束を絶対に忘れない方でもあります」

「……カノン・フィアレス……ロイド様の妹君。あなたも、きっと只者《ただもの》ではないんですのね。よろしければ、お兄様のお話を聞かせてくださいませ」

「はい、ぜひ。機会があれば」

アウレリスとカノンは握手をする――しかしなぜだろう、それを見ていて落ち着かない気分になるのは。妹も皇姫殿下と親しくなれたら、それ以上に喜ばしいことはないというのに。

「カノンちゃんったら、皇姫殿下と張り合っちゃうなんて……こんなに度胸のある子に育ってしまって、お母さんドキドキしてるのだけど……」

カノンはミューリアの心配をよそにアウレリスと握手をすると、会釈をして俺の後ろに下がった。

そしてレティシア教官とセイバ教官がやってきて、正式に幻影舞闘の結果を宣告する。

「本日の試合は、ロイド・フィアレスの勝利とします。まだ入学前ですので公式の記録には残りませんが、私たち教官二名が立ち会っておりますので、試合の内容については副学長に報告させていただきます」

「「はい」」

俺とアウレリスの返事は見事に揃っていた。顔を見合わせると、アウレリスは今までで一番あどけなく、楽しそうに笑う。

皇姫たちが拍手を送ってくれる。校舎のホールで待機していた各国の護衛や従者の生徒たちもやってきていて、魔皇姫の従者二人も少し複雑そうではあるが、アウレリスに見られると拍手をしないわけにはいかないようだった――彼らともわだかまりを解くことができればと思う。

『……兄様、今日はお家《うち》に帰ったら、思いきり甘やかさせてくださいね』

『ははは……お手柔らかに頼むよ、カノン』

魔力感応で話しかけてきたカノンに答え、俺もまた笑う。

幻影闘技場で聞こえてきた声は、俺の魂が持つ記憶が呼び起こされたものか――それとも。

まだアルスメリアの姿は見えなくても、存在を感じている。この魔法学園で、必ず手がかりを見つけてみせる。

千年前の約束は、いずれ果たされる。今は心から、そう信じることができていた。

# 書き下ろし　在りし夏の日

――天帝国暦1015年　夏天の月　天空宮外郭　上級騎士詰所

天帝国には、光の精霊が最も活性化する月がある。火精霊ほど明確に気候に影響しないとされている光精霊だが、この時季は光を放つ太陽の力が強まることで、天帝国全体の気温が高くなる。

「……暑いな、ヴァンス」

「ああ、暑い。しかし久しぶりに顔を合わせて出てくる台詞がそれというのは、どうなんだろうな」

夏天においても、騎士たちは鎧を身に着けなくてはならない。魔法処理を施された金属の鎧が熱を持ってしまうということはないが、如何せん鎧の中が蒸れるのは防げない。

いや、やろうと思えばできるのだが――基本的に単色の魔力しか持たず、涼を取る方法を持たない天空宮の守護兵たちがこの暑さに耐えて訓練や警備に励んでいることを思うと、多少なりと上官としてはその苦労を味わうべきだと思い、安易に魔法を使うことはせずにいる。

「しかし、なぜ外郭にいるんだ？　アルスメリア陛下の不興を買うというのは、君の女性に対する対応を見ていると考えにくいが」

「そんなことを真顔で聞かれてもな……」

思わず苦笑する。フリードが久しぶりに帰ってくるからだというのは、友人思いをアピールしすぎるように思えて。

天帝国騎士団でもエリートが所属する第一軍団に所属しているフリードは、昨日まで前線の砦に入って竜帝国と対峙していた。

二ヵ月も詰めていたのに、今度は聖帝国の援軍要請に応じて、飛空竜部隊を率いて魔帝国軍との衝突鎮圧に赴くそうだった。

「このところ本格的な交戦が少ないのは何よりだが、このままでは槍が鈍りそうだ。次こそは、君と久しぶりに修練したいものだね」

「……俺もそう思っていた。まあ、滞在するうちに酒くらいは一度奢ろう」

「ああ、楽しみだ。しかし……天空宮は女性ばかりだというのは、周知の事実ではあるけれど。ヴァンス、何か……」

「女の園でも、慣れればあくまで職場だ。残念だが、艶のある話はないぞ」

「そうなのかい？　しかし、君が気づいていないだけかもしれないからね」

女性に対する興味は無いわけではないが、毎日の任務の中で天空宮の女官たちと接しても、向こうも俺を男性とは意識していないだろう。

天アルスメリアに忠誠を誓う女官たちは、引退するまで男性との関わりを極力絶つことになる。天帝国の歴史上では、宮殿に出入りしていた商人と駆け落ちをした女官もいるそうだが、ここ数十年はそういった事例は起きていない。

「そっちこそ、何か浮いた話の一つでもないのか？　遠征先でというのも、全く無い話じゃないんだろう」

フリードの生真面目さは良く知っているので、俺の方こそ兄のような気持ちで心配していた。そんなことを言えば気持ち悪いと言われてしまうだろうが。

しかしフリードは真顔で、少し憂いたような表情で——つぶやくように言った。

「僕の気持ちが届くかはわからないんだ。なぜなら、種族が違うからね」

「っ……そうか……」

種族が違うということは、属する国家が異なるということだ。

現在、天帝国は聖帝国との間で表立って戦闘行為を行ってはいないが、聖帝国皇家の分家筋である枢機卿が天帝国との敵対姿勢を見せているため、聖帝国の一部とは休戦し、一部とはゲリラ的に戦闘が行われるという状態だ。枢機卿の率いる僧兵は好戦的で、天帝騎士団にもそれなりの被害が出ている。

フリードがどんな人物と関わっているか、俺は全てを把握していない。聖帝国の女性であれば属する勢力によって状況は変わってくるが、もし竜帝国の人物ということなら——俺の現時点での竜人に対する印象では、その恋路は難しいものになるだろう。

「色々と考えているようだけど、おそらく僕の心配よりも、君は君の周囲のことをよく見た方がいいと思う。鈍感が鎧を着ているヴァンス・シュトラールといえば有名だよ」

「俺は表に出るような任務をしていないが……天帝陛下の護衛につくときも、気配は極力殺している。空気は有名にはならないだろう？」

俺としては当然の主張のつもりが、フリードは肩をすくめている。この優男はいつもそうで、俺の兄のようなつもりで接してくるのだが——一応同じ師匠から学んだ兄弟子ということになるので、間違っていないのがまた悔しいところだ。

「空気は目には見えないが、なくてはならないものだ。そういうことだよ、ヴァンス」

「……どういう意味に取ればいいのか、反応に困るな」

フリードは楽しそうに笑うと、果実酒の入っている瑠璃の瓶を手に取る。その酌を受けるのはやぶさかではなく、よく冷えた酒を注いでもらってぐっと飲んだ。

「酔ったままで天空宮の護衛に戻るなんて、『天帝の盾』は豪胆だね」

「……まだそう呼ばれるところには届いてない。『天帝の槍』と呼ばれるのはお前が先になるだろうな」

「天帝国最強の盾と最強の槍か。互いにそうなれた頃には、ヴァンスと天帝陛下の関係も深まっているかな」

「陛下に対する忠義は、幾ら尽くしても足りない。日々、それを確かめている」

フリードの冗談に気づいていないわけではなかった。しかし天帝陛下と護衛騎士の間に、男女の感情は存在しないし、してはならない。

「ヴァンス、君はやはり良い方向に変わったよ。しかしその真面目さは、時に罪になるかもしれないね」

「真面目とかそういう問題じゃなく、俺は護衛騎士の任務を果たすだけだ」

酌のお返しをすると、フリードは何も答えないままにグラスを傾け、中身を空にする。

「さて、僕はここでもう少し一人で飲んでいくとしよう。話ができて嬉しかったよ、ヴァンス。また生きて会おう」

「ああ、必ず」

俺はフリードと拳を合わせ、部屋を後にする。少しだけ副官に時間をもらって抜け出してきたが、護衛の任務に戻らなくてはならない。

実のところ、俺以外の天空宮にいる人物は護衛を含めて全員が女性というのも、フリードの顔を見たかった理由の一つではあった。

◆◇◆

外郭から中央回廊に入ったところで、列柱の間から差し込む光と熱で空気が揺らめいて見えている。

警備をしている女性兵士たちが鎧にこもった熱に喘いでいたので、すれ違いざまに魔法で周囲の空気の温度を調節してやる。今の時期は水精霊の力が弱まってしまうが、全くその力を利用できないわけではない。水を発生させて周囲に撒くと、蒸発するときに熱が奪われる――こういった熱対策自体は、兵士たちも自主的にしていいことなのだが。

「あまり無理をするなよ。倒れないうちに水を飲んでおくといい」

「っ……ヴァ、ヴァンス殿、ありがとうございます……っ」

「しかし夏天の時期が暑いのは毎年のことです。我らも慣れておりますので」

気骨のある兵士ばかりで、俺としては正直を言うと感じ入るものがあった――だが騎士たるもの、義を重んずれど情に脆くてはならない。

せめて俺にできることは、通りすがりで見かけた兵士たちが倒れないようにすることくらいだ。

魔法で天空宮周辺全体の温度を下げるというのも可能ではあるので、陛下に上申させていただくことも考える――やろうと思えば、今日から動いて数日で実現可能だろう。

そんなことを考えつつ、陛下のおわす寝殿までやってくる。彼女がどこにいるのか俺に伝えたい場合は常にわかるのだが、そうでないときは陛下を探さなければならないことがある。

陛下は侍女を伴って、本殿の中であればどこにでも赴く。天帝陛下は政務を行うために天空宮を離れられないため、少しでも閉塞感を逃れられるようにという意図も込めて、この天空宮は退屈を解消する趣向が幾つも凝らしてあるのだ。

「ん……？」

陛下の寝所の前で控えている警備兵も、いつも陛下についている侍女の姿も見えない。しかし、どこからかバシャバシャという水音が聞こえてくる。陛下も涼を取るために、寝所から庭園に出て、侍女と一緒に水場にいるのだろうか。

誰もいないのでは仕方がない。俺は天空宮の中ならどこにいても陛下と魔力感応ができるが、今は陛下が俺からの感応を受け取る許可を出していないので、その手段では連絡ができない。

今回ばかりは仕方がない、俺の任務はいついかなるときも、陛下をお護りすることなのだから。

「こちらにいらっしゃるのですか？　アルスメリア陛……」

水場を囲んでいる庭園の樹木を回り込んで、呼びかけようとしたところで――俺は固まらざるを得なかった。

「っ……ご、護衛騎士さまっ……!?」

長方形の水場には、天帝国の浄水技術の粋を凝らした透明な水がなみなみと溜まっている。水面にはぎらつく太陽が乱反射し、そこにいる女性の姿を眩しく煌めかせていた。

――いつもアルスメリアの後ろに隠れている、人見知りの侍女。彼女は濡れてもいい薄衣を着て、膝丈ほどの水深がある水場に入っていた。

いつも体型が出ないようなゆったりとした服装をしていたために意識したことがなかったが、十代半ばという年齢から想像しがたいほど身体の起伏が大きい。そんな体型でしかも後ろを向いているものだから、下半身の丸みが強調されて、目のやり場が存在しない状態になっていた。

「も、申し訳ありません、すぐに出直します」

「……少しくらいは、女性の感情の機微というものも理解できるのかな。辱めるつもりがないのなら、ここにいてもかまわないが」

「いえ、そのような……」

水場の奥で、縁に座って水に足を浸し、後ろにいる侍女に日傘を差してもらっているのは――紛れもなく、我が主君その方だった。

銀色の髪を濡らさないように結い上げ、魔法で水の球を周囲に浮かせて日差しを和らげ、なおかつ気温を調節している。

天帝陛下は優れた魔法の力を惜しみなく使い、水浴びの時間を楽しんでいる最中だった。

「も、申し訳ありません、陛下……！」

「お、お見苦しいものをお見せしてしまい、まことにっ……」

俺が反射的にその場に膝を突くと、水に入っている侍女も頭を下げてくる。そんな俺たちを見て、陛下は口元を扇子で隠して優雅に笑っていた。

「ミリア、あまり慌てるな。君は男性が苦手というが、ヴァンスは君が想像するような男性像とは全く違い、およそ野蛮という言葉とは無縁の紳士だ」

「そ、それは……いえ、陛下がそうお思いであれば、強く否定はできませんが」

陛下に紳士と言われるのは光栄なのだが、無条件に肯定するのも逆に警戒されるように思える。

俺にできることはミリアの薄衣姿を直視しないことくらいか――空に視線を逃がすのもあからさますぎるので、とりあえず周囲の草木を見る。強い日差しの中でも緑色は目に優しい。

「しかし……あえて念話を切っているのだから、相応の状況は想定できそうなものだが。君が『流れ』を読まないというのは珍しいな」

「申し訳ありません、不敬にも許可を得ず、ここまで入ってきてしまい……」

「良い。これからする質問の答え次第では不問に付そう」

厳格だが、柔らかい声。陛下は悪戯な微笑みを浮かべて、座ったままで白くしなやかな足を組み替える。

「私が皆と一緒に水浴びをしているところを、どうしても見たかった……そんな考えが、君に少しでもあったのかどうか。首を振るだけで答えてもらおう」

「……そのような考えは、ございません」

即答できなかった――俺の忠誠を試すような陛下の問いかけに、迷いなど一切許されないというのに。

「ふふっ……君は相変わらず堅物だな。私でも、こんな陽気の日は無理をしてでも外に出たくなるというのに、今日だって暑苦しい鎧を着ている」

「騎士はどのような場においても、鎧を身に着けるものです」

「その騎士道には感じ入るが、今はこの天空宮に近づく不逞の輩もいないだろう。私としては、必要以上の重装は解除するようにと騎士団の皆に伝えたいと思っていた。そう言っても、君よりも頭の硬い騎士団上層は聞き入れないだろうがな」

「陛下が我々にご配慮をいただいたというだけで、兵たちは報われると……」

そう答えようとしたところで――控えていた侍女が二人、俺の左右にすっと近づいてきた。

「こ、これは……陛下……？」

陛下の後ろで日傘を差している侍女が、顔を真っ赤にして目を伏せている。どうやら侍女たちだけが、念話で陛下のお考えを伝えられているらしい――そういう『流れ』だ。

「ヴァンス・シュトラール。君には、ここで半刻の間涼んでいくことを命じる。上級騎士の君がそうしたなら、兵たちも遠慮なく休息できるだろう」

「……かしこまりました。陛下のご厚意に、兵たちも感謝を……ん……？」

水から上がってきた侍女――ミリアが、身体を手で隠しながら、恥ずかしそうにこちらにやってくる。左右は別の侍女に固められており、後ろに跳躍して逃げるくらいしか、この場を離脱する手段は無くなっている。

なぜ、逃げる必要があるのか。それは、ずっと俺の前に出るのを恥じらってばかりいたミリアという侍女が、いざ出てきたかと思うと、身体を溢れんばかりの魔力で覆っていたからだ。

「……ミ、ミリア殿……それは一体……？」

「ミリアの魔力は魅了の系統……そして、魔力量も多い。彼女の家系では、天帝国全体の傾向と同じく女性が強い力を持っている。しかしヴァンス、君ならそれくらいの天然魔力は空気のように受け流せるだろう？」

「ミリア様、殿方は怖くありませんわ。さあ、鎧の外し方を教えてさしあげます」

「私たちも協力しますわ。この日のために人形に鎧を着せて、脱がせる練習を積んでいましたの」

上級騎士になる前から、天空宮の女性たちの視線を感じていたが——まさかこのような企みが進行しているとは。護衛騎士ともあろうものは、味方にも隙を見せるべきでは無かったようだ。

「あ、あの……ヴァンス様、お嫌でしたら、無理矢理には……」

「……鎧の表面が熱いので、せめて冷やしてからにしていただけますか」

「っ……は、はい……っ」

俺は一体何をしているのだろう——そう考えずにいられなかったが。侍女たちに水をかけられ、ミリアが主導して鎧を脱がせてくれるのに身を任せていると、主君が望むなら疑問を持つべきではないのだろうと思い始めて。

「すごい……鎧の下まで、こんなに……」

「これが殿方の身体……鋼みたいに鍛えられていますわね……」

「……ヴァ、ヴァンス様、申し訳ありません、私が男性を怖がるので、皆様が……」

しきりに恥ずかしがるミリアだが、俺は全く怒ったりしていないし、陛下や周囲の侍女たちの意向も十分に伝わった。

天空宮の侍女とはいえ、男性に接する機会が生涯皆無ということはない。同じ場所で働くことになった以上は、これも何かの縁だろう。

「私で良ければ、いかようにもご利用ください」

「は、はい……い、いえっ、利用だなんて……」

言葉を間違えたか――いつでも話しかけて欲しいとか、あまり遠慮をしなくていいとか、そういう言い方の方が良かっただろうか。

考えているうちに、ようやく侍女たちから解放される。そして――膝を突いた姿勢のままでいた俺は、ふと日差しが遮られたことに気づく。

「……魅了の魔力を持つ彼女を前にしても、そこまで冷静でいるとは。少しくらい面白い反応を見せてくれると思ったのだがな」

自分で日傘を持って、陛下がこちらまで来ていた。気配を完全に絶ってまで――ここまで近づかれるまで気づかないとは、やはり陛下との魔法使いとしての力の差は大きい。

しかし、何より、それ以上に。

距離を置いて見ても、完成された美しさを持つように思えた彼女の姿は、間近で見上げてみるととても直視できなかった。

「……な、なんだ。皆のことを気にしているのなら、もっと早く素直に……」

「陛下……本当にお美しくていらっしゃいますわ」

「それでいて、愛らしい……い、いえ、私ったら滅相もないことを……っ」

自分がどんな顔をしているのか、それは陛下や皆の反応を見れば分かることだった。

皆の中で一番恥じらっていたミリアは、もう言葉もないというように口をぱくぱくとして、顔を紅玉樹の果実のように真っ赤に染め上げている。

「へ、陛下。そのようなお姿で、俺のような一介の騎士の前に出られては……っ」

そう言いかけたところで、パシャッ、と水の玉が弾けた。どうやら、陛下のささやかな叱責のようだ。

「これは無断でここに来た君に対する、軽微な処罰だ。君の口癖の護衛騎士の心得などは、半刻の間は封印とする」

「ふ、封印……」

「……返事は肯定しか許可しない」

「はっ……承りました、陛下」

陛下は仕方ないというように笑うと、日傘を侍女に預けて、水場に足を入れる前に俺を見た。

返事は肯定しか許可されない。護衛騎士としてではなく、今から半刻だけは――。

「参りましょうか、陛下」

「……うん」

天帝国の皇帝としてではなく、暑い日に水遊びを楽しむ一人の少女として。

アルスメリアがそこにいた日のことを、俺は千年経っても、昨日のことのように覚えている。

# あとがき

初めてお目にかかります、朱月十話《あかつきとうわ》と申します。普段は「小説家になろう」様で主に連載をしておりますので、他作品をご覧になっている方がいらっしゃいましたら、こちらでも改めてご挨拶をさせていただきます、平素から大変お世話になっております。

本作を執筆するうえでの大きな動機となりましたのは「姫と護衛」の物語を書きたかったというものです。

護衛騎士ヴァンスと天帝アルスメリアの二人を巡る物語ですが、アルスメリアはまだ転生後のロイドと出会うことはできていません。転生したアルスメリアがどうなったのかは徐々に明らかになっていきますので、今後を楽しみにしていただけましたら幸いです。

もう一つの動機は、多くの種族が登場する物語を書きたいというものです。

それぞれの種族ごとに異なる文化があり、そういった生徒たちが一つの場所に集まって学ぶ学園があったらという想定の元に『世界魔法学園』は生まれました。

今のところは各種族の風習や特徴に触れる機会が少ないのですが、学園に入学してからはそういった部分をどんどん掘り下げていきます。

本編には人帝国特産の棒砂糖が登場しておりますが、それぞれの国に特産品があります。食習慣は違えど六帝国の皇姫と貴族が集まっているわけですから、彼ら全員を納得させる食事を出せるかどうかというのも、魔法学園に求められている条件になります。

魔法学園に求められるハードルはあらゆる面において高いため、今後も各分野のエキスパートが登場してきます。しかしすでに登場人物が非常に多いため、そこは混乱を避けるためにも、まず特別科の周囲から順に描いていく形にできればと思っております。

各国の護衛も一部しか出ていませんが、ロイドと重要な関係を結ぶことになるのは間違いありません。獣帝国のロウケン、聖帝国のクラウディナの二人が出てきていますが、もちろん他国にも護衛はいますし、鬼皇姫に至ってはまだ登場していないため、皇姫勢揃いの場面を書くところも作者自身楽しみにしております。

魔法学園の授業内容についても、先生が教壇に立ち、生徒が座って講義を聞くという形ではなく、少し変わったものを考えております。授業の一環として、学園島内のある場所で実習を行うということもあります。

その内容は——というと予告のようになってきてしまいますので、内容の観点で作品に触れるのは切り上げさせていただき、イラストのお話に移らせていただきます。

とは言いましても、イラストレーターを担当していただきましたてつぶた先生には、本作の世界の半分を構築していただいたという謝意しかございません。何度も細かい調整を重ねていただきましたが、ヴァンスとアルスメリアについては最初の稿から最終稿に至るまで、核の部分には大きな変更がありません。

それほど、最初に提出していただいたヴァンスとアルスメリアの姿が作者の想定を上回っていたということになります。ライトノベルを書いていると、文章と設定から起こされたイラストがいつも自分の想像していた通りだと感じ、あるいは「こういった人物だったんだ」と納得し、ひたすら驚きます。

設定から想起される人物像は十人十色だと思うのですが、それでも作者の頭の中にしかいなかった人物たちが、それしかないという姿で描き出していただけるのです。ライトノベルだけでなく、文章担当とデザイン担当が分かれている多くの分野において、そういった奇跡が日常的に起こっているのです。これがどれだけ素晴らしいことなのか、ライトノベル作家であり続けられるうちは忘れてはならないと思っています。

何よりも、読者の皆様の思い描く姿に登場人物たちが沿っていればと願う限りです。皆様のご感想を拝見すると、作者が想定していないところに反応をいただいたりする場合も多く、可能な限り認識を共有できればと思いながらも、多様なご感想をいただくことで作品が良い方向に変化していく瞬間もあると思いますので、今後もひたすら丁寧に作品をお届けすることができればと思っております。作者にできるのは物語を丁寧に造型することのみですので、それが最低限であり、最大限の誠意であると思っています。

長々と書いてしまいましたが、言いたいことはただてつぶた先生の美麗なイラストに作者と一緒に感動していただけましたらということです。あわせて文章も楽しんでいただけましたら、それ以上の喜びはありません。

講談社ラノベ文庫といえばのラノベ王子・庄司《しょうじ》智《さとし》様におかれましては、読者の皆様もその活躍はご存知のところと思いますが、本作においても大変お世話になりました。近々の担当作品・ご活躍につきましては私から改めて申し上げるまでもございませんが、庄司様のツイッターで日常のつぶやきと共に重大情報が流れて参りますので、ラノベファンの皆様は必見と思います。個人的には

「ねとらぼ」様にて鏡《かがみ》征《せい》爾《じ》先生が書かれているインタビューが非常に趣深いと思っております。ラノベ王子の凄さが万人に伝わる名文です。

イラスト担当のてつぶた先生におかれましては、ヴァンスとアルスメリア、六姫、カノン、ミューリアと非常に多くのキャラクターをデザインしていただき、そのいずれもが作者が想定した以上に設定を深めていただいております。細部の装飾まで設定いただき、イラストの一枚一枚で世界観を広げていただきました。改めまして深く謝意を申し上げます。

本作はコミカライズも先行して「ニコニコ静画」でスタートしております。コミカライズ担当の加《か》古《こ》山《やま》寿《ひさし》先生、担当編集者様にはコミカライズならではのアレンジについてもご提案いただき、原作と併せて楽しんでいただける内容になっておりますので、ぜひぜひコミックも楽しんでいただけましたら幸いです！

原稿を細部にわたってチェックしていただきました校正者様、編集部の皆様方、そして本作の出版にご尽力いただきました皆様にも、重ねて御礼申し上げます。

そして本書を手に取ってくださいましたすべての皆様に、幾万回の謝意を込めて御礼を申し上げさせていただきます。ありがとうございました。

次巻もなるべく早めにお届けすることができましたらと思っております。寒い時期が過ぎてからになるかと思いますが、皆様お風邪など召されませぬよう、温かくしてお過ごしください。それでは失礼いたします。

仲秋の夜更けに　朱月十話

Kラノベブックス

# 六《ろく》姫《ひめ》は神《かみ》護《ご》衛《えい》に恋《こい》をする
## 最強《さいきょう》の守護騎士《しゅごきし》、転生《てんせい》して魔法学園《まほうがくえん》に行《い》く

朱月《あかつき》十《とう》話《わ》

2020年10月29日第1刷発行

| | |
|---|---|
| 発行者 | 森田浩章 |
| 発行所 | 株式会社 講談社<br>〒112-8001　東京都文京区音羽2-12-21 |
| 電　話 | 出版　(03)5395-3715<br>販売　(03)5395-3608<br>業務　(03)5395-3603 |
| デザイン | たにごめかぶと（ムシカゴグラフィクス） |
| 本文データ制作 | 講談社デジタル製作 |
| 印刷所 | 豊国印刷株式会社 |
| 製本所 | 株式会社フォーネット社 |



ISBN978-4-06-521216-5　N.D.C.913　377p　19cm
定価はカバーに表示してあります



ファンレター、
作品のご感想を
お待ちしています。

あて先
〒112-8001　東京都文京区音羽2-12-21
(株) 講談社　ラノベ文庫編集部 気付
「朱月十話先生」係
「てつぶた先生」係

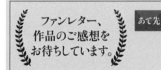

Six Princesses
fall in love with
Guardian.
9発売!!!!!